虹影 著

上海之死
Death in Shanghai

山东文艺出版社

图书在版编目(CIP)数据

上海之死/虹影著.—济南:山东文艺出版社,
2005.4
ISBN 7-5329-2416-5

Ⅰ.上… Ⅱ.虹… Ⅲ.长篇小说—中国—当代
Ⅳ.I247.5

中国版本图书馆 CIP 数据核字(2005)第 016941 号

主管部门	山东出版集团
集团网址	www.sdpress.com.cn
出版发行	山东文艺出版社
电子邮箱	sdwy@sdpress.com.cn
印　　刷	山东新华印刷厂德州厂
地　　址	济南经九路胜利大街 39 号
版　　次	2005 年 4 月第 1 版
	2005 年 4 月第 1 次印刷
规　　格	开本/880×1240 毫米　1/32
	印张/8.875　插页/3　千字/205
印　　数	1-100000
定　　价	22.00 元

目 录

上部 /5

中部 /71

下部 /179

《上海之死》重大事件时间表 /268

后记及鸣谢 /271

附录一

虹影主要创作年表 /275

附录二

虹影获奖情况一览表 /280

上海之死 Death in Shanghai

献给父亲,别时容易见时难。

而谜语,正如标题所承诺
不会被眷抄者写错。

——H·D

上部

第○章

很抱歉,上海今后多少年也不见得能下完这场雨。不等也罢,那么,机会什么时候来呢?

阴霾的天空露出一剑鱼肚白,像晨曦。

我紧握话筒,脸色大变。电话那头的一片混乱中夹有熟悉的声音,你的声音,然后是突然爆发的惊叫:一大群男人的惊叫。我呆住了,电话那头似乎也不知所措。整整过了好几分钟,电话才重重地扣上。

我丢下电话,就往门外跑,跑得身子如飞,追着乌云,推斜一路上的房子。难道你就不能在电话那头给我一句话,就一句话?

那天晚上,在那么多人中间,你几乎靠着我的肩。你的脸精巧如玉,嘴唇湿热,使你一下子从扮演的人物变成肉身凡胎,生命从这细腻柔软的地方开始。

现在我是一匹识途老马,从新填没的坟坑里艰难地爬出,沿着曾经的脚迹往回跋涉。他们都以为我死定了,既然再也不可能见到你,我又何必不死?但是我看到自己依然在寻找,再次等待在路口。

夜降临太早,这场雨真的永远没完。上海的马路,像一个个织妇的手把细丝般的水掂捏成一束,从路四角汇集到铁阴沟盖,汩汩地流下去。下水道被如此泡过几个星期之后,潮气升出,带着磷火的蓝光,幽幽地游动在四周。法租界兰心大戏院门口人头攒动,伞和尖顶的雨衣密密麻麻占了蒲石路迈而西爱路口。这不奇怪,每晚都如此,今天令人不安的是似有若无的说法。事情已经发生,事情正在发生。

一辆汽车驶过霓虹灯光闪闪的夜总会,往兰心大戏院而来,车夫猛地停住汽车。从里面下来两个女人,一看就是母女俩,他们心急火燎地往戏院门口售票处跑去。门口亮着"客满"的霓虹灯。女儿回过身来,失望地对举着伞的母亲叫喊。

母亲看看门口的票贩子,从皮包里掏出钱来。票贩子瞧瞧女人手里的钱,摇摇头走开。女儿不服气地翻找母亲的皮包。的确,没有多带钱。

阴谋迭出的交易在等票者中进行,讨价还价加上诅咒发誓,不时有惊喜或失望的尖叫。

上海早就裂成几块,法租界、公共租界,以及日本人占据的苏州河以北,电车早已互不相通,看一场戏要换几趟车,不容易。

票房墙上挂着一个西式日历:1941年12月6日,日历已经只剩下最后一小叠。

今夜的观众,与以前不一样,连票贩子也夹在人群中发表自己的看法。"晚报说的!"一个惊人的消息正在传开,人群的喧哗突然升高,有的人在急切地打听。"这是谣言!"否认的吼喊,带着愤怒,更为激昂。

在戏应该开场的时候,门外的人却越聚越多,扎断了街,堵塞了交通,人数远远超出剧场能容纳的数量。这一整个夜晚,兰心大戏院人流不断。连不远处国泰影院的观众,也有人中断看电影,甚至那些夜总会里的男女,都往兰心赶来。

他们赶到这儿,不是想看戏,而是想知道戏能否开演,为了知道一个虚实。尽管这年月天天有重大消息,许多人就是在家里坐不住,就是要到这里来,到新闻发生的地方来。

剧场里,富丽的圆顶灯光如菊,光焰四射,也不见暗淡几分。但是观众觉得这一切太不真实,他们站起来,离开自己得意的座位,厅内过道上,铺着华丽地毯的走廊挤满了人。不时有人激动地往后台走,想进入后台看个究竟:女主角是否在认真化妆,布景工是否在检查绳索。但台口守着的人一律拦住。

"那么是真的?"他们挑战似的问。

看守者平淡地说:"没听说那消息。"

早过了开场时间,台上还是没有动静。观众心里都感到谣传的一切,正在被证实。陷入悬疑,又不知底细,让人觉得在受命运愚弄。观众的这份愤慨,像森林之火,风刮着往台上卷。

终于,幕布拉开,灯光仅打在一片江水之景的舞台上,一个人走出来,剧场渐渐静了下来。他戴着眼镜,穿着长衫,平时看着很高,这时孤零零的身影,却在空旷的舞台上显得个小。

老戏迷马上明白这不再是戏,这人是著名导演、爱艺剧团的团长。

导演镇静地朝进口招招手,让收票的人把戏院门打开,让场外的观众都进来。人们有秩序地鱼贯而入,不久过道都站满人,沾着雨珠的雨具收拾得妥帖。场内已经没有窃窃私语,一切都太像一个仪式。已经化了装的全班演员有次序地走入舞台,连乐队也拿着乐器,站到台上两侧。

导演回头看了一下台上的人,转过身来。他拍拍话筒,觉得声音清晰了,才抬起脸来面对观众,宣布了大家已经知道的消息。

但是全场不知道如何反应,愣了一下才满堂炸锅似的大声哄然。

没有一个人退票,没有买到票的人,也把钱放到义捐箱里。

导演静穆地站在那儿,陌生人的脸在他面前出现,又消失。他的助手搬来一把椅子,让他坐下。他固执地摇了摇头,酸涩的口水艰难地涌上舌尖,吞回喉咙。

记者们赶来。导演不得不对他们说话。一江寒水涌入这个冬季,这一夜恐怕才刚刚开始。他尚不到三十五岁的脸上,爬上好几条皱纹。他不想演说,那蹦出嘴的话,吓了他自己一跳:什么时候,我是这样不注意措词,倾倒出心里想说的一切?

第二天早晨,上海中西文报纸大版面报道这件惨事,在名字上加了黑框。《申报》记者引用了导演的原话,头版头条是一个大惊叹号:"一个时代的结束!"

各种剧照,都被找了出来。报纸都说这是"现代孟姜女哭夫"、"多情女以身殉情":她赶到孤岛上海租界来,应邀参加话剧《狐步上海》的演出,目的是在救她的不幸被汪伪特务机构76号逮捕的丈夫。76号假意释放,却秘密枪杀其夫,她痛苦万状,只能自杀殉情。

爱艺剧团的同事们,租了一辆灵车,提前一个小时从兰心大戏院出来,赶到集合地,然后与自动集合送葬的戏迷们一起往国际饭店方向来。没有口号,没有横幅标语,只有灵车上架着的巨幅画像,那是美术师连夜按照片画出来的,装在一个木架上。美人玉殒,笑颜不再,这本身就够让人悲哀的了。况且许多东西将随着她消失:那些千奇百怪的传闻,那些纠缠不清的艳事,那让上海永远生机勃勃的女性气息。

人流经过国际饭店门口时,纷纷驻足抬头,看耸入云端的上海第一高楼那堡垒式的塔顶,想象那个绝色美女气咽命绝时的惨景。国际饭店里好多中外住客也拥了出来,加入到送葬队伍中。

在国际饭店楼上,窗帘后面站着饭店的犹太人经理,紧张地注视着整个场面,不时举起望远镜看队伍走了多远。他让饭店警卫做好准备,以免游行队伍控制不住情绪。

这个国际饭店充当不了风暴中的避难所。孤岛即将沉没,国际饭店再高,也不可能避祸。一切残存的美,都在昨天陨落。

送葬队伍往西走去,离万国公墓还有好长一段路。

经理转过身来,戴上帽子,穿上大衣,向手下人交代了几句,就关上房门。不一会儿,他出了国际饭店大门,朝送葬队伍方向急急走去,但并没有加入,忽然拐向南,加快了脚步朝相反方向走。只要这步子不停下,就会到达一个目的地。另一个人的埋葬,需要他去处理,送葬的只可能是他一个人。

我必须告诉上帝,意料之外的一切,都准备好了。

第一章

于堇坐船到达上海,是1941年11月25日,她从码头直接搭车去国际饭店。

轮船拉响汽笛,鸣叫着从黄浦江进港,她扶靠船舷,看着熟悉的外滩,扳着手指数离开上海的年月,数不清,心里就是不肯数清。这季节,弄不好,心上都会生冻疮。

日本人在码头上没有打旗设警,可能知道这是上海的门面,占领军的形迹,表面上并不很放肆。十六铺码头楼顶上的国旗,竟然是中华民国青天白日旗,让人顿生幻觉,以为战争已经结束。

仔细查看,旗上面有一条黄带子,上面有几个点子看不清楚,她知道那是"和平反共建国"六个字,日本人的傀儡南京伪政府萎萎缩缩的标记。

旅客有次序地下船,码头上站着各种各样接客的人。于堇费力地穿过拥挤的人群。在码头一端,熟悉的上海黑色出租车整齐地排列着,黄包车、三轮车各有其所。战前十六铺码头乱糟糟地吆喝抢顾客,乞丐小偷混在其中,挑夫更是拼命朝前挤,嚷着抢生意。这原是上海第一景,此刻在日本刺刀下,倒是秩序井然。

行李简便,就一个皮箱,船上侍应生,交给码头上的红帽子,紧跟在于堇后面。皮箱在那人手中变得很轻,他走得轻快,瞧见人多,便机灵地走到她的前面,不时用手推开挤到她身边的一些人。于堇戴着黑色贝雷帽,蓝缎花旗袍,外面披了一件淡红色开丝米短大衣。

乌云故意冲着这外滩狠命地压下来,气闷得慌。幸好不时有阵阵海风袭过,爽快了许多。下船的女人,不像到达一个战争中的东方城市,个个似乎都一步不拉地紧跟着欧洲的最新款式,高跟皮鞋上的毛呢长短大衣和皮衣,每人各有色各有样。

就在这几天,巴黎已经陷落,伦敦正天天挨德军的轰炸,伦敦牛津街 Miss Selfridge 橱窗里的最新时装,要七张配给券,连伊丽莎白公主也买不起,只有这个上海,只有这个外滩码头,才能在全世界炸弹摇晃中领袖时尚。

她跨入出租车,脸上感到雨点,真是赶巧了,车子驶出百米,就听见雷声像锣鼓喧天,闪电蛇状地起舞,雨水往车子顶上打出切切嘈嘈的声音。非但不难听,节奏复杂得令人兴奋。

很好,于堇交叠的腿换了一下:上海知道怎么迎接我回来。

不一会儿,景色就模糊了,雨水毛茸茸地覆盖了玻璃,像戏里唱俗了的词:行人欲断魂。

车子过了九江路,于堇顺手抹抹玻璃上的雾气,出现了熟悉的场景:路人撑着中式伞西式伞,穿着各色雨衣,小贩挑着担子,戴着斗笠披着雨蓑。为了看得更清楚一些,她摇下车玻璃,雨比刚出生的小猫爪子还细巧,潮湿的空气中竟有幽幽的香气,像玉兰,也像栀子花。她心一动:这是种久违的气味,而且一个少女撑着一把描红花的油纸伞迎着车子侧身而过?

突然好多早已忘怀的旧事纷纷涌来。她赶快掉转脸,去瞧街的另一边。

出租车停在国际饭店黑大理石贴面的大门前,于堇再也无法怀疑自己回到的地方是上海。包着红头布的锡克人门卫,恭敬地举着布伞出来迎接,上了台阶,又替她打开饭店的大门。走进几步,她发现自己站在金碧辉煌的大厅中,在这一刹那她的举止像一个茫然失措的孩子。

经理迎面而来,拿起于堇的手礼节性地吻了一下,她眼前一阵眩晕,觉得自己走进了一个舞台。

"很高兴见到你,密斯于。"

"是索尔·夏皮罗先生吧?真高兴见到你!"于堇眨着眼睛缓过劲来,用英文对经理说。夏皮罗四十岁不到,中等个子,肩宽,脸有点圆,模样很敦厚。

这儿仍是原样,大楼外墙是花岗岩及釉面砖,里面却是乳白色大理石,浅色砌石,甚至连豪华的吊灯,那柜台的茶房也是同一张脸庞。

她想想自己这几年来,搁浅在香港,那深蓝的海水,并没有冲淡留在心底的黑暗。

"请叫我索尔好了。"索尔·夏皮罗发现她的脸色苍白,"密斯于,你美貌如昔,而且比电影里还美貌,时光对你真是青睐有加。"

他虽然是犹太人,在奥地利长大,口音却比英国人还英国,温文尔雅,不折不扣的王家英语,咬音吐字柔软而有戏剧腔,完全没有他的母语德语的那种高亢。

"时光"这词让于堇从恍惚中惊醒过来。其实她和这个夏皮罗以前未曾见过,夏皮罗对她那番恭维也不过是看到过她的剧照而已。她注意到他的头发刚开始花白,却已经高度谢顶了。

但是他穿着洁白的西服,黑领结质地很好,戴得不偏不斜。双肩上一点灰尘也没有。这个人的整洁,给她一个不错的印象,而且是个有心人,知道于堇最讨厌别人叫她"太太"或"夫人"。看来首次见面之前,他就把应当知道的事弄得一清二楚。

她微笑了,客气地说:"听人说起过你,索尔。不过这个人怎么会忘了提醒我:你特别会说奉承话。"

"我的话实实在在。"夏皮罗摇着头,好像在跟人斗气似的。

"那么19楼1号也没有变吧?"于堇的声音里有一丝不确信。

"巧了,正好1号空着,真是上帝的安排。"

"爱艺剧团要上新戏,让我来演一阵。戏演完就走。住高一点好,省得人打扰休息。"

"我当然明白,"夏皮罗陪着于堇走向电梯,"我会关照注意。"

饭店的仆欧早已从出租车里提来于堇的行李,等在一旁。于堇跨入电梯,向夏皮罗挥手:"回见了,谢谢。"她说完侧过身。

"H先生说,会尽早见你。"夏皮罗温和地说。

于堇吃了一惊,转过脸来。

"他说在他见到你之前,请你千万当心自己。"

"怎么当心?"于堇犹疑地看着夏皮罗,但是她没有对他说,而是在心里这么想。电梯门已关上。电梯一直把她送到十八层,这楼层只有三个房间,都是高级公寓客房,非常安静。她跟着侍者,走上扶手走廊,从旁边上楼梯,到楼上,这儿没有电梯。

她记得一清二楚:这个号称远东第一大厦的二十四层楼饭店,有二百多个客房,十九层是客房的最后一层,只有两套房间,另两个房门是露台和通道门。再上面就是机房、水房和冷藏室,塔顶还设有瞭望台。实际上地下还有两层,装有锅炉房等设施,另一半地下室特别加固,防火防水防爆炸,租给各银行安置钢质保险柜,另门进出。

侍者打开门,请于堇先进去后,才进到房里,殷勤地准备拉开窗帘。但是于堇抬起手来,止住了他,并拿出小费,侍者知趣地告辞了。

仆欧把行李送到,他从另一个电梯上来。

他们的脚步声都很轻捷,关门也是如一阵微风无声无息。几分钟不到,这房间里就静得仿佛属于另一个世界。于堇走过宽敞的过道,经过沙发椅桌的客厅,向右直接走进卧室。

她静静地站在窗前,拉开窗帘,忽然间,整个眼界被熟悉的景色占满,大上海无边的建筑苍苍莽莽,似乎在缓缓沉沉地转动。于堇感觉自己的身体突然生了根,不像刚从船上下来那么悬空了。

转身坐在椅子上,她蹬掉皮鞋,长长地叹了一口气,这才觉得舒服多了。地板上的高跟皮鞋,雨中走来,干干净净,一点污渍也没有。

茶几上有一青瓷盘凤尾花,红得热烈,羽毛状花穗浸出香味,好像在回答她心中的问题:今生今世,不会第二次开花。

晚于堇一步,夏皮罗进了旁边一台电梯,但他只到十八层,进了1801房间。雨水的细丝线贴着窗玻璃,朝一个角落流淌。他干脆打开窗来,用手去摸那个角落,窗台的水泥好像有一丝微小的裂缝,浸透雨水后,才看得出来,好像专显示给他看的。

七年前盖的饭店,依然崭新。这个世界上的人,专事枪林弹雨破坏,房子却比人长久。多少代之后人尸骨无存,可能这国际饭店照旧傲视上海。

他关上窗子,走到桌子边,拿起电话找到人,一清二楚地说起来。

第二章

下午两点,在爱艺剧团小小的办公室里,团长兼导演谭呐焦急地搓着手来回转圈——助手告诉他:于堇来过电话,人已经到了上海。

谭呐刚才只是肚子饿了,出去找个地方打发午饭,吃碗阳春面,恰恰就错过这个等了一个多礼拜的电话。

其实他有预感,久等不至的于堇,很可能今天会到上海。只是怕双方错过,他才未去码头接她,而是在这里坐等。

老板娘添煤下面时,谭呐第一次发现这个瘦瘦的女人手脚慢得恼人,围裙都系得歪歪扭扭。因为细雨,气温比往日冷。他穿着暗条纹的裤子,上衣是中式棕色夹绒套衫。似乎有意看得清楚一些周围情况,坐在对着门的地方,凉风贴着皮肤窜。看着湿湿的马路上的人影,他心里惴惴不安。

雨伞搁在凳子边上,只有几滴水珠。桌上的酱油瓶和醋瓶换成细高颈的小壶,旁边一桌仍是原来的瓶子。

老板娘端面上来时,他正好猛一回头,差点撞翻热腾腾的面碗。他气得想骂人,但忍住了。老板娘倒是好性子,笑着给他放好碗。上面漂了层绿绿的葱花,冒着一股香味,平时在解饥之前,他觉得这味道特别好闻,总是借此给自己的嗅觉一点儿挑逗,本来就是要把油吹开才能让汤面凉一些。

这次他着急起来,吹重了,油汤水溅出来把手烫着了。他惊叫一声跳起来,掏出手绢,把手擦干了。老板娘赶快端来一碗清水,嘴里连连道不是,其实这与老板娘无关。他镇静了下来,心里直为自己的失态冒火。

助手看着谭呐脑子走神好一会了,觉察到导演今天神情太紧张,便体贴地走到办公桌边。助手比高个子的谭呐矮一截,一张圆脸,他耐心地说:"于堇小姐说等一阵子再来电话。"便小心翼翼地等着谭呐发话。

"她留了电话号码没有?"谭呐看了助手一眼,不快地问。

"没有。"

"你也不问一下?"谭呐止不住发火。

放在门边的雨伞突然倒地,声音响得不合雨伞的身份,从伞边沿细细徐徐有一注水往地板上流。谭呐走过去,拾起伞来,干脆撑开,仔细地搁到有屋檐的阳台上去。

"她还说了什么吗?"谭呐皱着眉头问。

"她说过一阵再打电话来。"助手给谭呐倒了一杯茶水,放在他的桌上,"她这么说了,我就不便问她的号码。"

"不便?!"谭呐坐下来,他重复一句,心里很是不快,"大明星的牌子能砸死人,连剧团里的人见了大明星也两腿发颤。"

但是他没有说出这些话,只是在心里嘀咕。或许整个上海就他一个人不必佩服明星——好几个特等大明星都是他调教出来的。

谭呐拧亮台灯,拨弄着桌上的铅笔,在纸上乱画,那一叠画纸,全是他设计的《狐步上海》的舞台背景。几天前舞台布景美工师全部做完,从昨天开始,他又在纸上重新设计,好像是为再度演出之用。

追求完美,这本来是他的毛病,世上哪件事能够完美？艺术一完美就有匠气。这点他明白,但是至少比枯坐等电话感觉好受一些。这天气糟透,做什么事都打不起精神来。窗帘脏得可以做抹布,插曲已经排演完毕,他在考虑是否再加一首可以唱得人心的歌曲,让于堇自己唱。

"她说过一阵就打回的。"助手像是自辩像是安慰地咕哝了一句。

"她的'过一阵',就是半夜——半夜前她不会有空。"一个低沉的声音在门口响起。

谭呐一点不惊奇地慢慢回过头来,是莫之因靠在爱艺剧团办公室的门框上。此人不管天是否下雨,照样穿得整齐,唯恐不符自己小说的风流情调,头发抹着凡士林,脚上蹬着黑黄双色意大利皮鞋,戴了一根丝绸领带。

这个《狐步上海》剧本的作者,是这里的常客。谭呐取下眼镜来看玻璃镜片,洁净得很,他还是用绒布揩揩戴上,心里倒是惊奇莫之因断语如此肯定。助手和他面面相觑。刚才两人都没听到任何上楼的脚步声,看来他们的脑子都被于堇的电话搁死了。

"之因兄,你好作惊人语。"谭呐挥手让他坐,自己也不抬起身来:他们很熟了。以前在一些文人的聚会上碰来碰去,却一直没有深交,这次合作才算正式携手合作。戏开排之后,莫之因几乎天天现身一次,有时在排练场,有时径直到谭呐的办公室。对此谭呐不由得在心里打个问号:这人是否时间太多?后来明白了作家也喜欢在演剧界进出,既然人生如戏,且看职业戏子如何过人生。

这上海滩也怪,专门生长文人,就像蘑菇,一大篓去了内地,一片空白的地上又冒出一大筐,而且更加色彩斑斓。

墙上挂钟两点过五分。天突然变明朗,阳光照进房间里来。莫之因脸无表情,走了两步,站在椅子前。一束阳光穿过阳台,正好打在他的膝盖上。"这个女人好做惊人事!"他说完,叹了一口气。

"我知道你一直反对请于堇主演。"谭呐理解地说,"不过你相信我们吃这碗饭的,明白什么角色,非得什么人演不可。"他的手抬起来,点向莫之因,朗声笑起来,"说到底,你创造了这个角色,罪责在你!"

看看墙上的钟,谭呐跟助手说他可以下班了,由他守在这里等电话。助手默默地走了,顺手拉上门。门重重地合上,把这幢洋房震得直颤。谭呐皱了皱眉头。这个房间并不小:两张桌子,三把木椅,一个大书橱,中外书都有,房间正中间有一个尚未生火的壁炉。同层的另一个房间是他的卧室。楼下是厕所和洗澡间,另两间房空着。这个当作办公的房间朝东,有两面窗子,如果是大晴天,光线很好。

不过,谭呐写东西时并不太喜欢阳光直射,靠着桌子的这面窗总是拉上一半窗帘,情愿开着台灯。

看见莫之因在对面坐下,叭的一下,谭呐关了台灯。

"这么节省?"莫之因抬了一下头。

"剧团不是银行。"谭呐把桌上散开的纸片叠好。

窗外又飘起雨丝,天压在上海屋顶上的一部分亮着。这雨会继续下,天黑前没准会更大。

莫之因从西式裤袋里掏出银光闪闪的烟盒来,手指灵巧地一按,盒打开,里面是排列整齐的十根古巴雪茄。他淡淡地说:

"你是要她主演《狐步上海》,她却是来上海救倪则仁,等人反被人等恼!来,先抽支Cigar吧!"

谭呐站了起来,接过莫之因递过来的雪茄,弯身凑近莫之因的打火机。他惊奇地发现,抽烟厉害的莫之因的手指,居然没有被熏过的痕迹。这人爱漂亮,身上喷了古龙香水,他的牙齿也不黄,天天猛喝咖啡,牙齿缝一点黑斑也没有。

此人明显自恋,过分爱惜自己,大概常去牙医那儿。能把自己周身上下装饰得这么整齐的男人,谭呐生平没见过第二个。整个上海滩喷香水的男子,恐怕全是洋人,外加这半个洋先生。

谭呐背靠扶椅,含着雪茄,抽了一口。透过烟雾看着莫之因。这个人似乎提了一盏危险的灯笼来,灯笼漏出的不是亮亮的光线,而是一摊水,湿了这屋子,甚至他的鞋,都重得抬不起来。这感觉很强烈,他坐下来,又狠狠地吸了一口。

不管如何,既然于堇人到了上海,事情已有眉目,今晚可以轻松地睡一觉。其他事不必过早操心,莫之因的潇洒加雪茄提醒了他。

莫之因绕过桌椅,走到谭呐身边,把手放在他的肩上,拍了拍,像说什么重要秘密似的,低声道:"倪则仁被76号逮捕的消息传来后,我就知道这次于堇会接受你的请帖。这个女人端足架子,几年都不愿意回上海演戏。你是乘人之危,劫掠美女。"他把雪茄搁在桌边,脱下西装来,仔细地挂在椅背上。他的马夹罩着白衬衣,人显得更高了一些。

看着他拿起雪茄,谭呐笑了起来,把话扔过去:"你不是一直夸口,说于堇绝对佩服你的作品。现在你可以当场领受钦佩的眼光!我看你算是前世修了福,我们剧团也借了你的光!"

今日这著名的花花大才子,打进门后,脸就一直绷着,未露出一丝笑容。他恐怕是知道于堇到上海,才专门来送信的。不管怎么说,也算是一份好心。

莫之因一向财大气粗得很。谭呐心里给他算算,光靠稿费够不够。这次的剧本费,是票房分成,和大家一样都一文钱尚未到手。不过,雪茄的味道妙不可言,当属上品,没有怀疑的余地。莫之因哪来这本事:孤岛万物腾贵,他照样抽货真价实的古巴雪茄?

据说此人只是每天中午前写作两个钟头,下午泡咖啡馆,晚间出入名餐馆和高级舞厅。前一阵子胳膊上老是挎着的依人小鸟,是百乐门的一个红舞女。后来那舞女跟上别人,倒也见不着他伤心。他是那种衣食不愁的单身贵族,三十岁刚出头的好年华,又正负盛名,整年到头唤朋呼友地玩。

有时谭呐被他强拖着,只好跟着去,每次都发现艳如桃花的女人们围着他。莫之因能让这么多女人抢他转,互相之间居然不争不闹,肯定有他过人的本事。天生艳福,让时时觉得忙不过来的谭呐佩服之极。他自己的脑子只配搞戏剧,即使有点羡慕,却明白这不是他玩得起来的游戏。

莫之因冷笑道:"借我的光?"

谭呐不想继续这个题目,便说:"能来就好!"

莫之因又叹了一口气:"她瞧得起我?"

谭呐看着手里的雪茄,莫之因这个上海第一登徒子,竟然不怕丢脸拈酸吃醋,倒也有趣。他试探地问:"假定于堇回上海真是千里救夫,难道你不觉得应该同情?"

"她是什么货,我清楚。"

对此话,谭呐觉得恶心,人一旦酸劲不控制,就只能出自己的洋相。他半开玩笑半带讥讽地回应:

"这圈子里,谁是什么货,谁都清楚。"

莫之因灭了烟蒂。桌上有个精致的小瓷盘做烟灰缸,谭呐虽然不常抽烟,却非常在意小细节、小情调。他早就觉察出谭呐今天的话太不客气,不像平日从来都注意言词,照顾各人的情绪。今天话一出谭呐的口,在他听来就尖利得很。莫之因面子上下不来,又不想再与这个戏剧界名人斗嘴,只好拿起西装外套要往外走。

"这是你的戏!"他嘀咕一句。

谭呐装着没听见,站起来,并不留他。手中的雪茄,只抽了两口,就有意不再抽,任其慢慢燃出一股香味。时候不对,地点不对,又凑上一个倒霉的下雨天。今天他来,又是从谈于堇开始,以谈于堇结束。看来人还是得有名,名人加漂亮女人,就更了不得。

"恕不远送。"谭呐说。

莫之因想笑,却未笑出来。这个剧基本上已经筹备就绪,场子也租定了,十八层楼附近的兰心大戏院,就等着饰主角的于堇来最后合戏彩排。这下面的戏,已经不关他这个剧作者的事。

谭呐看着莫之因边走边穿上西装外套。他虽然比莫之因年长几岁,在上海演艺界,却是老资格,说话很有分量,什么大人物都接触过,什么怪人也能团结。对付这个莫之因还是游刃有余。花花公子诗人作家,他在戏剧生涯中也颇领略过几个,大部分是空心萝卜。

不管如何,他坚持自己的主意:请于堇来。上海人一向怀旧,三十年代的女明星自天外飞来,这个孤岛就会大抽一阵筋。就冲于堇影戏两栖红星这名字,大部分的票都会预先售光。

不过租界工部局的洋大人,对日本人的压力越来越顶不住,早就开始禁演有抗日内容的戏,原已准备上演的明末美人剧《陈圆圆》也通不过审查,说有"危险倾向"。换上莫之因的这个软性剧本,递上去果然一路顺风。谭呐选上这么一个洋场风月戏,让演艺界都有点惊奇。他自己明白,这可能是他在上海的最后一剧,他只是非得上演一个剧不可。

而于堇,可能是这盘残局中,他要走的唯一精彩的一步。

莫之因走到门口,下面是并不宽敞的楼梯,通向一楼。他的脚步很重,似乎有意重得让谭呐听见,楼梯吱吱呀呀地响,扶手的木质很好,光滑滑的。墙上贴了几张三十年代的画报封面,都是些电影明星,有一张是报纸,于堇演戏的广告。不过,年代久了,人像和字都模糊。他抬着头,完全不看脚下,似乎他的傲气不是摆出来给人的,而是气质中含有这种东西。这样走了十来步,莫之因忽然停住,回过身来,很大声地说:"谭兄,我知道你的女王的住处。"

这倒不是文人咸淡白扯的事,那声音很正经。谭呐赶紧走到门口,冲着莫之因喊:

"她住在哪里?"

莫之因嘴角露出冷笑,用手抚顺头发,看着楼梯的扶手,不屑地说:"肯定住在Park Hotel!"

"国际饭店!那么贵的地方,搞什么名堂?"谭呐认为这是不可能的事。

"很多人说她在香港演电影挣了大钱,你到底付了她多少?"

"跟大家一样,一文未付,预支了一笔路费。"谭呐不愿意多说,他语气很坦诚,"我手头不能松,这情况你知道。"

莫之因整个身体转向谭呐,脸抬了起来。他觉得谭呐根本不理解女人。

"这个女人要面子,倒贴住高级饭店也甘心,她就是要上海人佩服剧界女王凯旋的排场。"他索性敞开说出他的不屑,"Park Hotel,西方人设计,西方人当经理,四大银行的产业。现在我告诉你了,你又奈她如何?你知道了,也没法去找她!甚至连电话都打不进去。他们给住客保密,守卫又全是门神一样的人物。"他掉转脸,脚往下迈,话却更刻毒,"说难听了,她在那里当婊子你都不知道。"

他突然冒出的粗话让谭呐一愣,但他当即反应过来,开怀大笑:"莫兄呀,怎么你的悲情剧已经开场了?她在上海有谁作伴,干卿底事?"

莫之因没有再作声。走到一层,走出门,也不顾外面正下着纷纷小雨,冲进院子,满腔悲愤的样子。

这幢二层的西式小洋房是哈同夫人罗迦陵的产业。外观很普通,甚至围墙都显得灰暗。房子和略显空旷的院子虽说不寒碜,只要修理一下,哪怕墙上清除一点青苔,都会有明显的改观。前院里长了两棵梧桐树,夹竹桃和竹子都长年没有修剪,疯长得厉害。

近年欧洲局面混乱,上海的英美人人心惶惶,都在抛售房子,罗迦陵正好低价收进。可是现在租得起这种洋房的人太少,她就顺水人情,先借给谭呐做办公室兼住处,无非是喜欢攀演艺界名人。莫之因愤愤不平地出了大门,觉得什么好处都让谭呐这种文艺界"元老"占尽!

谭呐的眼光好奇地跟莫之因下楼,看着他走出院子。没料到助手举着伞从院子里进来,手里捧着一堆报纸。谭呐从他跳过积水的奇特姿势里,发现助手最近胖了,肚子多一圈肉,脸上也长了膘,年纪不到三十,头发掉得厉害。这人做事认真,在爱艺剧团做事务员才不到一年,事事替他着想,脑袋瓜子反应快,一般他想到什么,助手都想到了。比如,他脑子里闪过今天的晚报可能有用,这家伙下班居然没直接回家,而是先到外面买了一叠报纸回来。

谭呐回到办公室,听见助手推开房子的大门进来,大概是尿急了,他往厕所里去了,关厕所门的声音很响。谭呐想了想,迅速拨了一个电话号码。

"到了。"他简短地说。

"可以上演了?"那头在问。

"应当可以开始了。"他很有信心地说。

放下电话,助手还没有从厕所里出来,谭呐下了楼梯,把梯子上放着的几张报纸拿在手里。他回到房间,喝了一口茶水,这才拧亮台灯,坐在桌前读报纸——报纸竟然已经有于堇近日将到上海演出的消息!他不敢相信。取下眼镜,眯着眼凑到灯光下再看。

真有这条消息!

他四下看,小瓷盘里整齐地堆着烟灰。那是莫之因抽的雪茄,还有他自己抽掉一点的雪茄,依然在灰烬上升起袅袅烟雾。

第三章

没想到于堇真的会回到上海,莫之因心里很不是滋味,甚至觉得自己整个生活给搅乱了。他走到街上,才发现细雨涟涟,淋在他前额脸颊,昂贵的西服两肩上全是雨点。他打了个激灵:今天比昨天天冷,他穿少了。

高大的法国梧桐树,像无数的手臂在挥舞。为了躲雨,他只好走到树下,稍稍把胸中的怒气晾一些。梧桐树叶发黄,有些落在地上,被水浸泡,大多数树叶已经现出焦黄的病态。有几张叶子沾在树干上,他拾了一片,看了一下,便扔了。他看着自己的手指,没有一点灰尘,但他掏出喷过香水的手绢,擦干净。

《狐步上海》请于堇来主演,这事情一开始他并未反对,只是心里很矛盾。于堇的演技超群卓绝,在上海市民中风头很足,他不便反对,好像也没有理由反对:本来于堇就是交际花一个,来演一个百乐门的红舞娘，没有什么不妥。

但这个剧本，是他根据自己的小说改的，里面的爱情如火如荼。他也曾是于堇的戏迷，却不想看于堇演他的戏。最重要一个原因，就是他不愿看到假戏真演——他知道上海演艺界从好莱坞学来的时髦病：演一场爱情戏，就来一场绯闻。好多对男女，就是这么拆拆聚聚、合合分分的。

这个剧写百乐门一个舞娘，原是高贵千金出身，因父亲生意失败，她才不得不下海。在舞厅遇上一个诗人，狐步舞跳得出色，这舞女对这种奇异的舞步也十分娴熟，两人一时绝配，双方都急切地等着每晚一会。诗人狂热地爱上她，父母本来对她下海当舞女十分反感，现在坚决反对她嫁给一个诗人。她被扫地出门。但她还是与一贫如洗的诗人结合，为了爱情，她可以舍弃一切。但是诗人靠写诗难以维生，她只好继续做舞娘，继续跟各种男人周旋。诗人受不了，追到舞厅。舞娘告诉他不跳舞可以，但必须要有个活下去的办法，诗人说必须有一个死得尊严的办法。两人决定在舞厅跳最后一曲，在全上海舞客羡慕的眼光中，跳到窗台上，双双跳楼自杀。

莫之因敢以自己的生命打个赌，于堇气质孤高傲岸，绝不是这样情深义重的女人，演不了这样一个为情而痴、为情而死的热血女子。对此，他承认没有什么证据。没办法，偏见先入为主。若是冷静的作家，可以静观其变，他是诗人出身，就难做到。

正是这些问题，此时折磨着他：于堇与她的丈夫倪则仁闹出来的风波，已经过了三载，别人可以忘记，他当时是个仰慕明星的文学青年，无法不把当年连接到现在。

对艺术圈里的男女之事，观众往往比当事人更着急。当时报上于堇的婚变，闹得与战争消息一样轰轰烈烈。娱乐界花边新闻，报导得津津有味，大致上说是于堇另有意中人。倪则仁当时在银行做事，后来是上海演剧界抗日慰问团的领袖人物之一，冒着炮火到前线歌唱，得到全上海喝彩，报界捧之为"粉墨岳飞"。于堇偕同意中人离开上海出走香港拍电影。

莫之因至今想来，觉得倪则仁那种找死的蛮横劲，是被于堇气出来的。但此后，倪则仁却从演艺界消失，或许在寻找剂量更大的刺激？终于，这个"岳飞"进兵到间谍场上去了，现在被抓进76号，正是求仁得仁。

退一万步，于堇是什么人？他莫之因何苦钻这牛角尖。上海报纸，一向同情女方的不多。不过，上海人对女明星特殊健忘。今天只有他记得于堇"背叛丈夫"。

本来嘛，他只是舞文弄墨的人。把自己的小说改成话剧剧本之后，下面就全是别人作主，爱弄成什么样，就是什么样。谭呐是资深导演，主意大得很。他莫之因提再好的建议，告诉谭呐，都等于零，说不定还嫌他多嘴——谭呐请了作曲家，请了乐队和舞蹈团——反正近来上海闲着无戏可演的艺术家多得很。

一开始选女主角时，谭呐就一口咬定必须是于堇主演。但是他却有比艺术判断更有力的权威：并不是他谭某人自己的想法，而是房地产大王哈同遗孀罗迦陵的主意。这个胖胖的老太婆，是爱艺剧团的投资老板，样子长得既不像中国人，也不像西方人，说的中国话也是怪怪的。几个月前老太婆真的来过一次剧团，还当着整个剧团的面说：不管选什么戏，都非要于堇主演才能成功。

这些生意人就知道投资生财，钱越多说话越气壮如牛，哪儿懂什么艺术。不过他看出罗迦陵气色很差，说话喘气，站都站不稳，走路要人扶，不像能活到看于堇演出的样子，果不其然，上个月就听说她重病住院了。

莫之因越想越生气。他的头发仍是一丝不苟，不过心情跟街边流淌的水一样,越流越低。路人在他面前走过,奇怪地看着这个一表人才的青年男子失了魂的样子。

雨天路上仍有黄包车,莫之因招手,黄包车未停,全被租了,没有空车。他突然想起今天他是开车来爱艺剧团的,车停在院子里,居然忘得一干二净。他捏捏自己的手心,疼痛感是真实的,一跺脚,他转身折回去。

那个罗迦陵说于堇什么来着?他想起来,她说于堇就是唯美的化身,一身黑丝绒旗袍,犹如一朵黑牡丹。于堇每次演出,在开始说话之前,都只是背对观众,四周一片黑,一束灯光投到她一个人身上,她慢慢吐出一句台词,才徐徐转过身,让全场观众悄无声息地惊叹不已。不管是古装或是现代戏,都这样开场。

她演女皇武则天,背景是一座古庙,落难的她一身道姑装束,居然不穿白色或深黄,依然一身黑,跪在舞台中间。当她徐徐站起,转过来的脸,面对台光时,全场被这架势,这冷艳之美,镇得统统屏住了呼吸。

令人讨厌的罗迦陵说,她只见过一次于堇演出,那美貌使她一辈子无法忘怀。又说在孤岛弄艺术,不好高喊爱国,正要唯美提神,而且要卖出票,才不至于大家吃西北风度日。

笑话!莫之因想,这种灯光慢转亮相,噱头而已。哪个女演员做不了?还有必要从香港费尽心思弄回来?排戏时主角的位置一直空着,让别的演员暂时顶一下。如此排戏,当然很别扭。这上海街头,多少女人不是美得神秘?就像这满街的梧桐树叶,青春本身就是美,等到黄叶飘零,谁来怜惜?

好在谭呐邀请于堇的信发出后,许久都没有于堇的回音。莫之因心中窃喜。可是报纸偏偏把倪则仁被捕的事捅出,这个女人借了这个由头来演红舞娘。此人一到,事情就完全不同了。一句话,这戏就不是"诗人莫之因大戏",而是"于堇主演巨作"。

这个感觉强烈地抓住他的心,他担心自己快得心脏病了,连偏头痛老毛病都会因此复发。莫之因走进爱艺剧团的院子。他背挺直,神情比平时更孤傲。还好,院子里积水不多,下水通畅,他的意大利皮鞋照样锃亮。

谭呐站在窗前抽烟,看见莫之因迈着不快不慢的步子走进院子,心想,这小子今天有点犯病,一点都压不住情绪,也许是有意的,就是要让他不高兴。谭呐的身体本能地往窗帘后一闪。结果莫之因根本连他的窗子也没瞧一眼,似乎是知道有人在注视,故意装模作样,直接朝一辆漂亮的深绿色车子走去。

助手走过来朝谭呐嘀咕着什么。谭呐脸上没有表情,嘴里说:"好吧。"眼睛始终看着院子里的莫之因。待莫之因钻进他的别克轿车,发动引擎,谭呐才朝助手转过身去。

助手已开始拆窗帘布,他听见谭呐说这窗帘不知挂过多少个春秋,上面有几代人的气息。不洗洗,是说不过去了。

没有窗帘,谭呐顿时觉得这屋子一下子宽大许多,亮堂许多。那些阴气鬼气,如果存在过,从这一刻就该去应去的地方安息。

莫之因没有看到谭呐在窗子后面。他觉得这个下午怪怪的,连谭呐那个看上去老实巴交的胖子助手,都似乎傲慢了许多。街上有家老虎灶,灶前有两个半大男孩,怕冷似的贴着取锅炉的暖。那木头锅盖旧得发黑,上面搁着一块洗得洁净的抹布,冒出乳白色的水蒸气。

水蒸气都冲到街上来了,大人到哪里去了,打开水的人都没有,热水瓶在地面上排了一顺溜。两个男孩的眼睛狼一样贼亮地盯着他的车。

汽车开出很远,朝右拐到了霞飞路,在一个岔路口上。突然,莫之因看见了于堇,戴着一顶黑呢贝雷帽。真像幕刚升起时那样——只有背影。他本来没精打采,顿时来了精神。他从鼻子里哼了一声:下雨天摆什么洋谱?不过那顶帽子下的身段,也着实迷人。他快划雨刷,想看清楚一些,却转眼丢失了人。

他的车子行驶得很慢,眼睛在街边的商店和行人中搜寻。

一个美貌女子侧身对着他,站在一个面包店前,焦急地抬起腕上的手表看,又带着傲气地去看马路。这姿势只有于堇才有。他脸上出现了笑容,赶紧把车停下,讨厌的是,总有人挡着他的部分视线,使他看不清于堇的脸。一辆漆着祥生公司40000电话号码的出租车,开到面包店停住。她上了出租车。那辆车朝外滩方向去,他踩了一下油门,情不自禁地跟了上去。

那辆车进入虹口地区,女人下了车,关上车后掉过脸来。莫之因看清楚,明白自己整个弄错了,那美貌女子并不是于堇,而是一个他认识的叫白云裳的女人。他不由得笑话自己:如果上海所有的漂亮女人都会被他误认作于堇,他又何必一定要对这个名字不高兴?

今天没白跑谭呐那儿一趟,莫之因证实了自己预料的事:于堇已到了上海。

他觉得热,一手握方向盘,一手扯掉领带。

白云裳双手插在大衣口袋里,旁若无人地往前走,使他有点莫名的惆怅。这天余下的寂寞时光,一个人打发是很难受的事。想想在虹口哪一个俱乐部值得再去,前面就是横滨桥,他刚要驶过去,就听到两声枪响,放爆竹一样。他猛刹住车,赶紧埋下头,觉得有两个黑衣黑帽的人,如一阵风闪过车窗。

他抬起头来,脚依然踩在刹车上。这条可走汽车的路,平常行人也不少。今天由于下雨,天暗得厉害。杀手不必等到夜里才动手。不知道今天杀的是谁。一年前一个日本宪兵被暗杀,日本军方才决定封锁沪西越界筑路地区的大片地区。可是就在今年年初,几位日本官员连连遭到重庆军统方面的枪杀。3月,一名日本水手在光天化日之下被杀,当天晚上一个通敌银行家与日本妻子及其儿子,在愚园路上被绑架。

还有一个很有名的家伙,在乡下遭杀手袭击,大难未死,他跑到上海来,觉得会安全一些。7月里一个清晨,他一离开寓所,被人射了八枪。上海暗杀频频,汪伪76号特务在租界也没闲着,以命偿命,要杀倒白人租界的气焰。

日本军方乐于看到上海越杀越乱。一出事,他们正可借机"维持秩序",一抖威风,在占领区边上设置了新的铁丝路障,虹桥徐家汇边界布满隔离网,许多小路被封锁,杨树浦河上的所有桥梁被封锁。所有路经这儿到上海去的华人得被严格搜查,不准带武器。有时甚至宵禁,晚上7点和早上5点之间,不得进出苏州河以北的"日本城"。

莫之因的脚重新踩动油门时,决定干脆直接去找白云裳。可是她早就没影了。白云裳狡兔三窟,可这难不倒他。不管对方高兴或是不高兴,他见到女人总是高兴的事,这是他呼吸的必要空气。他知道白云裳一直在反复读《狐步上海》剧本,某些台词背得滚瓜烂熟。

男人拉着女人到玻璃窗前,他要和她一起生活。舞台布景是一面大窗子,从中可看到上海万家灯火,再远处是停泊着船的外滩。

女人说:"在海上,灯塔并不是为一个人存在于黑暗之中,蝴蝶自由地飞舞,与作为标本,其实是同一种命运。但是飞舞的过程,这命运是哪一方神都不能主宰的。"

男人说:"假如能在孤独的灯塔里,与你一起听着海水拍打岸的声音。谁能保证,被追求者不会狂热地爱上追求者呢?比如,你就真的不爱我?"

于堇站在那儿,微微侧转过脸:"原谅我吧!在这个乱世,我怎敢奢想爱情?"她凄然流泪。男人一把拥她入怀。

天哪,怎么会是于堇?见鬼!莫之因禁不住狠狠地骂自己。真是没有出息,绕来绕去,最终还是停在这个名字上。

第四章

回乡之旅,没有走什么路,于堇却觉得两腿肌肉绷紧。她取下腕上的手表,脱掉衣服,没有穿拖鞋,光脚走过去推开浴室门。浴室右边的白浴缸很大,她钻进热水足足泡了一刻钟,全身才松弛下来。记得白克路上有家俄国人开的美容沙龙,若去那儿按摩就好了,可是今晚不能。今晚她只等一件事来临。

水声哗哗地响。有个预感,这次恐怕得在现实里跳狐步舞了。羽毛步转换旋转步很自由,小跑步和波浪步,会有意想不到的效果,平滑步很真实,这么多让人眼花缭乱的高难舞步,他们还能要我干什么呢?于堇想。为准备这演出,她在香港到上海的船上把一个个舞伴都淘汰掉了——那些男人都觉得这个女人跳疯了。水温不够热了,她拧着水龙头,热水再开大一些。她解开发扣,甩了一下脖子,一头微微烫卷的长发披落下来。

她已给谭呐打了电话，可惜他不在办公室。等一会儿再给他一个电话，让他放下心来，现在她得先消除疲劳，前面还有更多劳苦。

洗完澡，于堇用毛巾擦干身体，踩在搁在屋子中间的地毯上，镶木地板亮晃晃的，三个月打一次蜡，保养得很好。从花纹看起来，地毯像是中东波斯一带的，质地很好，手工织细丝，图案是花鸟，还有一个变形的月季。她靠着枕头，看着地毯，那些色彩跳跃迷惑、新鲜起来，翅膀抖动，好像在飞舞。

她披着浴袍，往床上一躺，眼睛立即合上了。

无法不睡，却又无法睡沉稳。她觉得房间里进来两个打扮得妖里妖气的女人，她们凑近床边，然后去看衣橱，又查看她的行李，把衣服拿出来，对着镜子试穿。

十九层还有一个套房，只留给特殊的客人住，经理说过此时空着。这两个女人能从什么地方冒出来？

于堇想坐起来，却害怕被她们发现她是醒的，仍是照样躺在床上一动不动。她们穿上她的衣裳，还嬉闹着开玩笑。玩笑很滑稽，很下流，关于男人那话儿与神之间的相似，说神是信则灵，只对虔诚信者显身。男人这东西也是，你不信它，它就是不出来。

她们笑得开心，于堇却是笑不出来，太荒唐，竟然在她的房间里谈男人经。明明瞧见她在睡觉，扰人睡眠已大不应该，大声喧哗，说这种玩笑就更不应该。

"别笑！"有一女子手放在嘴唇边嘘声，告诉另一个女子，不要吵醒床上的人。大笑着的女子捧腹想止住笑，却是未能办到。只是声音小多了。

"别笑，有什么好笑的！"

于堇眯起眼睛看，说话的女子脸上像披了层纱看不清楚。她突然凑近于堇看了一看，样子很生气，好像发现她是假装睡着，于是伸手把写字台上的黑贝雷帽,扔出窗外。

于堇再也顾不上装睡,赶快爬起来,飞奔到窗前,看见那顶帽子在毛毛雨之中,随风缓慢地在空中飘着。

她往下看,吓了一跳,南京路像悬崖深谷底,车和行人如昆虫蚂蚁在谷底行走。汽车的喇叭像远远传来的哭声。早就听人说过,这地方是上海破产富人自杀的第一选择,从上海最高楼跳下,能保证立即死亡,死在最繁华的南京路中间,不管怎么说,生命最后一刻都算轰轰烈烈。

两个女子一人拉住于堇的一只手,各站在窗口一边,她们齐声说:"就这样。"

于堇拼命挣扎开了,摇着头:"不。"

她醒过来,满身是汗。在幽暗中费劲地半撑起身体一看,黑乎乎的房间里什么人也没有。

她坐了起来,深深地吸一口气,胸口好受多了,人也清醒了大半。

看看墙上的挂钟,只是打了一刻钟的盹,却做了一个长长的梦,像被人施了魔咒一样,挣扎无力,呼救无声。她揉揉眼睛,拧亮台灯,灯光扎眼。那梦寐留下的恐惧,立即从头脑中消失了。

拿起电话,于堇对电话那端说她需要一个无线电。忽然发现写字桌上没有贝雷帽。明明放在桌上了,那么刚才那个梦不是梦?她心一惊,放下电话,再看她的行李还是原样,衣物丝毫不乱,衣橱也是空的。

静静心,她仔细检查卧室,窗子开着,窗帘全拉开,外面刮着风。她伸出头往下看,南京路真的深不见底,只有汽车的灯光像野兽的眼睛一样扫来扫去。

少对自己胡扯,她自言自语。至多是一阵风卷走了她的帽子。

她恢复了镇定,起身倒了一杯水。在洗澡前,她检查了一遍整个饭店的情况,一切如旧。凡事亲临其境,才会放心。

于堇边喝水边看窗外,面朝跑马厅的这个方向,景致不错,东边外滩灯光密紧,光怪陆离。往西还将就,租界还是租界,俯瞰依然整齐。

如果转到饭店北边露台上看,除了虹口北四川路一带外,应该全是错错落落的贫民区,比起战火刚灭不久时,那一片狼藉破败,但愿闸北有些许变化。夜里灯光亮起来后,对比就更强烈:稠密亮丽的灯海,浩浩漫漫直到天边,与那些黑压压的灯光惨黄之处有天壤之别,但也算同一个上海。

在香港时,她经常买上海的杂志,上面不时有当红作家莫之因的小说。喝下午茶时,她会读上一两篇。这个人最近好像成了上海风貌的最新代言者,他的女性人物,花一个礼拜上南京路三家大百货公司精挑慢拣选丝绸料子,又花一个礼拜请裁缝师傅到家来,别出心裁地做出一件新款式的旗袍,穿出去,招遥过市,打几圈麻将获得太太同道的赞美,就脱下,添入衣柜的宝藏,然后开始第二次选衣料。

不过,她也明白,这可能就是上海派头。上海人过日子仍是要讲究的,哪怕在兵荒马乱的年月,有钱人家请客时,还是能拐几道弯买到澄阳湖的鲜螃蟹。避难在谁的屋檐下,是第二位的事。

这个晚上,于堇去国际饭店十一层餐厅,就吃到了稀罕的糯米和金华火腿。从周遭气氛,她觉得自己嗅到了莫之因小说里那种颓废味道。上海的自暴自弃和今朝有酒今朝醉都是实际的,比虚构还切切实实,伸手可摸到,远处妩媚的公园,冬日斑斑驳驳,像长了潮湿的霉菌。

那个莫之因的小说里有句话绝妙之极：上海是建筑在地狱之上的天堂。这块美丽的绸缎，从小生长的霓虹之都，现在更添了好些甜腻萎靡的末日气息，袒露着无尽的欲望。

突然她想起来，到现在还没有和谭呐通上电话，报告她住在什么地方，而且没有给谭呐的助手留电话号码，但愿他不会等得太焦急。于堇走到电话机旁，谭呐的号码她记得。

从抽屉里取出一个硬壳本子，谭呐翻到空白的一页，取了钢笔。中日军队在上海四郊进入大规模决战，那是1937年8月中下旬。就是那时，人心惶惶，他和于堇在DD'S咖啡馆戏剧界的聚会上打了最后一次照面，匆匆说了几句话。于堇坐了一会儿，喝了一杯咖啡就走掉了。

于堇告诉他，她曾不止一次穿过大大小小的弄堂，在乍明乍暗的灯光中，爬到百老汇大厦和沙逊大楼焦虑地观看，上海西边北边燃着一圈战火，长江上的日本轮船在忙碌地运输，军舰在炮击助攻。嫌看不清楚，还特地去了上海的最高处国际饭店顶楼的露台。

在震耳的炮声中，上海被一块块地吞蚀。凄惨的哭声，从地下水洞冒出来，萦绕在空气之中。她抓住围栏，从高处往马路下看，闸北的楼房在炮声中抖动。海风裹着血腥味，扑打着她的脸和头发。

从那天后，谭呐再也没有见到于堇，甚至连一个电话也没有通过。

上海英美控制的公共租界与法租界，日军未敢侵入，怕过早引发与西方的战争。中国人纷纷涌入租界，西方人开始逃离，轮船由英美军舰护航，才敢从黄浦江驶出。战场的烟云，混合进血红的落日火烧云。

不到几个月,中国东部大片国土沦陷,烽火连天,百姓辗转沟壑,蒋介石的国民政府内迁,移都重庆,日本扶植汪精卫组成南京伪政府,上海租界变成日占区中的孤岛。生活在孤岛的人,比往日更加醉死梦生,舞厅笙歌,银幕剑侠刀光,小报连载催人泪下的爱情。上海发了国难财,山河破败,市民越加耽于享乐。夜夜不停的舞步,节奏没有纷乱:上海变成了一个战乱中的怪胎。

上海就是上海,哪怕是神州陆沉,孤岛仍幸存;哪怕四郊枪炮不断,街上也走着怀携利刃手枪的各方打手,上海人还是要看戏,要跑马,要赌回力球,要跳舞上馆子,要捧明星坤角。在已经大半燃烧的地球上,有这么二十多个幸运的平方公里,人们还在尽兴贪恋唯美浪漫的风流情怀,叫人感叹战神凶暴却大意马虎。

这样一个上海比那些日占城市更不堪,于堇不到半年就离开了。想必是无法忍受。其实这已经不是她个人的命运,也不仅是上海一个城市的命运。中国或许能幸存,这样的上海却难幸存。

莫之因在这个下午说了那一席话令谭呐非常不快,一个男人怎么像一个弄堂婆娘搬弄是非。不管怎样,现在于堇终于答应并回到上海来主演《狐步上海》了。如果她住在国际饭店,那么就不远。

谭呐眼睛盯着笔记本,仍是空白的一页。他自言自语,命运喜欢逗弄人,尤其逗弄像我们这种不信命运的人。

突然电话铃声刺耳地响了,钢笔尖在纸上戳出一团墨水。但愿是她!

谭呐接过来,果然是于堇。

两人开始说话,谭呐的声音听起来不惊不喜,坦若无事。几分钟后,于堇对着电话筒说:"好的,晚安。"她便放下电话。

既然谭呐镇静自若,她也神清气闲。也必须如此,起码该让上海看到她是个比往日心里更明白的女人。无论如何,她只是为了给上海市民生活提供一点儿乐趣,不惧怕日本人的刺刀,带着演技来到上海租界。

侍者送来一台很大的电子管无线电,帮她调好台才离开。于堇喜欢房间里有声音,哪怕低低的,像听到人的喁喁细语:无线电里放着申曲,她听出是筱月桂唱的,把缠绵甜美的江南情歌唱得带一点空灵的神韵。好像是几年前录制的,当时她惊为天人,印象极深。

这儿有国际饭店一般客房的两倍大,还有个窄长的小厨房,锅碗餐具齐全,整洁得一尘不染。床也大,面对着大堵带弧形的玻璃窗,是一架"国王尺寸"的大床,床单枕头被褥一式雪白,厚重的窗帘垂直到地。桌椅似乎都是北欧进口,瑞典松木雕花却很东方,写字台上还放着一台英文打字机。

于堇心里暗笑了一下,看来原先设计时,是为国际大政客准备的套房。在这种时候,欧洲大人物当然住防空洞,不上这高楼来了。

她打开行李,把几件衣服挂在衣橱里。床上很乱,主要是那个剧本一页页地铺满了床。在决定来上海的前一天,她就开始熟悉剧本,在船行旅途,她不仅把每句台词背得烂熟于心,而且也设计了动作,适当添加了一些细节。

编剧是那个上海当红作家莫之因。她想起来,以前与他见过一面,在这个人突然"成名"之前。公子哥儿样,有点轻浮相,如果说"文如其人",这个戏也就该他这样的人写,风花雪月中加点穷愁来点缠绵。不过对他的这个剧本《狐步上海》,她却无法表示轻蔑——这个戏是她来上海的理由。

她从租界巡捕房那儿打听到,倪则仁的确被秘密关在76号,就是沪西极司非而路上那个汪伪特务机关里。为了证实这消息准确无误,她又专门打了两个电话。

于堇本不想演这个跳狐步的舞娘。她犯不着远道赶来,给孤岛粉饰太平,虽然住在香港三年多,上海不止一次在她的梦中变化色调。失眠之夜她坐在海边,听着同一片海水,把那消失的波涛传递到耳畔。她想念上海,就像一个种树人望着被狂风吹垮的石榴树,想念已失去的一树灿烂。

她其实并不太想念上海市民引以自豪的舒适生活,她只想念在上海的她的家。但是战争时期,她作不了自己的主。等了三年多,这是第一次有个理由回上海来看看。

上海和香港报纸都登出"沪上名公子身陷敌境"的标题:倪则仁被抓进监牢。她看了一点没吃惊,这是个笑话。莫测高深的男人很多,这个倪则仁却是个斤两十足的假货!他到处自诩名门之后,就是明白自己实在一文不名;他假冒艺术家,端艺术架子,实际上什么都不够格。至于这个人弄政治?恐怕政治反而会被他弄糟!一句话:她不想管这个曾经是她丈夫的人弄出来的事。

可是她做不到,第二天一早就打了一份电报给谭呐,说她愿意出演《狐步上海》,马上买回上海的船票。就算这个大导演幸运吧:留在上海孤岛的文化人已经不多。这个人始终没有与他的老同事一样走后方,也不去南洋,想必是对上海的文化事业特别忠心吧,于堇苦笑了一下。

无线电里女播声员小姐娇滴滴的声音正在报新闻,而且过了不久,于堇就听到她自己的名字,把她吓了一跳:

"艺界盛传：影剧双栖明星于堇小姐将于近日莅沪，主演新派话剧《狐步上海》。上海文化日益丰富，市面繁荣，本电台评论员认为，上海是世界乱局中的福地……"

肯定是虹口的亲日电台！她几乎像旋钮烫手一样，赶快转开去，转到一段音乐，萧邦的钢琴独奏曲。不知是什么电台，但播的质量不错，比香港好。

白窗纱在风中自然地拂动。于堇把卧室和外间的窗都开了一扇，窗帘也露出一条空隙来，下雨的空气异常新鲜。

亲日电台透露的新闻，是从哪里来的呢？幸好，电台还不知道她已经到了上海，不然这份庵堂般的清静就此结束。或许，电台和报纸的喧闹，是有意让倪则仁知道她已经到了上海，让他在囚室里日子好过一点。

无线电又放了莫扎特的音乐，接着是一段西班牙探戈曲子。于堇的心情顿时改变了许多。她注意到放在台灯前的手表，是夜里十一点。

应该就在这时候，这房门外该有脚步声。

可是他怎么不来呢？见不到他，再晚她也是不可能熄灯休息的。这一路风风雨雨，不就是冲着他来的吗？于堇把里外房间的台灯都打开，她早就换了简单的家常衣服，有点像乡村女孩那么朴素清纯的蓝布夹层旗袍。房间里开着暖气，这温暖似乎就是准备他来。

她从里间走到外间，在沙发上坐坐。又移动了茶几，把凤尾花怒放的一边朝向沙发，对着墙上一幅画得上乘装潢也极讲究的风景油画，肖似康斯塔布尔的真迹。这一切好像有意让他们俩回到昔日的气氛中去。

房间按照自己的喜好整理过了,心里还是七上八下的,她走到打开的窗子前,伸出头,踮起脚尖。倾出半个身子,只听到上海各种噪音混成的沉沉不息喧闹的背景音,到这个时候依然不静息。

从这高度要想听到底下街上什么声音,完全不可能。

但是,她却清晰地听到一辆汽车,从跑马厅那边转过道来,停在饭店门前。楼下三四层间有一个撑出来几寸的墙裙,门口不可能看清。夜深了,这条长长的南京路上霓虹灯仍是闪烁不熄。

鱼鹰闪过饥饿的眼光,一树干涩花蕾,忘记生长的羞涩。

她脑子里转过《狐步上海》里的台词,穿过过道,索性打开房门,门外静如夜的街道。于堇退回房间里,门道边一面镀金的方镜,衬出一张焦虑的脸。她把有点倾斜的镜子摆正。镜子里冰凉的人影还是她一个,也有一角凤尾花,退后一些,凤尾花的火红,正正好好衬着她的脸庞。

关掉无线电,一切干扰之声都没有了,房间里只有风拂过窗玻璃,只有雨点或轻或重地敲着窗玻璃。

就在这时,那沉稳的脚步声离自己渐渐近了。只可能是他的脚步,她已经感觉到了。

她把扶手椅移向沙发边上,朝着过道。这才端坐在上面,她盯着门,安心顺命,如胎儿呆在母亲的子宫里。

果然,她听见了敲门声,而不是门铃,不急不躁,一下之后再一下,中间相隔大致三秒钟。听到这熟悉的敲门声,于堇的心慌乱起来。她站起来,往卧室里的大梳妆镜走,边看镜子边把头发拢在脑后,对着镜子里那个清纯的女子微笑了。这国际饭店这高高的一层,站在铺着真丝地毯的地板上,壁灯露出那一缕缕温馨的光线,尤其是从镜子里映现的氛围,在这一瞬间,非常像家。就是很像她失去的家,连椅桌床都像,连这镜子都像。

还有这盛开着的凤尾花。

她快步到门口,站立,左手自然地弯曲在身后,右手去打开门来。

第五章

　　门口是一个白发银须修剪整齐的西方人，老先生西服袖口已经有点磨出线头，但是穿戴一丝不苟，白衬衫上打着黑领结。他看上去六十多，身板子还挺直的，只是手里提着一根司的克。这手杖还是于堇在五年前特意从好几家店铺中挑来的，当时他不肯用，认为自己还没老到用手杖的程度，不过他说，当他想念于堇的时候才用。那么，现在他想念她，可能比她想念他还厉害。

　　于堇欢叫起来："弗雷德！"她双臂抱着他的头颈，在他带着凉意的脸颊一边吻了一下。"弗雷德，你终于让我回来了！"于堇快乐地说。

　　老先生把司的克搁在门口的小桌上，伸出手把于堇拉住，退后一步，上下仔细打量，这才把她抱住，爱怜地拍拍她的背。这两人的动作，似乎是从来如此，已经习惯了。

"三年多了,三年多了!"弗雷德·休伯特说。他是上海四马路一家专门经营英文旧书兼带邮购新书的Scribner's书店的老板。

于堇扶着老先生的手臂,往里走,把他安置在沙发里,她顺便坐在沙发的扶手上,拉着老先生的手不放。休伯特却说:"你把那椅子移过来,坐在我对面,我想好好看看你。"

这话说得于堇不好意思起来:"怎么还把我当小女孩,礼拜天回家?好吧,听你的就是。"她说着,顺从地去取椅子,一边还做怪相逗他,"你怎么一脸严肃?"

休伯特笑了:"我就要这样和你说说话。"

于堇倒是止住笑,她拉着他的手。

"你依然那么漂亮!"休伯特说,"稍微晒黑了一点,非常健康,叫人高兴。"

"那种上课,简直是受酷刑!"于堇抱怨,"你怎么舍得让我在香港一呆就是三年多!"她眼睛突然红了,泪水涌上来。

休伯特递过白手帕给于堇,注视着她说:"你在香港不是依旧拍电影,演话剧,而且名气越来越大——这一切不正是你想要的吗?"

于堇把自己的椅子往他的面前移近:"我知道你肯定还记着当年的仇,要整治我下跪才饶恕!"

已经很多年,没有可撒娇的人,也没有可撒之娇。于堇要尽情享受一下这福气。休伯特谅解地笑笑。

1934年于堇偷偷报名上了联华歌舞演艺学校,幸运地被导演蔡楚生看中,参加拍摄《渔光曲》。当时休伯特很不高兴。于堇不顾他的反感,转身就住到电影厂去了。在这一天,休伯特才发现,于堇不再是一个小女孩,已长大成人。她决定自己要做的事,本不必经过他同意,告诉他,只是一种尊重。

等到电影拍完,于堇把他带到电影院去看,说是要给他一个惊喜。休伯特看出她的确有演戏才能,在镜头前比平时还漂亮,但他的脸上没有任何赞赏的表情。

像休伯特这样性格的人,喜欢看到于堇内秀胜于外秀。多少年后于堇才明白他用心良苦。那天电影看完,两人坐马车回家,路上于堇觉得他心情不错,他爱怜地握着她的手,并未多言。

也是这天晚上,马车快到家的时候,他已经在脑子里想好一个书单,在于堇已有的阅读范围之内,应当再读一些易卜生、小仲马和莎士比亚等人的书,尤其是契诃夫的《三姊妹》,看来得把英译本找来。以前这类剧本,于堇读不上心,不管于堇演电影是出于好玩,还是真想成为大明星,他必须让于堇好好补一些课。

整个晚上于堇都不敢随便说话,她忐忑不安,知道休伯特一直梦想把她培养成女作家。

"我一辈子卖别人写的书,我倒要看看我的女儿写的书。用中文也可以。最好跟你的老师林语堂一样,用英文写。"于堇记得他的话。林语堂只到她的教会女校做过一次演讲,但休伯特喜欢他的英文写作,老说他是于堇的老师。

就是在这个晚上,休伯特放弃了这多年的愿望。睡过一觉后,他下楼梯时,看见窗外树丛几只长嘴鸟掠过。到了楼下,面对昨夜他挑出的一大叠书,他更觉得自己从前那个梦想有点可笑。

一个人能彻底放弃一种东西,未必不是好事。于堇正在一个叛逆的年龄,生在一个必须叛逆的时代,而且有他这么一个让孩子自由成长的养父,耳濡目染,她不按自己的梦走路,那就不是她于堇了。

不久,于堇成为大红大紫的明星,休伯特没有拦阻,也却从来不鼓励。他看到于堇染上演艺圈一些不高明的习气,也没有说话。

于堇嫁给富家公子倪则仁,他陷入悲伤之中,但仍未阻拦。

一直到日本侵略中国的炮火把于堇的梦惊醒。她主动提出请求时,他才立即采取行动。

有人按门铃。于堇条件反射地站起来。休伯特按按她的手,轻声说:"这是我要的Room Service,咖啡,半夜点心。"

于堇走了过去,开了门后,她坐回原位。门轻轻地推开了:果然是制服笔挺的侍者举着盘子进来。

"巴西的咖啡豆,意大利的研磨,现做的咖啡。"休伯特说。

以前是圣诞新年或其他特殊的日子,他才如此讲究。于堇惊喜地说:"哇,还有我最喜欢的奇士糕。"

放在茶几上的咖啡壶果然浓香四溢。侍者往两个精致的小瓷杯里倒上咖啡。休伯特取小费给侍者,侍者退了出去。

两人都是老习惯:咖啡不加牛奶和糖,而且都是喝一大口,然后停下来,仔细品味。小时候于堇喜欢快吃快喝,嫌休伯特太慢,现在开始觉得慢慢品味才有情调。

于堇给他倒第二杯时,休伯特说:"这咖啡真香。"

"我就等你这一句让人放松的话。"于堇调皮地说。

休伯特正颜看着她说:"在这个地方,国际饭店的十七层以上,你可以绝对放心。"他接过来杯子,放在小瓷盘上,"我们必须有一个绝对安全的基地。十七层以下,就难说了,品流复杂,可能就有人在监视着。"

这和她去查看的情况相同,防火通道之处太幽暗,过道口有工作间,放杂物,也可藏人,让人不得不提防。她想到那两个神秘女子,三人一起站在窗台上。"我刚才还做了一个可怕的噩梦。"于堇松了一口气,但是她马上打住了,梦不值得说,"这个饭店的经理,我以前不认识他——"

"你绝对放心。这个索尔·夏皮罗三年前是靠了中国政府驻维也纳领事馆的帮助,才从奥地利逃到上海。他的父母、三亲四戚都被纳粹关进了集中营,生死未卜。他是我们的人,是个死也不会背叛的好汉。你什么都不必瞒他,除了我下面要说的一件事,过程他会全力帮助,最终情报目标,连他也不必知道。"

于堇正在用餐刀切着奇士糕一块块往嘴里送,在休伯特面前,她在大口大口吃糕,完全丢开了大明星令人敬畏的端庄。听了这话,她的手停住了,看了一眼他。果然,他的目光故意闪开去,似乎有愧于她。她搁下餐刀,低下头来说:

"看来你让我回到上海,并不是想见我!"她觉得茶几上的凤尾花的红瞬间凋零了,没有那喜色。

"别跟我斗气。"休伯特恳求道。

于堇当没有听见他的话,接着往下说:"而是要派我用场。"

休伯特点点头:"你想必知道太平洋上空已经战云密布,日本派了最高等级谈判使节赶往华盛顿,这正是日本要发动对英美战争的最明确信号。盟军的势态,只能让日本人开第一枪。日本也肯定会偷袭,抢主动权。"他看着于堇,"我怎么想念你,也不会让你在这种时候,到上海这种危险的地方来。"

"莫非——"于堇抬起脸来,干脆把心里话说出来,"已经到了必须我上场的时候?"

"是啊!"休伯特长叹一口气,"手下的几名最得力的人,近几个月连续失踪,有去无回,不再听到他们的消息。说实话,我希望他们的灵魂已经升天,不至于在日本牢狱里受刑。"

这狠心话是不应该说的,他闭上眼睛,顿了一下,才往下说:

"东京、沈阳、新京、青岛,几个小组都无法起作用。但是总部要求我动用全部力量,不惜任何代价和牺牲,必须尽早查出最紧要的机密:日本海军将在太平洋什么地方偷袭开刀。能挡住第一刀,下面的局势,就会好办得多——我们的线太长,从香港延展到马来西亚、新加坡、荷属东印度、菲律宾,偷袭任何一个地方,都将使我们全线危急。"

"所以,你这个远东间谍头子,就准备贡献牺牲你的养女!"于堇用词很尖刻,语气却柔软,"你就为这个目的,把我扣在香港训练了三年多!"

"如果我牺牲自己能获得这个情报,我宁愿马上自己去死,绝对不愿意让你有任何危险!"休伯特说,"你也知道,我已经无亲无友,你是我在这个世上唯一的亲人。"

"我只在你面前才诉苦。"于堇不无怨艾地说,"说是舍不得,还是生生折磨了三年。"

休伯特把餐刀放在于堇手里。她松开了,生气地朝墙边一站,那一幅油画风景是假货,离近一看,与真正的大师差好大一截。休伯特也站了起来,侧身看着她,像是自言自语:"人类生死存亡的战争,基督与反基督的末日之战。弄得不好,没几个人能活下去。"

仿佛回到从前,休伯特常常在临睡前给她念的诗句。她十一岁,对什么事都感兴趣。十一岁的心飘满幻想,当时根本未记住,这时脑子却闪出来。于堇把自己的脑子狠狠地敲了一下,敲得她生疼。知道休伯特看着自己,却转过身,不让他看。房间里暖气足,热得手心有汗。这沉默可怕,加重了疼痛。

"行了,弗雷德,你知道我不喜欢听高调——西方式、东方式,都不爱听。但是你说的任务,我会认真的。告诉我怎么做吧?"

就这么说了几句安慰似的官样话,她的疼痛轻了。

休伯特没有回答她,而是走到窗前。推开窗玻璃,俯视上海的灯海,租界区灯火稠密,接近苏州河北日占领区,灯光明显稀少。龙华寺方向,更是灯光少得可怜。

外滩和这几条马路,几乎每一条弄堂他都清清楚楚,踩过他的足迹。差不多每晚,都有穿街走巷的小贩经过他书店的窗前。"香炒糯白果!香炒糯白果!香是香来糯是糯!"那叫卖声就是好听的小曲。

休伯特开的这家旧书店在上海算得上老牌子,二十世纪初前清时就开张了。十年后,准确说,是1917年,休伯特接手这家书店。开始冷冷清清,生意最好时店里雇了一个中国伙计负责整理书籍,兼带送货给有钱的买主。

二十年代上海爱书的西方人靠这家书店,上海爱读英文书的中国人也把泡在这家书店当作最雅致的消遣。1935年温源宁和林语堂创办英文文学杂志《天下》,要聚会又怕互相等,浪费时间,就全约在Scribner's书店,看书与等人互不相妨,人等齐了,再找地方喝酒不迟。

他这个老板不催不问,也捧着一本书在看,有时与这些才子交换一些新书消息。当时《天下》作者中有两个少年,钱钟书、夏济安,心高气傲,喜欢比英国文学名句的记忆力,相持不下时,就到他的店里来查,或者就查他这本活辞典。到三十年代后期,天下不宁,他也收束生意,只剩下他一个人经营。店里存书越来越多,只是买书的人不见增加。

他在这座城市生活了几十年,觉得自己已经老了,这一生不会再离开上海。除了这里,没有其他城市他能称为自己的家。下了一整天的雨终于疲倦。月色如清昼。空气里似乎萦绕着小贩的叫卖声,那声调拖得长长的,让人觉得生活哪怕再不尽人意,还是太值得留恋。

一粒开花啊两粒糯！
两粒开花啊糯白果！

于堇过去先关上窗，免得休伯特患感冒。休伯特比于堇离开上海前是老了一大截，甚至似乎矮了一些。不过，她站在养父的身前，他还是高出她许多，而且背挺得直直的。她一手搭在他的肩膀上："亲爱的弗雷德，请原谅，都是我不好。"

休伯特把手放在于堇的手上，转过身来。两个人坐回原位置上。于堇把壶里的最后一些咖啡给他斟上。

休伯特没有喝咖啡，觉得时间不能再由着他享受，他只能进入主题："近日日本海军的密电通讯，全部换了新密码，一时无法破译，但是总部发现其中有一个词，Kabuki出现频繁。"

于堇想也未想就说："Kabuki就是歌舞伎。"刚说完，她才想起这话根本不用告诉休伯特。她为自己本能的卖弄脸红了。

休伯特没有为于堇的话停下来，继续往下说："电文好像是说日本几个著名的Kabuki剧团将出发到各地劳军，但是从电文加密，以及出现的频度，可以判断，哪怕有劳军此举，也是一个幌子，这神秘的Kabuki是一次行动的代号，很可能就是日军第一次打击的目标。"

"我的任务就是找出这个'Kabuki'究竟是在哪里演出？"

"是的，而且要快。据情报，日本五艘航空母舰，以及一批大小军舰，从11月中旬起就不见踪迹。估计已经集合待命，或已经出发——让我们称之为F集群——可能已经潜行在太平洋，准备进行最猛烈的偷袭。估计一两个星期之内，'Kabuki'就会被日本海军的俯冲轰炸机摧毁。如果我们不能做事先防范的话。"

于堇手指交叉，沉思起来：此行任务的严重，已超过了她的猜测。她说："几万军人的生命——"

休伯特神情严峻："不，整个战争的胜负，多少世代——"

她发现自己像一只绝望的蝴蝶在高压电线上扑闪着翅膀。

休伯特可能觉得他的话太像一个指挥官交代任务，他转了一个调子说："没有什么东西，能够从头到尾看到完整的全部。"这是弗吉尼亚·吴尔芙的小说《奥兰多》里的句子。

于堇最喜欢这本神奇的书，主人公本是美少年，昏睡七天七夜，醒来变成一位女子。她少女时有一个本子全是抄摘吴尔夫小说的精彩段落，渐渐地她能背整个章节，如同在美国人办的住宿学校早晚祈祷对《圣经》的熟悉，但前者是喜爱的，后者是不得不为之。

所以，她马上重叠了休伯特的声音："永远是只看到开头——譬如两个朋友过街时遇上了——看不到结尾。"

房间里气氛柔和多了，于堇走到休伯特坐的沙发旁，在扶手上坐下来，她把头依靠在休伯特的肩上，手握住他的胳膊，顿了好久，才说："我明白，我明白。我也明白为什么你一再强调'仅学好日文还远远不够'。"

"至于倪则仁，你丈夫的事……"休伯特顿了一下，换了一个词，"你前夫的事……"他想确认一下于堇对这个男人现在的想法。

于堇打断他："他是个暗藏汉奸，哪怕死了，也罪有余辜。"

"还有《狐步上海》这个话剧。"

"弗雷德，现在我明白了，两个都是烟幕。"于堇笑起来，"给我来上海制造机会，制造两个堂而皇之的理由。"

休伯特听见于堇这么说，也笑了："我亲爱的孩子，你真聪明，虽然这两个烟幕不全是我们制造的，应当说，这两个烟幕来得正好吧。不过,为了能尽快入手,哪怕烟幕也要对付好。"

他轻轻敲叩茶几面:"夜深了,你休息吧。"边说边站了起来,"如何入手,我会让人详细告诉你,但机会还是要你自己抓住。"他声音有些犹豫,不忍心说这话,"只是,只是我们不能经常见面——最好在任务完成之前不见面。我之所以深更半夜来,就是怕我这个旧书蛀虫,已经受到日本特务怀疑。"

于堇绕到他跟前急切地问:"任务完成后呢?我们一起到什么地方去,离开这一切乱七八糟,好吗?你得答应我!"

休伯特不安地看看自己修剪整齐的指甲,手背上老年斑夹在皱纹里。"那时,仗可能就已经打起来了!"他在房间里踱了两步,"或许我们能抢在头里,让日本人不敢拔刀动手。那样的话——"

他不愿意说下去,他想说的是:"那样我们更脱离不了——谁能身免这场全球的涛涛洪水。那时,上级会下达新任务。"但他决定还是不要把自己的悲观传染给于堇。

于堇跟着休伯特走到过道上。他去拿手杖,于堇先一秒拿在手里,让自己的手臂做他的手杖。

这孩子从来没有这么乖巧过,时间真能改变一切。于是他说:"我们会在一起的。我已经做了布置,或许我们能在这个孤岛沉没之前逃离。"

"'或许'?"于堇咬咬牙齿。

"不是或许,我的孩子,是必定——我们必定能在一起!"休伯特坚定地说,"我希望你明白我的意思。"

"当然。"她听见自己的声音清脆,好像茁茁生机在安慰衰老。

在这个晚上,这是他能够给他心爱的养女唯一的承诺,起码听了这话,可以让她眼里的泪水,不往外涌。不然于堇这一夜睡不着,任务都已经逼上身来。

"我懂了,那就是我最大的希望。"果然,于堇笑起来,把手杖递到他的手里,在他的额头吻了一下,"我对你的爱,哪怕上海沉没也不会消失。"

休伯特听得出她信任的语调中带了几分夸大揶揄。她又回到离开上海前的心境,于堇可能已明白了他的想法,这个养女,一向比他心细,脑子比他快。

休伯特看着于堇,点点头。于堇笑起来,那种笑带着撒娇的意味,完全就和小时一模一样。他的心疼痛得厉害。他很想告诉她实话,因为他已经预感到,一切都难,往前更难。前程看不到光明,只有黑暗环浮在四周。不仅他们,全人类都没有前途。整个花枝招展的上海,现在搁在汪洋中就是一只小小的木筏,只要浪掀得再高一点儿,再高一寸,这木筏就注定会倾覆。

从来做事不懊悔的休伯特,觉得自己不应该把于堇召回上海,至少在他想好脱身之计前,于堇仍应在香港。但是现在完全无法预先做脱身的布置再行动。

是他下的命令,让于堇跳进这个陷阱。他觉得自己的心啪的一下碎开了。

这一刹那的心情,完全被他掩饰得天衣无缝,笑容如他期望的那样出现在脸上。他拉开门,后退两步到外面,转身离开。

第六章

休伯特顺着楼梯走下十八层时，索尔·夏皮罗站在走廊不远处，一直很耐心地看守着。他仍是一身白西服，脸上没有一丝倦意，虽然眼睛里有血丝。

休伯特跟着夏皮罗进入1801房间，这是他的经理办公室兼住处。夏皮罗在书橱边按了一下开关，书柜自动移开了，现出一个暗道，向右转了一个弯。

他又按了一串数字，一道钢门打开，最后是一间小小的密室，里面坐着一个印度人相貌的电报员，侧脸对着门，很年轻，大约二十来岁。

休伯特手里拿着司的克，对夏皮罗说："发报吧：'李尔王来城堡。请给两个星期时间。立等回答。'用375式密码。"

他闭上眼睛，用手指揉自己的左右太阳穴。

国际饭店顶上,上海最高的天线,在发接各种电波,而在太平洋上,游弋的舰队——各国的舰队——都在紧张地收听每一个电符,然后有一大群人拿去分析,破译。

　　两人走到外间,休伯特说:"索尔,我的小兄弟,趁现在等回复,我得告诉你一个隐藏了很多年的绝对机密。"

　　夏皮罗看看休伯特平静的脸色,不知他的上司说的是真话假话。跟这些美国人说话要当心,他们时不时来一点幽默,你如果应付错了,就显得自己绝对愚蠢。

　　但是休伯特脸上似乎没有任何开玩笑的意味,不仅如此,那眼神专心地看着他这个方向,在等着他回答。夏皮罗只好说:"H先生,我听着呢。"语气也是不真不假的恭顺。

　　两人坐下来。休伯特抿了一口早已给他准备好的威士忌,面朝夏皮罗说起来:"你知道我的书店里全是些大路货,不值钱,什么高尔斯华绥、罗曼·罗兰,几十卷的大部头小说,今后世代不知有谁会看——如果他们还看书的话。不过,我有一部镇店之宝。"

　　他突然停住了。夏皮罗本来端着杯子,看着加冰块的威士忌的色泽,正要喝,听到上司奇怪的话,抬起头。

　　"你一定要替我保密!"休伯特说,"我的店从来不进小偷,无可偷之物。这事传出去,我就得花钱买保险柜。这是我一辈子不肯示人的宝贝:《少年维特之烦恼》,1774年初版本,上面有歌德的亲笔题签,后来尼采得到此书,又加上一段话。不知怎么会流传到上海来,我在一大堆旧书中无意碰见!"

　　夏皮罗喝了一口酒,打趣地说他不知道休伯特还收集原版德文。

休伯特双手叠在一起,感叹道:"在远东,要收西方珍本,等于痴人说梦!但有时西方文明的命运就是在远东决定。这样吧,你保证于堇的绝对安全,你交给我一个完整无损的于堇,我就把这本镇店之宝送给你。"

夏皮罗想,这个休伯特,是不是也认为每个犹太人都见钱眼开?他丢弃了一切家产,才得以在德军占领维也纳前及时逃脱,流落到上海。对此他没有怨言:上帝总是公平的,复仇的机会,也是要付出代价的。

但是他本能地不喜欢听别人对犹太人开钱财玩笑。"H先生,你不要逗弄我了。"他看着休伯特的眼睛,郑重其事地说,"我用自己的生命保证于小姐的安全。"

"你以为我的奖品太不值钱!"休伯特大笑起来,"想想,战后三十年,这本书会拍卖出什么大价!那时你的命,我的命,哪怕还在,都绝对不会比这本书值钱!你如果有这个想象力,你就会用一切办法保证于小姐的安全。"

夏皮罗也笑了:"我们犹太人,就是从来拒绝与美国人耍嘴皮子。"

休伯特与夏皮罗碰了一下酒杯。他说:"幽默是给失败者的安慰剂——你为什么老是把我称为美国人,我是欧洲人——不过不说了。一言为定,我把《少年维特之烦恼》留给你。你帮我看好于堇。"休伯特的口气很认真。

夏皮罗做事说话都稳,而且与他的外貌略显拙朴相反,不仅脑子闪得快,工作效率也高,非常能干。正是这点,深得休伯特的重用和信任。夏皮罗从来没有听休伯特说过自己的私人生活。他只知道这个怪老头,在上海这冒险家乐园,竟然一辈子做开旧书店这种绝对无风险的小生意,其中必有隐情。但是他从来没问过——在这个乱世,知道得越少,就越安全。

"我没有亲生子女,所以,没法比较于堇对我是否比亲生子女还亲。但她是我唯一的亲人。"休伯特握着酒杯。他看出如果他不说,夏皮罗不会问为什么于堇对他如此重要。

"H先生,我瞧得出。"夏皮罗喝了一口酒,继续说,"你放心,十七层以上,目前除了于堇外,只有我们的密室人员。这个饭店里职员有三分之一是有特殊身份的,只有他们能上十七层。轮班有人日夜看守着几条楼梯口的门:谁有资格上楼是有规定的。"

他看看休伯特无表情的脸,似乎专心在品酒,没有听到他的话似的。他明白这个上司心里在想什么,于是他思考一下,加添了一句话:"这样,从今天起,每次有人上楼,都要由我特别批准。"

夏皮罗没有多说话的习惯,他已经点清楚了,多说无益。休伯特老先生依然不作声,但是脸色显然平和了。

休伯特刚到上海时,还是个二十多岁的青年,香港上海汇丰银行的小职员,带着他新婚的妻子——他与那些到上海来的西方人一样雄心勃勃。他的父亲是法国人,母亲是美国人,大学里专攻德国文学,银行看重他的语言才能,认为会使他在上海这个各国人混杂的都市大显身手。

他一向温顺的妻子忍受不了侨居远东,整日来往的只有几个无法挑选强加给他们的朋友。怀孕对她和他都是折磨,她脾气暴躁,整个变了一个人。晚上与他大吵,到了天亮,还是想不通,一个人爬下床,睹气跑到早春二月的室外,在晨风里奔跑,受了风寒。被送进医院之后,开始出血,才三个月不到的孩子流产了。她整个人精神崩溃,朝窗而坐,从此拒绝和他说一句话。休伯特不得不同意让她回到英国去。从此之后,她再也没有回来。

那还是十九世纪末,从中国皇帝到平民百姓,每个人脑袋后都挂着一条辫子的年代。

他请假回英国去找到妻子娘家,丈母娘说女儿不知去向,反而向他要人。后来,倒是有一个律师寻到他住的旅馆来,说是他妻子的代理人,要求他在离婚书上签字。

他很痛苦,现在回忆起来,觉得生命其实比婚姻更枯燥无味,甚至不用签个字就可以了断。他的日子如同冰冻的大海,不再起任何波澜。

在他一个人等船回远东的那期间,他整天泡在书店里。忽然他发现,每天看别人的悲欢离合的故事,不管是虚构还是传记,倒是忘掉自己的失败的最好办法。他买了不少旧书,跟查林十字街的几家著名旧书店老板聊上了交情。当他回到上海时,心里就清楚了:当银行职员虽然赚大钱,远远不如开一家旧书店有趣。他便盘下了别人离开上海准备放弃的四马路上一家旧书店,他自己积存的书,也已够作开店的垫底。

西方人离开上海时,与其千里迢迢把藏书运回去,不如贱卖给他。他的生意虽然清淡,货源倒真不愁。

开店之后,他养了一条小狗。这条狗是用书从一个客人那儿换来的,纯种的英国西班牙猎犬。黑白两色,长耳朵如垂下的卷发,像个西班牙女郎,她寸步不离他身边。他给狗取名珂赛特,是少年时读的第一本法文小说《悲惨世界》里的女主人公。他想或许能如书中说的那样,与狗终生为伴。

每日白天坐店,很晚才关门,然后他晚上带着狗,在上海街头走一遭,就回来安枕。这样,日子过得很快。

有一天晚上,他在上海街头遛狗时,借着黯淡的路灯,看到街对面,一个女人牵了个孩子,在杳无一人的街头匆匆奔跑,孩子跑不快,被半拖半拽地拉着。当那个女人看到他时,把孩子一把抱起,穿过马路,朝他身边一推,急急忙忙说:

"有人追杀我们,她爸爸已经死了,我也逃不过,求你救救孩子一命!"

也不等他同意,女人似乎听到什么,就继续狂奔。路灯下,他注意到女人穿的旗袍,已经被撕开了。一个人到了紧要关头,穿高跟鞋也能跑得飞快,让他惊奇万分。孩子躲在他身后,吓得不敢作声。珂赛特倒是亲热地朝女孩甩着尾巴,嗅孩子的腿。

就在他脑子这么一分神时,沿街追来三个凶狠狠的男人,其中一个身上还有血迹。狗冲着他们狂吠。这几个人朝街对面的这个带着孩子和狗的西方人看了一眼,继续朝路口狂追下去。

不久,他就听到远远的街角,有女人的惨叫。他把孩子抱在一起,吓坏了,不敢作声。狗懂事地望着主人,警惕地注视黑暗,却不再吠叫。

等到街上又杳无人声,他才蹲下来细看这个紧紧拉着他衣角的孩子:是个女孩,约摸五六岁,大大的眼睛惊恐无助地看着他,很是让人怜惜。他想了想,抱起孩子,招呼着狗,回到书店。

那个傍晚,好像还是昨天的事。他记得一清二楚,已经二十三年了,爱犬珂赛特老死都已经十二年了。这个奇怪的城市,总有人想要杀人,每天有人被杀,有的年月则是成批被杀。而且常是满门杀绝,绝不留祸根。

他不知道这女孩的父母惹上什么麻烦,不知是青帮杀洪帮,还是青帮杀自己的叛徒,还是这个军阀杀那个政客,还是强盗见财起歹心,也可能只是报个人仇雪他人之恨。反正,他当时决定,最明智的办法是带着孩子快走,避开那遭难的女子,也不去寻找孩子的家里是否还留下什么人,那无疑是去送她回死路。

孩子很奇怪,居然也不哭闹,跟着他回家,对命运的恐惧似乎是本能的。他问孩子叫什么名字,孩子脆生生地说:"于堇。"

孩子蹲在地上,蓝灯芯绒裙子下是一双黑牛皮鞋。她顺手写下自己的名字,字写得很好,明显父母注意她的教育。

他要把于堇送进天主教会办的女子寄宿学校,只好先去行洗礼。神父为于堇洗礼前说,人为妇人所生,日子短少,多有患难。教堂那天洗礼的孩子并不多。她静静的,却一步不离休伯特。

此世如花,难以存留,因为飞去如影。神父没有这么说,他沾了圣水,洒几滴在于堇的脸上,转身对上帝祈祷:"这个孩子若是砍下的树枝,得了你的水气,就会发芽长枝。"

上教会女子寄宿学校时,于堇报的名就是Jean Hubert。注定是天意,他的姓Hubert来自他的法国父亲,法文念成"于培尔",他的中文名字就叫于培福——命中注定跟于堇同姓。但是他从来不想让于堇叫他父亲。从婚姻失败后,他对女人就失去了兴趣,对家庭也抱同样态度,早就打算做一辈子单身汉,根本没有想到一个孩子会贸然进入自己的生活。妻子的不幸流产,使他认为自己没有资格做一个父亲。

不过,一个天性聪明的孩子,什么都记得清楚,又什么都情愿忘掉,几乎过早地进入成人心态。她没有和他提过一次自己的父母或家里的事,这令他敬畏。于堇完全记得自己的身世,不过不管是在表里还是心里,都是把他当成唯一信赖的人,他们喜欢彼此只叫小名"Jean"和"Fred"。

随着时间一年年过去,孩子好像见风就长。他越来越喜爱这孩子,而且发现自己对孩子很有耐心。他仍住在原来的一幢房子里,屋顶阳台上放了许多花盆,由于堇挑选的花,她喜欢一片色一种花,比如兰花和茉莉,一式洁白清香,但是玫瑰和菊花却总是嫩黄,像一片锦绣。

先前,他半心半意地开这家旧书店,只是为了消磨时光,免于陷入病态悲观。于堇上学后,就不得不一本正经地做起这生意,要从中赚出于堇昂贵的学费来。亏得店面就在四马路热闹之处一条街口,他的家在店面楼上,附近还有一些报馆书店。他稍稍注意一点生意经,打了几次广告,居然也成为上海书业的一个特色店。他认识了不少中国知识分子,以及住在上海的西方读者。

于堇毕业后到了联华歌舞演艺学校,做了职业演员。休伯特感觉于堇远了。于堇成名后,他自己的生活却朝相反的方向变化,变得更加深藏,他觉得生命再次变得空空落落。他预感到危机来临,却不知道如何救出自己。

那是在1935年的春天,他得了忧郁症,一个经常来跑旧书定新书、也经常卖书给他的美国领事馆职员,约他到霞飞路的罗宋面包房吃个便饭聊聊天。

夕照西斜,他们按约定时间走进餐馆,选了一个僻静的桌子坐下。玻璃杯放得很讲究,铺了一浅一深的两条绿色餐巾。

那是上海"一二八抗战"之后,意大利入侵阿比西尼亚,而希特勒纳粹党势力正在德国兴起。谈到了汇集在上海的各国侨民,谈到墨索里尼的女婿齐亚诺在上海的活动。那人放下烟斗,郑重其事地问他:"世界在碎裂,魔鬼在肆虐,你还能只管旧书吗?"

"只有书才能给我们保存一点文化。"休伯特还是那句老话。这餐馆居然演奏爵士乐,而且很地道,布置也舒适,老板做事认真,俄国女招待热情备至,他喜欢这种气氛。

"那么,亲爱的弗雷德,为了世界文明,能不能为我们注意收集一下日军的动向?"

他惊呆了。他一直有个感觉,这个小职员似乎太聪明了一些,原来这人是个间谍,没准比美国驻上海领事的地位都重要。看来此人注意他已经很久了,对他的家庭背景了解得很透彻。

甚至比他自己更清楚:比如休伯特的父亲十年前在河边滑了一跤中风去世,母亲三年后在当地医院住了半年,思念丈夫成疾而亡。只有一个表姐在俄亥俄,大他两岁,是个老姑娘。他什么时候从美国到牛津大学,上的是什么学院,得过什么奖,修过那些科目,学了几门外语,此人如数家珍,了若指掌。他们认为他天生的注意细节,他的脾性、低姿态、他的职业,包括他未老先衰的外貌,都是最佳间谍人选。

"想知道你离婚的英国妻子嫁到何处吗?"

"我不想知道。"休伯特脸色都白了,说实话,那个女人长相,他都忘干净了,但是很多事却比她的模样难忘。

那人看看他,就转过话头:"当然我们也知道你的明星女儿对你如何重要。"

"她不是我的女儿!"休伯特脸色更白了,心跳加快,说话的声音都变了。

那人似乎没有听到他的抗议,继续说下去:"为了你所爱的人,你不能再置身事外!"

休伯特沉默了,这个家伙知道他的弱点。

那正是于堇去当电影演员,很快走红之际,也是她刚开始交男朋友的时候,他心里担心之极。于堇从小到大都很少住在和旧书店几乎连在一起的"家"里,周末回家,像是两人的节日。连亲密的朋友都不知道于堇和他的关系,在学校、在剧团电影厂,于堇一直自称是孤儿出身。

"这个特务恶棍!"休伯特不高兴地想。他不喜欢别人打听他的隐私,当然他也不喜欢做专事偷窥的间谍。他想马上站起,离席而去。

但立马表示愤怒,不是他的习惯。女招待殷勤地上着罗宋汤、炸猪排、土豆红肠色拉,又端来烘烤得热乎乎的面包。她漂亮的手斟了红葡萄酒。对方向他举杯。他推说,身体不舒服,不能喝酒。

对方觉察出他的神情,忽然就换了个题目,提起一个藉藉无名的捷克德语作家卡夫卡的小说,仿佛是投休伯特所好,不过果然让他高兴:几乎没有人欣赏这个奇怪的作家。

休伯特笑了。卡夫卡的第一本书,对了,就是《观察》出版社用一种非同寻常的大号字体排的那个版本,类似古代的感恩刻板,只有九十九页,仅仅印刷了八百本,今天已经罕见这个珍本。小职员说,他也有这本书,十一年前,也就是1924年,卡夫卡病逝在维也纳基尔灵疗养院,他当时调去维也纳任职,本想见一见这个怪人,结果,他打听到的是卡夫卡的死讯,成了一生遗憾。但是他读过他的手稿,印象很深。

小职员和休伯特就卡夫卡死后被发表出来的小说是否忠实于原著,争执起来,各不相让。他们那天就没有重新回到参与谍报工作的题目上来,喝完了咖啡也未提半个字。

只是在最后道别时,对方说:"亲爱的弗雷德,我等你仔细考虑的答复,需要等多少天就等多少天。"

对此,休伯特无法不点头。他其实只想了三天,就同意参加工作。他想到的是卡夫卡那样的犹太人的处境。

三年不到,1937年7月7日,中日战争正式爆发的时候,休伯特已经成为上海小组的组长,上海战事后,他成了远东谍报机关负责人。连他自己也没想到,他这样一个书呆子,弄起千难万险的谍报工作——头绪纷繁,而且要在生死危急之中,立马采取应对措施——竟然游刃有余。也许,这工作需要的就是卖旧书那样悄没声息的实在判断力。

后来,当他不得不告诉于堇他的真实身份时,于堇一点也没有吃惊,反而说:"我从小就明白你是一个敢于负责任的人!"

他说那就好,并希望她能分担他的责任。于堇同意了。

他提出送她到香港受训,于堇虽然不情愿离开他,也照着他的话做了。

休伯特也知道于堇同意去香港的另一个原因,是她的婚姻已经无法维持。他对于堇说:"这个世界大舞台就要炸裂了,你应当去做好准备。演你最适合演的角色。"

其实他当初心里另有算盘:只想让于堇离开战火远一些。香港比上海安全得多。而且他安慰于堇,最可能的结果是,他也撤到香港,与她会合。

但是,现实往往与愿望相反,现在他不得不把于堇叫回上海。而且让她执行最危险的任务。

夜已很深了,他还一点没有睡意。电报员在里面紧张地摆弄,叫了一声:"回音来了。"

夏皮罗和休伯特从各自的沉思中惊醒过来,走进去看译电结果。

"不可能给两周时间,一切系于早一刻或晚一刻。"

他们看了,都一声不响。

房间里空气很凝重,听得见彼此的心跳。过了一会儿,休伯特说:"回电:我们将实施最快方案。"

在出密室前,休伯特低声对夏皮罗说:"那就按三号方案进行,随时向我汇报,不要打电话,派人来传话,只告诉他暗号中的几个字,我就会明白的。"

夏皮罗点点头。

一辆车开到国际饭店后门。休伯特坐了上去。他清楚地记得,这时已是26日凌晨三点。车子开出一段路时,休伯特回头看国际饭店高耸在上海地平线之上的顶层,那里灯光早熄灭了。但愿于堇进入了一个甜美的梦乡。

他闭上眼睛,这熬夜的生活,也真够累的。可这是于堇到上海的第一夜,他身份再多,最重要的是父亲的责任——一个他自己一生从无勇气承认的责任。有夏皮罗看护着国际饭店这个基地,他应当觉得比较安心。但是快就是明天,慢就是后天,报纸一定会报道于堇已到沪的消息。那时一切就会转动迅速。

今夜他恐怕用了安眠药,都难入睡。那就加倍,必须睡上几个小时,哪怕医生一再警告他,安眠药对他的心脏不利。

有酒鬼突然从暗处跌出来,窜到车子前。司机急刹车,压着性子,等酒鬼狂笑着过去才驶入路口。

休伯特摇摇头,这世界总是有无忧无虑之人。

中部

第七章

　　白云裳没有戴礼帽,也没有化浓妆,可是穿着别出心裁:白纱灯笼长袖手绣上衣,白色长裤,显得身材修长,曲线丰满;她的头发梳着辫子,却是盘着,白皮鞋,跟不高,戴着一副网眼的半长银色手套,左手腕上搭了一件白薄呢大衣。

　　今天雨停了,好几天都没停,现在终于停了。天气出现了难得的深蓝,这个不停的雨能在这个下午停住,就是好兆头。

　　白云裳推着旋转门进入国际饭店,在她前面三四步的一个女人,穿着闪光的白缎长裙,后背开得很低,可看见腰臀部左弯右曲的沟线。这样的装束在十里洋场也不多见,在国际饭店却不新鲜。白云裳知道这里是各国女人比时装的地方,每次若来这儿,总得让自己的打扮不会被人比下去。

　　况且,今天她是要见一个等了几年的人,一个她必须取得好感的人。在出门前,她对着柜子里各式各样的衣服,着实动了一番脑筋。发式也换了好几种,最后,打扮完毕,前后花了整整一个半小时。

为了这个人,她昨天还专门去了洋人开的女子沙龙,烫了头发,洗了蒸气浴,修眉美甲,总之全套美容。美容师涂上面霜按摩她的脸时,有半个小时,她处在迷迷糊糊之中,觉得戴着口罩的女人用小钳子揭掉她整张脸。她惊恐万分,突然睁开眼睛。唉,真好,她透过天花板的镜子看见她的脸还在,洁洁净净,又是一新人。

美容师合上她的眼睛,耐心地说,对不起,还有几分钟才好。

今天她心情比以往任何时候都轻松,奇怪,以前她很少有这样的感觉。

柜前的侍应生见白云裳走近,客气有礼地微笑:"我能为女士做什么?"

"我要见十九层的于堇小姐。"

侍者微笑不变,只是头低了下去,在一本客人名单上看了一下,口气肯定地说:"对不起,敝饭店住客中没有于堇小姐。"

白云裳脸侧了一下,从眼边看着他说:"当然没有,你们连十九层的任何一个房间都没有。我去二楼咖啡厅,你告诉于小姐,我叫白云裳,白云的衣裳。"

"对不起,国际饭店没有于小姐这样一位客人。我无法转告你的口信。"

"知道,知道。你们的住客名单保密,这我知道。很好,敬业。"白云裳大度地说,"你只管说一下,让她决定是不是来见我,不就行了?"

白云裳说完,便往左边的半弧形大楼梯走去,步子很自信,脸上的笑容却是甜甜的。她的小皮包里有一面镜子,不过不必看镜子,她也知道自己不仅美艳,而且青春夺目。

她小时候就有看镜子的习惯,她在一面镜子前,看见一张脸,眼睛大大的,亮亮的。除此之外,没有发现什么,倒是背后的鱼钩鱼竿,比她自己的脸更具有吸引力。

发现这点,她就经常站在镜子前,因为那鱼竿就是一个象征。父亲和母亲经常带她坐在湖边,大冬天一结束,冰未完全化开,一家三口就搬了木凳、带上鱼竿鱼食坐在湖边。用铁锥掘个窟窿,扔下鱼竿。阳光下亮的冰闪着亮亮的光,如镜。母亲看着她,常常说,你跟我一样,有颗不安分的心。

当只有她一人回想这湖边时,差不多过了十个年头。她到了另一个大城市。都说,他们消失在湖底,可是为了什么?她不相信这种说法。都说他们的心伤透了,是因为她,所以这个家走到了尽头?不安分的女子,命大都不会好。她长大了,有点懂了母亲说她不安分时那种忧虑的神情。

经理夏皮罗亲自到1901房来,他觉得内部电话都不够保险,不能掉以轻心。

房门虚掩着。他敲敲门,自报名字,于堇让他进来。

她正在准备剧本,在房间里对镜试走,说着台词。夏皮罗进来后,于堇抱歉地笑笑,请他坐下。夏皮罗并不坐,只是站在窗边,对她说:

"有个叫白云裳的女人来饭店,要见你,现在二层的咖啡厅。"

于堇一听,愣住了:"是她?要见我干什么?"

夏皮罗问:"这是什么人?"这只是于堇和夏皮罗第二次见面,两人已经像多年好朋友一样熟稔。于堇知道,在整个上海,她遇事只能跟这个人商量。

"我丈夫的情妇。"

"噢,"夏皮罗觉得奇怪,"有背景吗?"

"情妇——情妇能有什么背景?不,不,我的意思是:倪则仁要一个有背景的情妇做什么?他想要的是什么类型的女人,我很清楚。"

于堇说着发起火来,走到里间,把剧本搁在梳妆台上。她想起夏皮罗在外面,走到卧室门口。今天饭店送来的中外报纸全是于堇抵沪的消息,有张报纸把她比作孟姜女救夫,她恨不得破口大骂。

夏皮罗的眼睛跟着于堇的眼光移到沙发上一叠报纸上,拿起一张中文报纸,扫了报纸头条内容:"这些记者弄消息倒是快。不过,密斯于,你不要在意。"

于堇看了夏皮罗一眼,夏皮罗正专注地看着她,似乎在等着她决定怎么处理楼下那个不速之客。丈夫还未见着,他的情妇先打上门来。于堇三年多前离开上海时,就知道这个白云裳与丈夫之间的关系,后来在香港也不断听到消息说两人打得火热,弄得上海尽人皆知。她虽然与倪则仁早就切断了夫妻关系,犯不着对白云裳有什么酸意,但似乎也没有必要给此人什么面子。

"那么,你是见她一下?"夏皮罗试探地问。

"不见,"于堇说,"我对这个人不感兴趣。"

"当然,"夏皮罗说,"密斯于,小心一点没错。"

于堇想了想,又说:"我恐怕得见见她,能多知道一些情况,总是好的。但是否现在就见呢?"

夏皮罗顿了一下,说话的口气就全变了:"H先生交代,这是个最重要的人物,是你此次任务是否能顺利完成的最关键一环。"

"嗨,你刚才还问我她是什么人?"这下子轮到于堇惊奇了。

夏皮罗抱歉地笑笑:"我只是想知道你是否了解此人?"他脸上有点尴尬,"我的职业习惯是让别人先说。"

"你比我老练!"于堇没有生气。受夏皮罗的启发,她思索了一阵,转头对他说:"我明白了,看来她是打进军统的钉子,是她控制了倪则仁。对吗?"

夏皮罗点了一下头,他的眼光鼓励她说下去。于堇思忖着说:"究竟是汪伪特务机构76号,还是直接为日本人服务的?从她的大胆直入找我的样子看,恐怕是日本梅机关的?"

夏皮罗竖起了大拇指:"于小姐好敏感,判断得好。"

"而且他们把倪则仁抓起来,可能目的有好几个,其中之一,是为了钓我上钩。"于堇又推进一步,走到夏皮罗面前,"他们在想,靠拢我,可能会摸到一点底,知道'我们'对局面了解多少。"

这个二十八岁的中国演员,看来绝对不糊涂。"你真是一环通,环环通。"他由衷地佩服。

于堇不好意思了。她移开报纸,坐在扶手椅子上,请夏皮罗坐在沙发上:"如果我猜得不错,那个白云裳想从我身上追出我的上司,在为时尚不晚前,一举破坏上海情报网。"

两人都轻声笑了,但是他们心里明白,这是箭上强弓,迫在眉睫。

"于小姐,你该知道,你的上司就是我。"夏皮罗说,"只是我一个人。"

于堇懂得这话的全部意义:夏皮罗几乎是公开的,他不躲,也躲不了。而休伯特隐在幕后,甚至不太可能再来见她。

"这点你放心,我比你还明白。"她沉思起来,然后才说,"就目前的情形来看,最快的方式,我只有拉住白云裳,才能接近日方机要人员。"

"如果她今天不来,我们就要设法让你去拜访她!她来得正好,太好!"夏皮罗的声音一点没有激动。

这下子弄得于堇奇怪了:"那么你刚才怎么说见不见由我?"

夏皮罗谦恭地说:"于小姐自己想做的事,才能做得好。"

这话很像是休伯特对夏皮罗的点拨。看来养父至今念念不忘她的个性太强,也把这弱点详细介绍给夏皮罗,她几乎要生休伯特的气了。但是她转而想,休伯特不愿在关键时刻,让她的脾气误事,这也没错。她心里还是对养父的周到感到温暖。连如何对付她的性格这种小事上,他也仔细关照夏皮罗。

于堇心里一下子涌上一股温暖。她想念弗雷德,哪怕是到四马路上,像一个顾客走进他的书店,问问最近到了什么新的英国小说,哪怕是听听他的声音也好。

可是不能。他说了,不行,就是不行,他只是H先生。

于堇看看腕上的手表:下午两点。她乘电梯下到饭店大堂,让白云裳等了十多分钟,是让这个女人明白谁在求谁。顺着半弧形白玉大楼梯朝上走,白云裳一定是这么走到咖啡厅的,她也同样转一圈。

依着金光闪闪的围栏,可以看见一层的沙发上坐了几个洋人,那儿是饭店让客人会客用的场所,布置的确可比欧洲任何一家最华丽的饭店:用专程从泰国一带运来的热带鲜花做点缀,吊灯上的每个水晶都擦抹得闪亮如钻石。

于堇在栏杆右侧走了大约十来步,进入一个二十五平米的房间。下午茶时间未到,咖啡厅大部分桌边已有人。于堇一眼就看见坐在左端屏风隔开些的那张桌子旁穿着时髦的女子,年纪二十七八岁左右,肯定此人就是自己的"情敌"。

暗暗的灯光打在那女子身上,瞧见那白衣白裤,于堇突然想大笑。因为下楼来之前,她在换掉旗袍的那一刹那,确定穿嫩绿色西式裤子衬衣,系了根深绿色披肩,接近男装,绝对做对了。她对自己的对手如何装束,经常有个直觉。于是她把鲜艳的口红擦掉了,不过仍显得齿洁唇红。每次在电影里当主演时,化妆师端详她的脸几分钟后,总是对她说:你的脸越是用非女性化的装饰,越是显得清丽迷人。

今天这场戏,是她回上海的第一次出台,她必须先人一筹。

那女子也马上认出了于堇,远远看见她,就从桌边站起,挂满笑容地注视着她靠近。待于堇站在桌前,那女子说:"于堇小姐!我早就是你的影迷。今天有幸一见,真是天大的福分!"

于堇已经习惯了陌生人说这些话,纡尊降贵地点点头。

"我叫白云裳。叫我云裳好了。"对方说。

这女子如此大大方方,一副对她敞开心扉的姿态,倒是出乎于堇意料。白云裳找她,当然是有事,这事自然与"丈夫"有关。退一步想,总不至于男人关在牢里,她们这两个女人这时候抢那男人?

于堇与倪则仁断了关系已三年多,至今没有办离婚手续,只是因为战事,没有顾得上。而且,应当到哪一家法院去办——伪政权,孤岛租界,香港英国当局,还是国统区?到哪个法院折腾,都可能在其他法院无效。他们每天一小吵,三天一大吵,这才发现彼此什么都不投合。这桩婚姻,是她青春期盲目反叛之中最没头脑的一步。

她对西方人办的女子寄宿学校修女式教育恨透了,只是紧闭着嘴不对休伯特说,他花了大笔钱才送她就读,不能让他失望。管理严谨,全套英文课本,不准戴首饰,灰色被套般的校服。这些无所谓,班上同学的势利气氛使她度日如年。还好,学校并没有拦住学生看电影。

少女时期的蠢蠢欲动,使于堇把全部狂热投入电影。后来上了银幕,当了明星,又嫁了个追求自己不到三个月的投资做电影的阔老板,有意让休伯特生气。现在看来,这两件事,一件大半错,一件整个儿错。外界谣传她另有意中人,说是她把倪则仁抛弃,大半是倪则仁"透露"给报界的。有一个人说给报界,就等于一百万人说,有一百万人说,就等于一辈子也说不清。

她在香港的这段时间,一直在想快点与他办离婚。在海船上,她还希望,这次回上海,如果他不死,她就得办妥离婚,或许到租界的法院办理,那里不会让他对妻子可以一休了之,至少,分一半两人共有的财产,让他,还有这个白云裳以后每次想起她来,就觉得揪心地痛。

像个坏女孩一般,于堇笑了。她对站着的白云裳一摊手:"费您云裳小姐的心,来看我。您请坐。"

白云裳也做个姿势,对于堇说:"于小姐,您先请坐。"

两人坐定了,两份香味四溢的咖啡端上来,侍者举着托盘离开。于堇声音平缓地说:"云想衣裳花想容——好名字好意境,哪是一般人可得——春风拂槛露华浓。"

"若非群玉山头见,会向瑶台月下逢。"白云裳嫣然一笑,"什么群玉山头,瑶台月下,李白这首诗是典型的男人意淫。"

"那你父母为什么要取这名字?"于堇挑战地问。

"这名字不是我父母取的,"白云裳得意地说,"他们没有这么大的胆子。我自己用这名字。我意淫自己。"

于菫被她的坦白吓了一跳,但立即镇定了:"妙!高明!真是的,何必为肮脏男人服务。"

她仔细瞧白云裳,这才发现她们俩长得很像,几乎一般高,身材脸容都有不少相像的地方,年龄也差不多,至少看来差不多,只是白云裳稍微丰腴白净一些。倪则仁本就有那个怪癖,他拈的野花闲草,外表都像于菫,性情脾气却正好相反。但是白云裳会的,她未必能会,比如白云裳就能与倪则仁相处四年而不散,她于菫算是正式结婚的,却无法忍耐四个月!就这点,她得佩服这女人。

男女关系就是这么怪,其实男女一旦骑马上追猎场,已经决定了谁处于什么样的位置,谁必须迁就谁。

于菫心里发笑,现在这新戏开场,她却要与这个女人比一轮新的高低。

白云裳滔滔不绝地说起自己的经历,她的北方话很好听,带点东北腔。但她有意学一点时髦上海口音,与于菫为了当演员才学的北平话正好相反。于菫免不了在尾声时显出上海口音,而且一放松时,就不经意地插进几个英语词。

这是在听倪则仁的情妇说话,她把身体靠在椅背上,她强迫自己放松。

在国际饭店二层的咖啡厅,个别座位旁边有屏风,与周围的人群既隔开又未全部隔开。于菫觉得自己对白云裳说话的声音,比对她所说的内容更感兴趣。有意思的是,她对面是一个仿古屏风,几乎画满了鱼,鱼群渴望游出核桃木质的连排框子。

于菫当然明白,白云裳说的不会全是真的:"九一八"后,她从东北流亡北平,燕京大学读法律,没有读完就放弃了,到上海来想当女作家,一事无成,只能在中学教语文谋生。1938年遇到倪则仁,就给他当听差,拿一笔干薪。她没有专业,不知道自己有什么前途,渺茫之中,对于堇这样事业有成的女子特别羡慕。她看过于堇所有的电影和戏,喜爱她的眼睛,迷恋她的声音,觉得于堇像一个受难的天使。

"受难的天使"。于堇听到自己紧闭的心,吱呀一声打开了一条缝,她看见一个小女孩跪在女子住宿学校的祈祷室里,仰望上帝那副神情。于堇眼帘垂下,她看白云裳的目光柔和多了,心里带着一点惊喜听对方诉说身世。在这个时候就权当真的听,又未尝不可。

白云裳站了起来,学于堇在电影《百乐门》里边走边舞的步子,说了一句于堇在这电影中有名的台词:"春风,秋雨,吹打的难道不是同一个我?"

然后白云裳坐了下来,点了一支香烟,却是于堇在舞台上抽烟的姿势。只不过两条腿换了个位置,本来左腿压着右腿,现在是右腿压着左腿,像她的镜像,一副弱女子惊慌失措强作镇静的神情,左手悬在半空,不想知天多高地多厚地挥了挥点烟的火柴。

这一套功夫,真是太惟妙惟肖!于堇几乎要大笑起来——是高兴的笑。倒不是看到又一个影迷的狂热,这个白云裳的模仿,几可乱真。

真是个聪慧女子!于堇在心里感叹。

可是白云裳把香烟放在玻璃缸里熄灭了,突然声音非常压抑地说:"可是现在倪则仁被逮捕了,我不知该如何活下去?所以,来求见你,盼望你指我一条明路。"

既然白云裳主动提起了这个话题,于堇就直截了当地说:

"我这次来,是跟倪则仁离婚的。我觉得他有了你,应当很幸福。"

这话来得突然,白云裳止不住一下子脸红了,不太像假装的。这女人一直扮天真女孩,也并非无隙可击,天真本身就是虚晃一招。但于堇是职业演员,懂得这脸红假不起来。她担忧地对白云裳说:

"不过,要离婚,先要把他救出来才行。但是我至今不知道他被逮捕在哪里,关在哪里,你知道吗?"

白云裳眼泪簌簌直下。这下子于堇觉得假了,这白小姐演戏的功夫,离炉火纯青还差一段修炼。白云裳哭着说:"我什么地方都打听不到。报上说是汪伪76号抓的,我到76号去问过,回回问都是天不知。我一直在等姐姐来救他,只有你能救他!"

她掏出手绢,没有一点生分,丝毫不忸怩地擦眼泪擤鼻子,好像她有资格做个受人爱怜的小妹妹。

于堇想,这是什么李渔《连香伴》格局,两个女人亲如姐妹,为一个男人服务!如果此白小姐一定要装那么一个温顺的小妾角色,怎么才能抓住这个小妾的破绽呢?

白云裳恐怕也知道这个题目是她的弱处。她不让于堇有插话的机会,突然换个题目说起《狐步上海》来,说于堇演这个戏,一定好看,这故事太感人,既适合青年男女,又适合老资格戏迷。

"你怎么知道这个戏?"于堇问,觉得饭店的热气温度烧得过于高了,有点热,把绿披巾取下。

"莫之因!报上都说是他编的剧。"

"我不认识这个人。"于堇故意这么说,她等着白云裳下面的话。

"他呀,被称作孤岛文坛奇花!像姐姐这样的一流人才到内地去之后,空出地盘给了这批庸才。"白云裳鄙夷地评价莫之因,"二流艺术,一流花心。软性文学,不敢直面现实。坦白地说,他的本子,跟三十年代你们的戏不能比！"

"不过，这个剧本不错，莫之因的写作，很有特色。"于堇看着桌上两杯咖啡全冷了，两人都在说话，把咖啡忽视了，"不然，我不会接这个戏。"

"对，对，我刚才就说，他就是这个戏本子改得好，原作就是他的小说，小说好，剧本自然不会糟到哪里去的。戏开头一段不错，有种神圣的气氛，让人为纯真之情感动。"白云裳突然下意识地拉拉手绣上衣的边，可能是明白自己转弯太快，赶紧补一句，"其实我是外行，戏迷而已。我真不知用什么标准衡量艺术，姐姐你教教我。"

于堇从白云裳一开始叫"姐姐"，就后悔当时未堵住这两个令人讨厌的字，现在倒成了身边这女人装傻作痴的护身符。其实按白云裳自己的说法，她们俩只相差几个月。于堇承认白云裳厉害，她被这个词劫持。这第一个回合，两人打了个平手，于堇略输一筹。她决定主动出击：

"倪则仁是租界商会理事。我想76号不敢马上对他动手，明天我要去探监！因为他是在租界被绑架的，我在托租界巡捕房给我打听。巡捕房今天会给我一个答复。"

"明天我能去吗？"白云裳哀求地问。

"算什么身份呢？"于堇说，她看见白云裳手指有硬度了，但马上轻松如旧。

"那我怎么知道他的一些情况呢？我真是很焦急！"

于堇想想，拉着她的手说："好妹妹，我算是代你探望倪则仁，他是你的人。你再到这里来找我，我告诉你情况。"

白云裳感动极了，对于堇千恩万谢。

两人目光从咖啡转到对方的脸上，不由得相视一笑。白云裳从身后的花盆里摘下两朵玉兰花，亲热地把椅子往于堇这边靠靠，一边给她插上耳鬓上方,一边说:"即便是盆栽,恐怕也是上海滩上最后两枝了。"

于堇奇怪地看着这个女人,白云裳的大胆,性格的张扬,令她惊奇。她们说到底还是情敌相见,而不是腻友相逢。白云裳怎么知道她不会反感?

难道白云裳也知道让她再来饭店的用意?

这个倪则仁真是一号笨瓜!于堇开始有点同情倪则仁了:竟然找了这么个情妇!他哪里是这个女人的对手,他给这个女人舔脚趾都不够资格。

于堇回到1901室。洗了洗手,喝了一点茶水,便关上门出来。下了一层楼,等电梯上来。但是她想了想,就转身朝楼梯口走去,又下了一层楼。

电梯和楼梯口都有侍者守着,果然如夏皮罗所言。

于堇返回十八层,直接朝走廊左侧第一个房间走去,没有按门铃,而是轻轻地敲了四下。夏皮罗在里面应了一声,等了一会,他打开门,站立在门后,等到于堇坐下后,才关上。这是个朝向跑马厅的高级客房,也正对着南京路上,看来是他的办公室,这一刻阳光很好,房间里显得明亮。

夏皮罗说:"现在我把我们掌握的全部线索,以及紧急情况下可能的应对措施,详细告诉你。你心里记住,不要做笔记。"

接着夏皮罗一个个说明了她将遇到的人,实际上都是什么角色,属于哪一方,大致是什么级别,可能有什么用。于堇仔细听着。尽管头绪纷繁,但她脑子格外清晰。

她不知道休伯特会如何处理这么多的线索。休伯特的习惯,倒是什么事都预先在纸上写清楚。然后马上销毁那些纸片,冲入水沟,无影无踪。

时间飞快地过去,一个小时四十分钟后,于堇才结束与夏皮罗的谈话。

当天夜里,雨下得无声无息。若不是把整张脸贴着冰凉的玻璃上,于堇不会发现外面正在下雨。

玻璃贴得她两颊如冰,然后寒意传遍她脖子、胸口和整个身体,她不由得后退一步,仍是朝着南边张望。隔了三条马路,众人在这声色场所遍及的大小弄堂里纵情享乐,而休伯特绝对是在他的旧书店里,关上店堂,书店就是他的家。

最近上海的英美人都想跑,把自己的藏书三文不值二钱地推给休伯特。他也知道这不是销书的时候,收进卖不出是旧书的大忌,但把书扔进垃圾箱是罪过,只好来者不拒,弄得家里三个房间,连厨房卫生间、书店的地板上都堆满了书,人只能在书堆里绕着走。

此刻休伯特肯定借着台灯的光线,手里拿着一本书,心里一定比她还着急。休伯特一般在这个时候常常读索伦·克尔凯郭尔的《恐惧与战栗》,读那些生存是痛苦的妙语。

这不是一个问题,对他不是,对她也不是。在雨水中她似乎看到了亡灵,那亡灵不是对哈姆雷特说话,因为亡灵是她的亲生父母。

宽恕我吧,让我忘记那一切。那时她五岁,躲在树丛中,看见她的父亲赤手空拳拼命地与带刀的歹徒打斗,在客厅与厨房的门间,用自己的身体挡住杀手插上的一刀又一刀。

"快跑!"父亲大声叫。

他的身体许多地方喷出血,但他还是拼命抓住门框。那些刀子在捅父亲的肚子和心脏,捅出许多血洞,他们还猛砍父亲的肩和手臂,父亲却不肯放开抓住门框的手。

母亲当时正在厨房里。她听见响声,就冲出房来,根本不看丈夫,抱起于堇就从后园小门出去。母亲抱不动她了,就拉着她的手跑。满上海的乌鸦都飞旋在眼前四周,灾难降临了。她们最后跑进一条幽静的街,看见街对面一个高大的洋人,牵着一条黑黑白白的猎狗。

于堇一身是汗,她记忆总是在某一时刻哽住了,无法流淌下去。这场雨符合她整个回到上海后的心情,她听得见父亲的血喷涌的声音,就像这雨水声。她的脸苍白,呼吸困难。艰难地走到床边,坐下,拿起了电话。

拨饭店总机要外线,想和她的救命恩人说一句话,就一句:"世人对我不好,是正常的,人与人之间如蛇蝎。因此,一个人对另一个人好,总是有特别的原因。"

她至今不明白弗雷德为什么要收留她,把她送进孤儿院也算尽了责任。"亲爱的弗雷德,为什么上帝要派你来,陪我行进在死亡的幽谷,给我杖,给我解饥渴的牛奶,守护我迷失的灵魂呢?"

总机小姐在问:"请问接什么号码?"

她什么都未说,放下电话,长长地叹了一口气。她相信自己的感觉,在黑夜的那一边,休伯特能听到她心里说的话。

第八章

等着慢吞吞敲着铃的电车驶过,白云裳才踩大车子的油门,朝西边开去。

于堇跟她想象的太不一样。在哪些地方不一样,白云裳还没有想周全。这个于堇话不多,但说出来的却有分量,绝对是个非常有主见、有胆识的女人。

四年多前于堇去莫斯科参加国际电影展览会,又去柏林国际电影会议,游历巴黎、伦敦、日内瓦。在这个时候,白云裳与倪则仁相识,他疯狂地爱上她,背着于堇与她在一起。白云裳很欣喜自己在情场上的胜利,当这胜利不存在对手时,她觉察出自己对于堇心存几分内疚。

奇怪,难道就因为于堇今天待我不错,我就无法洒脱?我岂是一个星光迷眼的戏迷?废话!

两人的初次见面,花了一个小时。白云裳驶着车,顺着静安寺路拐向戈登路,往住所赶。坐马桶,还是自家的舒服。哪怕专门开一趟车,也值。入厕完后,她迅速地换了衣服,抓起挂衣架上的贝雷帽,再次出了门。

　　雷声在远方打着圈子,闪电的银丝线浓罩在阴云里,几乎看不见。已下过几个小时的雨,明显疲倦了,起码在沪西一带疲倦了。

　　下午四点,天暗暗的,容光焕发的白云裳,披着水獭皮大衣从一条小弄堂走进一扇门去,风吹着脸很冷,鼻子有点冻住的感觉。

　　有持枪者盘问白云裳,问清楚了,才放她进去。转了一个长长的通道,到了另一所房子。那所房子有三层,她走进去,上二层,穿过走廊,到了里面一间房。

　　倪则仁穿得齐整,撑着头,坐在沙发上。茶几上有茶水和糕点,但是他满脸憔悴,伸手拿过一本杂志翻看。这个76号的特别囚室,比高级饭店还舒服,摆设相当豪华,门锁着,门口有持枪的警卫把守。只是窗户上有铁栏,而且对面一尺就是砖墙,只是让透气而已。

　　警卫用钥匙打开门,白云裳朝他点了下头,走进去。倪则仁抬起头来,直截了当地说:

　　"我知道你要说什么。那个臭女人到了上海!"

　　"别见神见鬼的,没有的事。"白云裳若无其事地解开大衣扣子,坐进沙发。

　　她的右腿压在左腿上,并没有脱下大衣,只是让大衣自然地往下滑,这样露出里面镶毛边的长袖夹旗袍,那紫色泛着光泽,深紫高跟皮鞋。涂了指甲油,头发自然地挽个髻在脑后,刘海露在黑贝雷帽外。倪则仁是第一次看见她戴帽子,这帽子不适合她,使她看上去有点故作神秘。

白云裳见倪则仁仔细瞧着自己,便朝他甜甜地一笑,取下帽子。雨声终于敲打在玻璃窗上,她不由得皱了眉头,这雨才停一会儿,怎么又下起来?

"你不承认也没用,"倪则仁说,"你的表情承认了。"

"看来你没有忘掉她。"她有点生气地说。

倪则仁不想对这女人退让:"当然,一夜夫妻百日恩。"

白云裳站起来,身体一动,大衣掉在沙发里。她走到窗边,看着铁栏外雨水在屋檐下挂着。

倪则仁看着倒有点不忍,他说:"放心,我不会听她的。"

但是白云裳突然转过身来。"你少厚皮赖脸的!"她不客气地说,"你的毛病就是自作聪明。我这是第二次来看你,你就不能对我好一点。"

"我看有的人的失败,就是聪明过分。"倪则仁不客气地反驳,"把我抓起来,又故意弄得尽人皆知,无非是逼我公开合作,其实原来那种不必撕开脸皮的关系,对谁都更有利。"

她笑了:"亲爱的,请息怒,把你弄到这里来,不是我的主意!我只是来看你的。有可能的话,帮你一把。"

"当说客,更可鄙。"

白云裳耐心地说:"谁叫你的老爹当过军机大臣,殿前行走,又做民国总理。你以为你是个艺术家?错了,你生下来,就是个政治人物。政治就得公开,就得造成声势。别人的效忠可以按着掖着,你太重要了,不行。"

但是倪则仁反而越听越烦躁:"本来是可以商量可以讨论的事,现在怎么又把这个所谓的老婆弄来?这个女人来了,哪怕不露面,报纸也会闹个沸反盈天。"

他气得拍打沙发扶手,声音倒是不响,但动作够大的:"这种肮脏手段,又奈我何。老实讲,我一见于堇就头痛,好几年没见,心里清静,见到她,我说不定会做出什么莽撞事来,对大家都不好。"

"怕是一见了,会旧情复燃吧?"

"绝对如此!这下你满意了。"他讽刺地说,"难道是76号把她弄到上海来的?"

白云裳把手放在倪则仁的手上,抚摸着他,慢吞吞地说:"我问过了,于堇来上海,不是76号的主意,日本宪兵部更没有出过这主意,你得相信我。"她转过身,眼睛对着倪则仁。

倪则仁心里更纳闷:"难道是重庆军统方面的人?甚至是共产党?假定真是他们,把这事情闹大,对他们有什么好处呢?"

他从心里闪过一个个与自己打过交道的人,似乎看到一张张脸都在冷笑。谁会认为事情越弄得沸反盈天,越对他们有利?卷进女明星,为投降造声势,为什么对这些人有利?这里的逻辑太怪。

当然,这些话,倪则仁不敢对白云裳说出来。但是他一个人自己想得太多,头脑都要炸开了。当他这么反反复复思索时,白云裳却在温柔地劝慰:

"孟姜女千里寻夫,你能不见她吗?你只有一个办法摆脱她——公开合作。一旦既成事实,戴老板也就只好算了,于堇也就可以回香港去!"

倪则仁听见她的话,脸色都变了。"孟姜女寻夫"这句话,非常不吉祥。白云裳像是故意说给他听,吓唬他,而并非说漏了嘴。

白云裳的温柔、于堇的盛气凌人,都是外表,他对于堇的厉害看得清楚,与白云裳做了这些年的情人,还却始终弄不明白这是个什么人。因为弄不明白,即使猜到白云裳肯定参与其谋,也对她恨不起来。

白云裳见他不说话,就又加重语气说了一句:"恐怕明天报上标题就会用这字样:孟姜女寻夫!"

倪则仁抽出自己的手,垂头丧气地掉头走开。

"我很残忍,说这种咒你死的话。"白云裳微笑着坐回沙发,"你不肯骂我。证明你心里还是有我。就签个字吧,这个很容易。一切乌云就会驱散,我们就可在一起。"

倪则仁两眼无光,他从未像现在这样打心底里看不起自己。白云裳比他小九岁,很年轻时,就离家出走自己谋生。弄不清父母遭到什么变故,是死了还是离异,总之他们当初遗弃了她,如同她现在忘记了他们。他对她充满同情,处处呵护她,让她感到有安全感。

命运颠倒了过来,白云裳这刻对倪则仁充满了同情,她曾经理由充足地爱上这个自命艺术家的阔公子,况且,她的工作也需要盯上他。

平心而论,直到今天现在,她也是爱他的。倪则仁待她不亏,不顾一切地爱了她这些年。刚开始时背着于堇,后来于堇一走了之。他与她同居生活在一起。白云裳心里明白,他们俩都完全明白对方究竟是干什么的。这很好,这使他们工作爱情不会互相冲突。

白云裳看着沉默的倪则仁,很诚恳地说:"我们都是跨河过来的人,明人不讲暗话,作为中国人我们都明白。不管欧洲战事如何,只要英美没有向日本开战,中国无法单独抗战,只有求和才能生存。一旦全国都想通这道理,整个中国就会像这个孤岛一样繁荣平安。"

"女人花功夫抹胭脂倒也罢了,"倪则仁觉得已经到了这个地方,犯不着听高调,"竟然有一番世界局势大道理!"

这话把白云裳脸气红了,她说:"你徒有男人身,毫无丈夫气。好吧,让我帮助你回想一下吧,你被76号抓住时,正要到哪里去?

倪则仁不明白她的意思,他正在想别的事,叹了一口气。

白云裳接着自己起的话头:"你正去赴莫之因的约!你以为只要在租界里就是安全的,76号要绑你,照样一绑一个准。"

"怎么可能?这个浪漫文人,怎么可能是76号?"

"如果我猜得不错,他还不是个偶尔打杂的喽啰。"

"这个舞文弄墨的人是职业特务?"倪则仁两眼睁得更大了,"不像,绝对不像!"

"告诉你吧,我和他在日本是同学。虽然我和他不熟。"

倪则仁惊异地问:"你以前为什么不告诉我呢?"

白云裳却说:"这种事说不得,就像女人月经期间不能做床上事,做了就会病缠身。有的事情不多嘴为好,不然自己会掉脑袋。"

"有道理。"倪则仁笑了起来,"难怪我这么倒运,我一下明白了,我告诉你的东西太多了。"

他嘴上损了白云裳一下,心里却想,乱世之中,什么也不能信。更何况此话出自白云裳的嘴里,她的虚构能力太强。从他被抓进这个死活不知的地方的第一天开始,就该明白,白云裳与他在一起的四年中说的话没有一句可以当真。她在床上想象力丰富,让他神魂颠倒,但是用在政治上,就是另一回事。

"你明白了吧?"白云裳用手肘碰了倪则仁一下,拿起帽子戴上,表示要离开了。她可不想与这个男人再来拥抱之类的道别方式。"这是劫数,跑不了的,认了吧。"

倪则仁怨艾地看着白云裳朝外走——他曾多年占有的这个情妇,现在对他没有任何当初的柔顺之态。说不定这几年,她一直把他玩弄在股掌之上。

当初他觉得董太聪明,瞧不起自己,心里很不舒服。这个白云裳头脑简单,一心一意给他床笫之欢,床下之事也都顺着他。白云裳与日方有联系,对此她也不隐瞒,实际上这是他们长期保持关系,与各方合作的默契。只有到被软禁在这个房子里,他才明白这世界上没有容易打整的女人。

回想起来,于堇是把自己当一回事,才会事事与他较真,吵成那样翻天覆地,不可收拾。

这后悔药,一旦吃了,就苦不堪言。眼瞧着窗外所有的树叶在一夜之间,从绿变了红,承受得住,都挂在枝上;承受不住,都飘落在地上,随风逝去。

上海呵,上海,妖魔鬼怪的城堡,虎斗鲛争的天地。本就不是他这种人应当呆的地方,当初于堇劝他到后方去,他不听。

此刻于堇的分量一下在他心里重了。若可能重来一生,他会对于堇全心全意,多少个白云裳来魅惑他,都会没用。

门在白云裳的身后被关上,门口守卫马上站立,在她走开后才把门锁上。她朝楼下走,走得很自如,大衣只是披着,并没有穿上。在走廊的另一端,她没有敲门,就直接推开,拐过一个玄关。这个长长的房间,地上铺有榻榻米,有方格子日式活动门隔成两间。白云裳脱了鞋子,推开门。

莫之因坐在矮木几边等她,烟灰缸里已有两支雪茄烟头。她脱了大衣,不仅未像一个日本女子一样跪坐,反而坐到莫之因面对的木几上。她把木几上的雪茄一把拿过来,取出一支点着,吸了一口,可能觉得自己的姿势不错,就说:"女人抽雪茄,你说我像不像法国女作家乔治·桑?"

皱皱眉头,莫之因走过去将敞开的门合上,回过身来,重新盘膝坐在木几前。他像没有听见她的话,冷漠地说:"得有个办法了吧？"

白云裳吸了一大口，吐出烟圈，她的手指弹着烟灰，非常优雅："好吧，就按你的意思办：往那最让他害怕的地方送，让他们用刑。"

"什么地方？"

"自然不是日本宪兵部，那儿日子还算好过。"

"早就应当做的事。"莫之因淡淡地说，"每次为这事找你，你都不同意。"

"但是不能真打，这个少爷不经打。这次只能打在脸上、手上，打出外伤，打给于堇看。"

莫之因嘲笑地说："还是舍不得。"

白云裳忽地站起来，她声音不高，但是咬牙切齿：

"放你的狗屁！你们这种76号蛮痞子！都是些什么下三滥人物？吴四宝之类的流氓！靠蛮力就能征服中国人的心吗？这几个月你们杀红了眼！先前四年，放出你们这群狗，只不过是捣乱租界，让西洋人日子不好过。等租界完了，瞧你们这群狗还有什么用？那时你莫之因别忘了，我白云裳用得着你，才让你在上海滩摆威风，到处自命风流乱勾女人。你不识相，别怪我我到时不愿搭救你——凭什么要让你摆谱？！比如那辆汽车，借你用的，可不要以为坐上你的屁股就是你的了。天底下哪有这等好事！"

莫之因被白云裳的这一口气不停的长篇狂骂震昏了，他从来没听到这样漂亮的女人骂出此等粗话，也是倪则仁这件事，他才和这小女人弄在一起，真是霉气！他弄不明白自己什么话说错了，惹恼了她。大概是在倪则仁那儿窝了一肚子气，才在他身上泄气。

这个女人前些日子，甚至昨天见面，还在求他帮忙，想在《狐步上海》戏里演个角色，即使是个上台五分钟的配角也行，这时竟然训孙子似的训斥他。当时谭呐一听说莫之因想推荐一个演员，一问演戏经验,说是非专业演员,就连眼皮都不抬一下,说他这里不办艺训班。谭呐无疑是对的,每个人应当明白自己应呆的地方。

他莫之因凭什么就得受这气?这辈子都是女人围着他转,可偏偏这个女人骑在他头上拉尿拉屎,以上司的身份教训他,无非是凭着她在日本人那里说得上话,或许是在榻榻米上服侍得他们高兴!比走狗更臭的母狗!

绝不轻饶过这莫大的侮辱。但他只是猛吸烟,他做到了第一步:不说话,以后才说话,那话说出来,就完全不一样。哪怕是在这里,两个人大吵起来,还是不妥。他的面子,即使丢,也不能丢在白云裳的跟前。白云裳拿起榻榻米上的大衣,披上准备走。

"我最喜欢看刀子嘴菩萨心肠的女人。"莫之因磕了烟灰,拿着雪茄,站起来,走近白云裳,对气还未平的白云裳说,"你念起情人吵架的台词时,特别美丽。"

白云裳猛地一转身,好像要给他一个耳光。不过只是拉了拉大衣领子,狠狠地看了一眼他,把门推倒一边,穿上高跟皮鞋朝外走。

窗外天空布满晚霞,雨说停就停了,真是见鬼了。在走出门去之前,白云裳却侧过脸来,似乎朝他一笑。

白云裳这一笑,让莫之因惊诧莫名,这女人能在这种时候笑出来,是本事,是修炼,要骂就骂说笑就笑。他莫之因差点沉不住气,手心沁出冷汗,他得小心些,这台戏,比他写的剧还难编。

其实白云裳的笑,根本不是对着他,而是冲着一个不在场的对手——这莫之因根本不是她的对手。

白云裳心里想的是于堇,想这下子她如何对于堇得意地说话:可爱的于姐姐,你说"76号不敢马上动手"。错了,只要我给他们一个命令,76号就敢"马上动手",而且动个辣手给你瞧瞧!

第九章

　　高高的屋檐上,那些湿湿瓦间生满苔藓。先是一只鸟,长尾巴闪蓝闪蓝。接着是第二只鸟,黑得浓郁,在雨水中扑闪着翅膀。不到十分钟,一排乌鸦停栖在路灯下,完全不惧怕行人。而另一些晚到的鸟就落在戏院的铁栏杆阳台上。

　　谭呐坐在兰心大戏院前排的位子上。这个细雨绵绵的上午,台上正在排练《狐步上海》的开始一段:

　　女主角是出身于高贵家庭的上海小姐,她跟着父母礼拜天上徐家汇天主教堂,唱诗班正在唱圣歌。

　　谭呐租的兰心大戏院地处法租界,因为母国是沦为德国傀儡的法国维希政府,法租界当局受到日本人压力最大。事事唯恐破坏小心维持的平安。若不是领事亲自批准的剧目,就只能演外国戏。要演中国自己的剧目,就要冒风险。没有戏,兰心大戏院平时只是放有文化品味的电影；兰心这名字来自拉丁语Lyceum，原是罗马大演说家西塞罗的学苑，欧洲许多剧院常用的名字，"蕙质兰心"，中文可谓妙译。

这家戏院建得也精致，有意大利文艺复兴时期的风貌，墙棕色面砖，立面采用横竖轮廓线。设施完备，既摩登又古典，最适合演文化浓郁的话剧，地点也好，向南去，一会儿就到了国泰电影院，算得上法租界马路最优雅的一段。

特地请来客串的徐家汇天主教堂合唱团，还真调教得不错，气氛很圣洁。但是，谭呐心里仍然不快。助手把当天的一叠报纸给他，他看了头上一张，瞄了一眼，就扔在旁边座位上。一大早于堇打来电话告假，说身体不舒服，或许明天就能来。这么说来，她一定是看了今天的报纸。

报纸标题说："孟姜女千里救夫！大明星无暇排演。"记者的嘴真是苍蝇，到处叮，连于堇今天不能到剧场排练，都探听得一清二楚。

他想，应该理解于堇才是，男人那头总得有个安排。

试着理解于堇，使谭呐的心情有所改善。他很想抽一支烟，可是身上就是摸不到烟匣，想来是落在办公室了。

回想两天前，就是于堇来上海的那天，他一直在办公室里等她的电话。助手说不一定今天非等到不可。谭呐让助手先回，说他还是要等下去，有关整个戏成败，不能马虎。他不敢回卧室去，就坐在桌前看笔记本上的东西。晚上十一点差五分，于堇终于来了电话，她的声音很疲倦，说抱歉这么晚才来电话，她想休息一下的，不料睡着了。

两人在电话里略略说了几句客套话。之后谭呐把排练的大致时间表告诉于堇，说已经随时可以进行彩排，红舞娘一角由一个年仅十八岁的新人暂时顶着排练,整个戏排练才能进行,但显然这姑娘不可能代于堇演出,所以于堇必须尽早到场,参加彩排。

于堇说船来上海的途中,已经把剧本背得烂熟,已设计好自己的台步动作,只要能合排几次,肯定能与整个剧团配合默契。她让谭呐放心好了。

谭呐说他的心当然放不下来,广告都打出了,票都预售了,万事只欠东风——于堇到场。

于堇只得抱歉,她说有事急需照应,处理完就来参加彩排。什么时候处理完,却没有一个准数。谭呐没追问下去,问也白问,没有用。他窝着一肚子火,但局面已经如此,只得忍着。

尽管于堇那晚电话里的态度很好,但是她的每句话,谭呐怎么听怎么不顺耳。他与于堇是老相识,比一般的朋友近,又比最亲密的朋友远,虽然以前有好几次可能合作,都是因为这样那样的原因没有做成。两人内心都觉得很遗憾。谭呐一直也知道在艺术圈于堇的敬业精神是有名的,可这彩排之事,怎可含糊?于堇无论如何,也应当把排戏作为第一个首要任务。

大牌明星,说到底,还是要端一下大牌架子,谭呐想。他在艺术圈混了十多年,知道大牌女明星最难对付。但是没有女明星,也就没有艺术。一丝冷笑现在他嘴角。

助手从后排走到谭呐身后,他俯下身,很高兴地对谭呐耳语。谭呐点头不语,眉头皱起来。他让助手先去,他得想想。

这天清晨,于堇起床后,收拾妥当。坐在饭店十一层吃早餐时,她让侍者给她买来当天的早报,赫然看到对她抵沪轰炸式的报道,有的说的实在离谱。她卷起报纸,一股脑儿地扔进纸篓。

她有正事要办,必须赶快准备。第一步是查一下情况,于是她到饭店门口找了一辆出租车。

雨不紧不慢,浓得落不下来似的。路上湿漉漉的,大多数人都打着伞,却没几个人穿雨靴。老天爷喜欢变脸,上海人冬春两季出门前就备好雨具。她几年前曾托人从英国买来雨靴,就是为这样的日子穿的。离开上海异常匆忙,需要的物件来不及归拢,雨靴忘了放在什么地方。于堇自嘲地笑了:那时离开这座城市,根本没准备回来。

车子停到霞飞路西端的一幢二层楼的洋房。

这是倪则仁以前和于堇住的地方。她的钥匙竟然能用,锁竟然一直没有换!可能倪则仁根本没想到她会回来。她打开门,走进去。一层是客厅饭厅,楼上是由两间打通的大卧室和卫生间。一切依旧,甚至家具都未挪动位置,铺了一层灰,墙角挂有蜘蛛网。那么说,倪则仁已经很久不住这儿了。他被捕至今只有两周左右,想来他在这之前很久,就住到别的地方去了,是在躲什么呢?

卧室的五抽柜上,有一张于堇和倪则仁亲密的合影照片,让于堇很吃惊。她完全不记得跟这个男人如此亲密过,任何相关的回忆早就消失。这事情有点奇怪,看来当时她还以为这婚姻美满。

雕花床档头依然很新,化妆台的圆镜不清晰地映出她的背影,雨天的光线从未关严密的窗帘里透进来,仿佛在揭开那淡掉的记忆。她坐在床罩上,仍是收集不了那以往的一点点痕迹。或许曾经与他并肩坐在这床边,欢喜地接受他的拥抱亲吻,任凭他诉说心里怎么爱她。

那时他说,她的身体有一股香味,不是香水,也不是床边的百合花香。他嗅着她身体的气味,只要这种气味,就能使他激动得不能自已。

不,没有这事。

有一点她倒是记忆清晰:她喜欢吃鱼头,他学会姜丝辣椒烧鱼头。倪则仁和她都吃辣,喜欢尝试新鲜的滋味。上海滩每开张一家像样的餐馆,尝鲜的人群中,都会有两人快乐的身影。

于堇不愿意往下想,事实上,如果她可以回到以前,也是颇煞风景:那些夜晚,于堇在入睡时,手里总是拿本书,而倪则仁上床前是不看书的,他喜欢一上床就关灭台灯,扒掉于堇的睡衣。

他曾有一时不高兴于堇与养父休伯特的关系,他说那个美国老头子,浑身上下都是一股旧书霉气朽烂味。而休伯特面对倪则仁,就是找不到话说,而且连客气话都很难说出口,搭讪几句不沾边际的话,不管对方是否尴尬,就沉默地走开了。于堇明白休伯特故意装作中文不够好。

于堇在倪则仁面前为休伯特辩解说:他是我的从前,只是父母的朋友,好心收留我几年,你是我的现在和未来。

至于自己全部的真实身世,于堇觉得还是不告诉倪则仁为好。关于休伯特的事,她也尽可能不提,好像她根本不在乎那个美国人似的。倪则仁自然不把那个穷光蛋洋老头当一回事,他知道,于堇从未住在寒酸的书店楼上,从小住学校。

她一直把自己和养父的世界,单独划出,这是一个独立王国,任何人不得进入。她从小时候就感觉到休伯特貌似无志向的平淡生活,一味摆弄书本,后面隐藏着傲视俗人的精神生活。

她生命中只有他一个人,休伯特只是一个养父,情早就还了。于堇记起来了,她对倪则仁说这些肉麻的安慰话,是在一个清晨。那天鸟叫得清脆,倪则仁对她非常温柔体贴,终于把那个洋古董从于堇的生活中划掉,那天,倪则仁在男人与男人的较量中得胜。

那个清晨,有一种过去了一个世纪的感觉。真像上辈子的事。

一掉头,于堇又看见照片上那张合影。她走过去拿起照片来仔细观看。镜框上也有一层灰,想用手摸去,却忍住了。还是让灰尘盖在这对笑得幸福的男女脸上,比较合适。

仔细地查看床头柜,只有几页空白纸,五抽屉柜子,还是装着针线手绢桌布之类的东西。打开靠墙的大衣橱,倪则仁的衣服一件不剩,而她的衣服都在,如走时一模一样。

突然她的眼睛模糊了,吓了她一跳。因为她根本没有动感情。在一个并不想回来的房子里,或许,悲伤会自动找上我。

真正和倪则仁分手,其实不是感情原因,也不是因为白云裳夹在他们中间。说到底,倪则仁并不是一个花花公子,只是爱财如命,这点她无法过分抱怨。于堇没有告诉过任何人,除了休伯特。她与倪则仁最终破裂是因为她发现了这个人的底细:他能过挥霍生活,甚至能投资电影生意,原来不是祖传家产,那家产早就倒了,只剩下一个空架子,他的钱财来自为军统经办上海物资。

事情不得不说穿之后,倪则仁要于堇为军统工作,尤其在"八一三"之后,富春一线成为物资交换的重要交通线,倪则仁获利巨万,兴奋异常,一定要于堇加入,帮助他倒卖,居间中饱,这才使于堇忍无可忍。

于堇走出自家房子,预感到这个男人是在自取杀身之祸。

那天,于堇回到四马路的家,与休伯特谈了很久,悔恨自己婚事孟浪,休伯特以前对这个男人的评论几乎全都兑现了:这个男人本来就与她不是一类人。她不是不愿为国家刺探情报,而是觉得借爱国名义,发国难财,实在太丑恶。

听了这话,休伯特感到非常欣慰,他心里早就明白,于堇不会为钱财出卖原则。于是休伯特告诉于堇他的间谍身份,并且建议于董既然有正义感，那么不妨为"干净"的机构——美国情报部门工作。于堇考虑了几天，甚至一人在外滩落日下坐了许久，第一次仔细考虑自己的人生意义与世界大事。人生需要一个真正的意义：如果能将身后的混乱世界收拾一下，那她就该尽一份力。

在这个沾满灰尘的卧室里，她为自己当初的选择庆幸，这选择至少使她心安。她知道休伯特是绝对不会沾任何来路不明的钱。倒不是认为西方人个个洁身自好，而是休伯特这个人从来不把钱当作生活的一个内容，他经营旧书店，就是由于赢利微小，小到几乎不能算赚钱。

于堇在房子里东看看，西瞧瞧，仿佛这里并不是她的家，而是属于一个跟她毫不相干的人。每样东西都熟悉，却陌生。她无法相信，自己曾经在这儿生活过。

楼梯间的储藏室里，拉亮电灯，于堇看到一双雨靴依然在放鞋子的一格，雨靴奶黄色，半长未及膝盖。她弯下腰拿起来，到楼上卧室。取了几样自己喜欢的衣服，又把可能需要的东西，统统装入了一个皮箱。

整个战争的胜负，几百万人几千万人的生命，全系在她于堇一人身上。这是到达上海第一夜，休伯特对她说的话。虽然不是原话，却就是这样的意思——赌注现在押在她一人身上。

于堇提着箱子下楼。整幢房子空空荡荡，风声从窗户缝里钻入。没有人住的房子如同鬼屋。就是在这下楼梯之际，于堇忽然看清了现在，也看清了以后，她把皮箱搁下，抓住楼梯的扶手，感到全身战栗，自己能够继续活在这世上，一切都是神差鬼使。做间谍，就是与死神打交道。这次，她有信心从魔鬼的手指缝里溜过去。

谭呐对她今天的请假，心里一定气恼之极，但是他没有在电话里多说，甚至语气也没有丝毫不耐烦。这个人的涵养，令她敬佩。

她看看手表,时间好像还来得及,当即决定改变今天的日程。

心里窝着火,谭呐对着台上喊:"最后一场再过一次!"
他的话使台上的唱诗班全跑下了台。大多是半大孩子,演戏很难管,虽然他手下工作人员用了哨子。他走过去,对负责这个唱诗班的人说:"带他们回去吧。"
手下人马上点头,让他们排成队。
台上布景改变。没隔十分钟,准备就绪,排练起最后一场:
女主角在男主角病中幻想自己在与他跳舞。一男一女先是跳着狐步舞,四分之四,快步间隔慢步,爵士乐,有大量切分,音乐摩登,倒是可与纽约百老汇相比。谭呐未曾亲眼目睹于堇的舞技,听说她演电影《百乐门》时接受过专门训练,舞艺国内第一,不仅姿势优雅,而且脚步花妙敏捷,令人目不暇接。这点台上的片断狐步应当不成问题。
很多人谈到她在舞台上有抓魂之术,让观众的眼光始终跟着她,男人女人都喜欢听她的声音,看她俏丽的脸。谭呐自己就是明星制造者,觉得绕在明星脑袋边的光环,绝大多数都是气泡。谭呐看过不止一部于堇的电影,却独独漏过了《百乐门》。准备这部戏时,他专门借来那部电影的拷贝,仔细看每个镜头,使他原先的印象变成深信不疑:只有于堇能演好这出戏。
但是她若是与男主角配合勉强,出不了真情,这整个戏的高潮就起不来。不行,无论如何得让于堇尽早来排戏,早点进入角色。
她该清楚,这次这个戏,不是光能说台词就行了,还有大量音乐舞蹈,能叫上海滩耳目一新。关于他给这个戏设计的种种新花招,报上已经真真假假透露不少,刚才助手说前几场的票全部预订完，但很多人要求爱艺剧团保证必须是于堇上场。

音乐重新响起，台上的两个主角，明白自己只是在敷衍，自然上不了全部心思。谭呐明白，既然于堇已经到了上海，于堇不亲自来排，一切都有以假充真的味道。

谭呐决定今日排练完就去国际饭店，亲自去请于堇，他本来准备让莫之因出马做护花使者。莫之因这个人对付女人有耐心，而且似乎有的是时间，这样起码让于堇感到他谭呐的诚意。不料莫之因无影无踪，这小子本是每天会到他这里上班报到似的，这两天打了几次电话，也钓不着这条鱼。谭呐推推自己的眼镜框，觉得有点奇怪。

只有两种可能：一是陷于爱情，二是从爱情中跌出。莫之因自命貌比潘安，追他的女人都是上海舞厅的名花，有一朵还是什么银行老板的女公子。自吹吧。不过，听说莫之因现在在外面说于堇钦佩他的作品，这话有点来者不善。不行，得亲自去，不管碰壁不碰壁，他谭呐一定得把于堇这尊菩萨请到。

他叫："停。"走上台去，把男主角叫到一边，对他做了一些指示，要他准备好演对手戏的是于堇，不要马虎，也不要怯场。他走开一阵就回来。

在去国际饭店的途中，谭呐改变了主意，决定直接去莫之因的家。可是，他到了莫之因的住所，不由得大吃一惊！厅堂倒是宽敞，可是里面只有两个房间，有个胖胖的女佣，呆头呆脑对着他说："莫先生不在家。"

他走在屋子里，几乎没什么家具，脏乱得厉害。楼上的房子看来是别人租住，或是他自己只租了底楼。难怪此人从不邀他到家里。这个女佣据她自己说，每天来一次，帮莫先生打扫房间，但很少看见莫先生本人。这胖胖的女人明显是个大懒虫。也不清理清理自己。不过这样一个家，即使弄得干干净净，比起莫之因平日那一身气派的穿着，也是一个天上一个地下。

他告辞出来，纳闷着想不清楚。

一辆崭新的跑车在弄堂口停住，莫之因从车里出来，给一个花枝招展的女人说拜拜。他没有看见谭呐站在他家门口，他从西裤里掏出雪茄，为了遮挡住迎面的风，背过身去，用打火机点上火。谭呐正好闪到对面，好奇心让他没有和莫之因打招呼。

那女人大约三十来岁，摇下车玻璃，笑嘻嘻地叫住莫之因，说着什么。

莫之因笑了起来，手衬在汽车门上，女人抓起他的手，有说有笑，看上去很亲热。

谭呐决定从弄堂的另一端走掉。女人缘使这个莫大才子想风得风，招雨得雨。难道他把所有的钱都花在绷面子上？他自己那辆漂亮的别克车呢？

不巧的是，谭呐前脚离开排练场，于堇后脚就推门进来。两人正好错开，但演员们看见于堇，都高兴地围了上来。

于堇对大家道对不起。男主角主动介绍自己，说谭呐导演有急事走一会儿，过一会儿就回来。他说现在由他负责排一些过渡场面。

于堇问他能不能现在合排一下试试看？男主角表示很乐意。她说："真是抱歉，我只有一个钟头。先和你合跳舞部分。放音乐。"

男主角说乐队已经走了，但是有一张唱片可以代用。

于堇把绒线外套和丝绸围巾、皮包一扔,就把自己的右手伸给了对方。他看着于堇,握住这手。她胸挺起,吸口气含在嘴里。左脚退后,身子带着一点儿罗曼蒂克的倾斜,软下来。左转右转,慢快快慢,围着这层轻柔的浪漫转动。她和他脸错开,眼光看对方的耳朵。

《狐步上海》的音乐由快节奏转换成慢四步,两分钟后,加入笛子和小号,丝丝扣住她的心,这谭呐请的是何方高手作的曲?来,我们像波纹起伏,反身。别碰乱我的头发,她妖艳地踩着小步子。后退,呵,抱紧些不妨。

在爱没有开始之际跳舞。在世界消失之际跳舞。她记得那时她的房间窗子对着另一幢房子的后院,一阵子吹口琴,一阵子拉胡琴,吹着拉着都是酸掉牙的曲子。夏天来得早,也去得快。

她喜欢那些夏天的晚上,一台风扇吹拂着。那户人家的曲子已熟悉,一旦熟悉就觉得是生活的所需。休伯特哄于堇入睡前要讲故事。这习惯延续下来。这天,于堇一直在说她听来的事:外滩对面的百老汇大厦,因为泥沙地基,有点往外倾斜。

"在遥远的意大利中部比萨古城,那儿教堂广场上,有一座塔。"休伯特声调很慢地说着。在休伯特到达上海之前,他和妻子在比萨城度蜜月,一生中最不能忘,也最应该忘的地方。

这个故事他不止一次讲过,于堇记住了:白色的塔很高很重,有许多许多级螺旋式阶梯,休伯特曾经走在上面,到达塔顶看整个比萨城。但这是个有病的塔,一年年更向南倾斜。

"等你长大了,塔就倒了。"休伯特说。

"我真能看到塔倒下吗?"于堇闭上眼睛,渐渐进入睡眠之中。

"你能看到,我是看不到的。"他说。

我长大就是为了看比萨斜塔倒塌!于堇和男主角身子擦着身子,脚跟交错,她侧过脸来,好久没有朝一个异性迷人地笑了。来,手臂展开,打开身体,交出你的那颗忧伤的心。让我整个的生命迷恋你。对不起,你的手不要捏得这么紧。

音乐停止,于堇看见笑容从男主角的脸现出来,台下观看的人在拍掌。她下午要赶到虹口,一分钟都不能浪费。她对男主角温和地说:"那么,我们再来合一遍台词的部分。"

"对对,这一段。"两人往下进行。

"'这一次,无论如何我不能让你从我手指缝间消失无影。'就是这一段,再来一次。"

女:父母把我关在房间里,不让我见你。可是在黑暗之中,我依然能看见你。我愿意为你做一切。

男:那些天你连一个口信也不捎来,我急坏了,难道我在你的心底比一根卡住你喉咙的鱼刺都不及吗?

女:(微笑,走向男主角)在泪水流淌下来时跳舞,在岛屿消失在海面之前跳舞。

男:都说你有着猫的眼、蛇的身子、狐的脚。都说喝上海啤酒,剥着糖炒栗子花生米,再来一颗雀巢牌朱古力糖,就是幸福的人,亲爱的,你幸福吗?

女:青山隐隐,败叶萧萧。那时节,天际乌鸦零乱地飞。你感觉到了自己是一个失败者?

男:请原谅。我的确感觉到了这羞耻,却只得说没关系,真的没有关系。

谭呐的助手一直坐在台下观看。于堇看第二次手表时,助手知道时间到了。他站起来,腼腆地对男主角说:"今天你就让于堇小姐先走。你们接着练。谭导过不了多久就回来。"

看到于堇拿起皮包,男主角递上她的绒线外套和丝绸围巾,他说:"这是我这一生跳过最不能忘的一次舞。"那双眼里有火焰。她嘴唇露出一丝微笑表示答谢,一句话没说,匆匆往外走。

助手快步跟上来:"于堇小姐,对不起,我帮你叫了出租,早就等在外面。"

于堇这下定眼看了看这个外表毫不起眼的人。没等她说话,他客气地走在前面,去帮她推开门,到了大门外,一辆出租车停在那儿。

昨天晚上于堇找到租界巡捕房,那里马上有人给她说明情况,说是以前的了解弄错了地方,倪则仁并未关在沪西汪伪76号,而是在虹口的日本上海陆军部监牢,日本方面已经通知公共租界巡捕房,允许她下午三点去探监。

但愿今天这个大糊涂蛋倪则仁见了她,不会吵起来。毕竟他们已经三年多没通音讯,互相之间很生分了。

她在香港时,谭呐写来好些信,当然都是催她赶快决定是否出演《狐步上海》女主角。记得有一封信里,他说得很好,比《狐步上海》里台词更精彩——你要面子,我要面子,谁都要面子。这上海孤岛就是大家的面子——大家暂时维持。一旦全撕破面子,这上海也就不再存在。

第十章

　　虹口日本上海陆军部,是一座巨大的钢筋水泥建筑,森然怪物似的城堡。里面附设特殊监狱,从旁边的一个钢卷门进出。下午三点,于堇刚跨下汽车,料不到记者们马上围了上来。天知道这些门槛精的家伙,是怎么打听到她要来探监的消息的。

　　中午时下过一阵暴雨,天气已经很冷,典型的上海阴雨之冬,虽然气温不是很低,十度上下。于堇赶快从皮包里掏出墨镜戴上,有记者扛着笨重的相机。她对付这些人有经验,每次镁光灯咔嚓一下之前,她的手已经挡住脸,她不想被人拍照,拿去做文章,谁知道拍出来的是不是报纸要的"寡妇相"。

　　"请问于堇女士准备如何提出申诉?"

　　"倪则仁究竟是否重庆方面驻上海人员?"

　　"你对称你为'现代孟姜女'如何看?"

于堇毫不客气地把这些人推开,她向来不会回答愚蠢的问题。很多事情,她一旦忍不住开口说一句,就没法止住报纸添油加醋,到最后真真假假无法说清。上海报纸一向就是这样不负责任抢新闻。

"请问于堇小姐《狐步上海》何时正式开演?会不会误期?"

于堇听到一个女记者的声音,马上停下脚步,抓住这个题目好好做文章:

"下个礼拜天,在兰心大戏院正式公演。"她语气和蔼地说。

"你丈夫的事会不会……"

"我这个人艺术至上,对上海戏迷负责。下刀子雨,也不会误期。"

"这么快!听说你才到上海不久……"

"这点你们放心,再难的戏,我从来没有演砸过。谭呐导演早就把剧本寄给我,精彩得邪起了!"于堇说,"我刚才还在兰心合排,已经天衣无缝。"

"据说剧本是莫之因先生的大笔。"

"莫先生是剧坛高手,此剧绝对采得上海神韵。"说到戏,于堇的话就是一串串的,唯恐没有占满记者的耳朵,抢掉他们原先准备好的话题。

她一边往里走一边说:"届时,兰心大戏院,各位请给面子,我于堇敬请诸位记者光临捧场。"

在监牢的大铁门口,她转过身来问:"哪位记者先生小姐尚未得到首场雅座赠券,请给我名片,保证这两天寄到。"

几个记者一听这话,马上递上名片,她一一收好,然后才对门口的卫兵说她是应约到这里来的。

钢卷门渐渐升起,卫兵挥挥枪,让她进去。钢门隆隆降下。隔开的院子里，就只有她一个人了。回头看，里面也有扛着刺刀的日本兵守在紧闭的钢门口，岗楼也是卫兵们严密地把守着。两个监狱小头目的人站在她身后。他们走过一段石砌的路，拐过一幢没有任何门的建筑。又走了一程路，就到了一个中间有铁格栅的接待室。

里面的人说了一句日文，好像是叫她坐下等。

大约过了十来分钟，穿着长条子狱服的倪则仁，从里面走了出来。于堇一怔。当昨天巡捕房通知她到这个地方来见倪则仁时，她就想象，倪则仁三年半的恣意享受变成一个什么样的胖子，就是从来没想到倪则仁还真的穿着囚衣，而且还真的手上戴着铐，脚踝上套着镣。她一直认为仗着有后台、做事无顾忌的倪则仁，坐牢也是软禁而已，不会真吃苦。她真的完全没想到他落到这副惨境，一个三十七岁的人，看上去像五十岁，未老先衰。

倪则仁颓然坐下，在格栅对面。这次面对面看清楚了，于堇很吃惊，丈夫的样子不是装的，这个从小娇生惯养的公子哥儿，一直走着好运，哪怕他的投机生意再肮脏，都没有被人抓住，没有受过一次苦。现在手上、脸上、颈上，都有被拷打的伤痕，一向仔细梳理的头发，上面结了血痂。他的眼睛从来精神十足，怎么熬夜也不累，现在黯然无神，目光呆滞，甚至连对面坐着的是谁都不在意了。

可能天气太凉，坐到冷板凳上，使他打了几个喷嚏，鼻涕都流了出来，他用袖子抹抹。

可以看得出伤痕都是新的，似乎就在这两天受的刑，但是绝对不像是假的。

那么，于堇想，就是在她到了之后，他才受了刑。

于堇心里马上明白了，这不是戏，倪则仁也不是情愿扮黄盖，但这的确是苦肉计,做给她看的,目的是什么呢?是要她付出他们想要的代价?

她心里突然一酸,双手伸过格栅就抓住倪则仁的手。

"是我,你的堇。"

他苍白的脸朝她这边瞧,很漠然。

"我从香港赶来。"于堇说,"你受刑了?"

倪则仁抬起脸来,于堇朝他笑笑,她知道自己脸上有可爱的笑容。但是倪则仁完全没有注意到,没好气地说:"不受刑,难道请我进来吃日本生鱼片?"

"不,不,"于堇一时语塞,"不是这个意思。"她预先准备好对付这场面的话全部都用不上了。

她到上海后了解到的情况,比以前她想的更为不堪:这个倪则仁为军统做物资秘密转运工作,件件揩油,哪怕为后方偷运出上海的医药器材之类,都雁过拔毛。军统那么多人,受不了上海繁华的诱惑,投向汪伪特务机构76号。这条走私线当然也不再是秘密。倪则仁却能一直维持对这条线路的控制,主要原因是76号也贪这笔财,暗修栈道,分利拆帐。一旦出现利益冲突,白云裳一直是居中调停的主要角色,这个交易维持了好几年,一直维持到上个月。

孤岛看来不可避免地在往下沉,76号认为这条走私线不再可用。76号这才不想再从这生意分一杯羹,要倪则仁作为军统重要人物公开投敌,壮汪伪的声势。倪则仁却怕军统跟他新账旧账一起算,不敢做这事。本来,既然要"重用"他,决不会真的坐牢。这两天情况发生了变化。看来是因为她,倪则仁才受了刑。

这次重庆国民政府方面急着找于堇,通过在香港的上海青帮,劝说于堇:希望她考虑国家利益,给予合作,请她从香港到上海。于堇知道这是重庆方面没办法时想出的一个绝招:将计就计,让倪则仁这个"头面人物"变得更引人注目,把事情弄得满城风雨。这样倪则仁对投敌之举会有所顾忌:如果公开投敌,他就是上海孤岛此时最招人眼目的"大"汉奸,重庆方面也可以正好拿来祭旗。

一句话,他们要于董参加演出,弄大声势。

倪则仁好像完全明白此中的种种关节,知道于董来对他没有好处,很无礼地摔给她一句:"听我一句,你哪里来哪里去。"

于董盯着他的脸,他的话倒是认真的。上海现在是危机四伏之地。当然,他的事不用她管,很久以来就是如此。但是他现在是在暗示什么话呢?应当说,这话没有恶意,是对她好,就这些年来,他对她没有表示过任何关心,所以,她心里却有一种感激。

这个地方当然不能说心里之话,没准她走出这间房子,也会如他一样被抓起来。这不是完全不可能的。想到这点,她禁不住有点发抖。

倪则仁忽然问:"你住在哪里?"

于董说:"我到霞飞路家里去过。"她本能地知道对倪则仁不能句句讲实话。

"我问你住在哪里?"他一步不让。

于董本来想顺便告诉他,他们原来那个家安然无恙,给他一点安慰。倪则仁根本不听,他不在乎这种事了。于董好奇地看着他,同情的感觉迅速地消失了。这个人还是那个财迷角色。

门外那两人在走动,没有催她,但是她说的任何话当然被听着。

这时于董发现他把自己的手往他那边拉,好像要说句心里的悄悄话,她的身子赶快靠近他。倪则仁靠近她耳朵,但咬牙切齿地说:"各方面都要拿我做牺牲,没有一个人真想救我。"

于董刚想说什么安慰他的话,倪则仁从牙缝里吐出四个冰凉彻骨的字："你也不想！"

他说完这句话后，才放开她的手，那本来没有任何光亮的眼睛，看惊异万分的于堇时，露出一丝寒光。半响，他轻轻地说："我是一个死人在说话。"

她听得心惊胆战，她知道，他这不是说气话，而是一种彻底的绝望，这个人能在上海混得没有任何一方给他一点廉价的怜悯，倒也真是本事。

这个孤岛够残酷的，于堇突然看见好些人手里拿着冥钱。"你要不要来点？我给你烧？"他们全都没有脸，不仅没有脸，脑袋也没有，朝她逼过来，"你还是烧点吧，小姐！"她倒抽一口凉气，这声音好熟，究竟是谁在问？她本能地摇摇头。

倪则仁神经质地结巴起来："你……你不相信，我就知道你，你……会扮演假天真！"

好久未来南市，莫之因早听说这儿的每家赌场都生意兴隆，所有赌台都玩一种简化快捷的轮盘赌。赌场边上开有小押店，与赌场一样通宵营业，赎期只有五天，利息却高达三分。赌徒急红了眼时，什么都拿去典现金，典了手表，再典大衣，再典房契，据说还有典妻女的，恐怕只是传闻。不过妻女在此真是无用之物，来回招待的美女旗袍都开叉到大腿，让人容易走神。

赌场边上有吧台，免费为顾客提供啤酒、葡萄酒、香烟，里间管吃管睡，甚至可以榻上躺着，有女人陪着抽一杆阿芙蓉。只要还有可典当的，赌客在这里可以过君王般的日子，有人真的几个星期不回家，不少人恐怕已无家可回。

酒醉饭饱后，几个男客嚷着要上赌场玩几把，既然是给莫之因过生日,就该玩尽兴。莫之因只好答应,他兴致不如往常高,往常夜里他来神了,一夜开着车子要赶好几个舞场。飞燕歌舞团、桃花歌舞团的舞女们,夜夜比赛着把自己的腿露得更风骚,短裙如飞蝶轻盈,载歌载舞,臀部甩出更滑溜的圆圈。台下客人,抽着埃及烟,另一只手握一杯鸡尾酒。侍者已经小心翼翼地泊好客人的汽车,侍女已经殷勤地挂好礼帽和大衣。

他喜欢那种酒不醉人人自醉的气氛。

一阵凉风吹来,酒醒一半。难道是由于于堇的缘故?她今天去虹口见那个不识时分的倪则仁。他每次想到这个女人,头皮就要炸开。那么,这刻最好不去想此事。

赌场里人山人海。各人买了筹码,都开始围桌赌上了。莫之因觉得脑后异样,他掉头看后面,那人正掉过头去,看来是不相干的人。有人监视或跟踪我不成?他想,如此分神,今晚我肯定会输个精光。

那人也像发现他在注意,想走掉。莫之因索性离开赌桌,走了过去,他不信,上海滩这个地方,会有人敢对他做什么事。但是突然他脚下的步子发软,那人很像谭呐的助手。

不可能。他再去看时,那人早就不见了。

看花眼了,绝对看花眼。谭呐有什么必要派人跟踪他?除非这个助手另有背景,但是有背景的人到剧团去干什么?那里秘密都太公开。

从日本回到这个花花世界的上海之后,莫之因几乎从来没有想念过家里什么人。这个孤岛真的是自成一世界,他又何必想起什么手足之情,勾起与家人度过的少年时期?父母在一个上海郊区小镇上开了一家丝绸铺子,他喜欢走铺子的门,那些柔软美丽的丝绸,就像美丽女人的皮肤。这里的花影酒香,至少使中国人可以解脱惯常的压抑，而他像踩着他们泼在红地毯上的酒迹，开始写小说，钻入戏剧界。以前他只是一个无人看得起的文学小青年，现在他成为上海滩一个方方面面都吃得开的人物，无论是做哪一种职业，他都显示出自己的重要、缺一不可。

　　好吧，等《狐步上海》这个戏上演之后，即使是今年他一字不写，靠着这个戏也会热销他的同名小说。就文学生涯来说，他对得起自己了，甚至可以在后人写的文学史上占几页。假如他一辈子吃文字饭？那就太亏待了自己。

第十一章

　　这天于堇探视完倪则仁,从虹口返回公共租界时,在苏州河北被耽误了近三个小时。日本宪兵搜查很仔细,不管是坐汽车或是坐黄包车的,统统下来,排队。队伍两侧也站了好些宪兵。临时走掉的人,都被抓了审问。

　　于堇沉住气,从出租车里下来,排在队伍之中。终于轮到她了,盘问得格外仔细。宪兵不相信她是去陆军部监牢,把她挑出来,请进一个窄小得连凳子也没有的空房间,说是得去证实才能放她走。这么有意刁难,让人不得不怀疑这是日本方面有意给点颜色给她看。

　　好几次于堇都要发脾气了,但还是忍住。

　　终于被放行了。她松了一口气,不快不慢地走过外白渡桥。想了想,就去了四马路。

穿行在于堇面前的男女，或衣装华丽整洁，或落魄褴褛，不过街上热闹如昔。她走走停停，发现自己站在老正兴门前，心里一喜，便上了楼。二楼里已有了不少吃饭的客人，于堇被侍者引到一个稍偏的地方坐下。她未看菜单，就点了一样最地道的上海菜：腌炖鲜。

没多久，菜端上来，分量足，两个人也吃不完。子鸡公野笋干里飘着几片金华火腿，汤美肉嫩。

喝了一小碗汤，于堇才明白自己就是专门来这餐馆的。第一次休伯特带着她上这儿来吃饭，也是临近12月份，一个冷飕飕的晚上，他要的就是腌炖鲜这个菜。以后时间隔久了，两人就念叨上这儿来。

侍者给于堇端来一碗米饭。她吃着饭，巧了，老正兴的留声机正放着当年百代公司录的她的歌："江水月蒙蒙，殷勤盼再逢。杯酒劝君饮，怎知花落几度风？你问我，这良宵美梦与谁共？我问你，为何爱上海夜玲珑？"

太俗气的词，不过那几年电影里全是这种货色，幸好音乐不错，她听了不太难为情。

这儿离休伯特的书店、她和他的家已经很近了，近到可听到他的呼吸。小时候，她总好奇这附近街上老是有漂亮的女子走来走去，打扮得很摩登，笑声很响，说话都与其他街上的女人不同。跟月份牌美女一模一样，就是月份牌美女！

稍长大一些，于堇才明白，她们都是下流女人，是她应当鄙视的。她被送到教会学校寄宿，休伯特付出高额学费的原因之一，可能就是这个书店区报社区，竟然与红灯区混在一起，也算是上海一景，但肯定不适合女孩子长大。

奇怪的是，她演的电影演的戏，有不少这里的角色。她一回想，就演得像,走路说话,甚至哀怨叹气,一招一式,学都不用学。

休伯特的书店里,偶尔也有这样的女子来,不像要买洋文书,也许是借这个地方等人,让于堇看得两眼发直。休伯特也不好意思赶她们走。

在反叛年龄之前,做个小姑娘时,于堇觉得她能让休伯特高兴时,就会有办法让他高兴。例如,小事情上,学校里新增加一门手工课。学抽丝钩花、绣花、踏缝纫机。她认真地学,在手帕上绣了养父名字的缩写F·H,送给他。他选了一张唱片,放上留声机。那是拉赫玛尼诺夫的《第一钢琴协奏曲》,那些切分,那些忧郁悲伤的调子,于堇听得心怦怦地响,喜欢上了拉赫玛尼诺夫。

准备与倪则仁结婚了,想到要把这消息告诉休伯特,她马上忐忑不安。那个夜晚,她用钥匙打开书店的门,就听到楼上传来拉赫玛尼诺夫的钢琴协奏曲。她轻轻走上楼梯。休伯特坐在留声机边,显得非常孤独,他闭上眼睛沉浸在音乐之中,一只手跟着节奏摆动。于堇静静地站在过道,这个晚上她不能对休伯特提结婚的事。天空星月分明,水管从地下爬起舞蹈,风声水雾涌来,神还未来临。一个年轻女子面对脚下的白色崖岸,要跳也必须跳下。她泪流满面。

音乐完了,休伯特一声叹息,喃喃自语:"可惜只在收音机里听过他的《巴格尼尼主题变奏》,什么时候我会有这唱片呀?"

"弗雷德,我以后会给你的。"于堇说。她一再说,记得去香港之前又说过一次。

可是她多年前的承诺到现在也未兑现。在香港也忘了这事。现在她又做了一个承诺:一个更难兑现的承诺,找出那个Kabuki到底是什么地方。她得赶快处理完这一层层的"烟幕"戏,尽早找到窥看的门径。

走出餐馆，正巧一辆电车驶来，她像少女时代一样，电车尚在开动时就一步跳了上去。坐在车里，她看每一条街，仍是没怎么改变。

电车过了国际饭店一段路，于堇才发觉，赶快跳下电车往回走。

于堇坐电梯到十八层，在过道上，她取下披巾和外衣，拿在手臂上，直接朝夏皮罗的房间走去。

看着外面的灯光，于堇在夏皮罗对面的一张椅子上坐了下来，她说得很快，她说英文时，变了一个人，条理清晰，一清二楚办事的语气。不知为何，她无法改变这个风格，觉得英文不如母语善于表达感情。所以在香港有公司请她拍英文电影，她客气地拒绝了。

于堇先说了倪则仁在监牢的情况，接着说起在苏州河北遭到搜查的事，夏皮罗沉思片刻："暂时不必疑虑。遇事更加小心。"然后他说，"下一步如何走，我会设法请H先生指示，但万一来不及，还要你自己临机应变。"

昨天下午于堇与白云裳见过之后，到这个房间来的情景，于堇也是坐在这张椅子上。不同的是昨天夏皮罗说，今天于堇说。夏皮罗递过一杯橘子汁，于堇确实口渴了，谢了他一声，便端起来喝。

夏皮罗看着于堇，语气变得柔和了："H先生，要我转告，他要你注意身体，早晚天凉，一定不要感冒。"

于堇站了起来，点了个头，就算告别。明天按谭呐的时间表，是全天训练，从早上八点开始。早睡，才能早起。

到楼上房间，于堇第一个动作就是取出安眠药，倒了杯水。想想，她把安眠药放回瓶子里。今晚最大的镇定来自于得到休伯特的关心。她在吃晚饭时想着他时,他也会想着她,不必见面,就是隔这么近,她也会严格遵守他的命令。

睡得比想象的好,几乎想不起来做过的梦,于堇睁开眼睛来,是第二天早上七点。

她感觉房间真暖和,掀开被子,从床上跃起来,跑进浴室,漱牙洗脸梳头。早餐送到房间。她隐在门后,接过托盘,签了单,然后关上门,将托盘先搁在茶几上。进了浴室冲了个澡。然后出来,还是披着一件睡袍。先吃早饭:一碗上海馄饨,一碟梨子。然后坐在梳妆台前化妆。

长年的舞台生涯,使她能在两分钟内做好别的女人要花半天时间才能做完的事。说是阮玲玉眉毛要画两个小时,于堇耸耸肩:每十秒钟就有人敲化妆间的门,催她准备上台。那就最好在十秒钟内画完——如果眉毛非画不可的话。

小心地穿一双新的长统玻丝袜。

五分钟不到,她整个人焕然一新,与昨天完全换了一个人。里面是皮毛镶边的旗袍,从衣柜里取了根绣花羊毛披巾搭在肩上,把脚伸入高跟皮鞋里,关上门,一边往楼下走,一边把钥匙放在小皮包里。

台上于堇与男主角演员跳狐步,两人配合默契,他风度翩翩,她风情万种,节奏踩得韵味十足,身体语言更是既挑逗又神秘,他们已熟知对方的下一步,如同跳了多年的舞伴,热情奔放地旋转旋转。

谭呐拿出一盒槟榔牌纸烟,心里笑自己的顾虑真是多余。助手昨天就告诉他,于堇来这儿排练过了,而且很上心。看来职业演员就是不一样,于堇就是有值得骄傲的资本。今天这盒烟本是当作发火的替代品,现在成了享受的奢侈品。

他抽起烟来,却是以一种奇怪的心情,他觉得这烟味道好极了,甚至不逊色于莫之因的古巴雪茄。台上的男女完美地进入了角色,男主角迷恋于堇的眼神,一点不像是在演戏:没有男人面对于堇能不动心。

他专门请好友陈可欣作曲,陈可欣作的词曲《难道你不在乎我的爱情》,是《狐步上海》中的主旋律曲。调子很萎靡,歌词更感伤,可能正是上海此时的心境。他早就请电台录好,作为广告预播,果然此曲已经开始风靡上海滩,不到年末就可以在上海孤岛唱得个尽人皆知。

艺术圈的同行都另眼相看谭呐,这个一向不顾票房不点钞票的导演,怎么这次顺应时尚,福至心灵,做广告造声势。而且一做就行家里手,处处击中要害,事事顺利。运气来了,挡都挡不住,中西报纸都在影戏版面,隆重刊登着这戏的广告,已成大势所趋:整个上海都在掏腰包,等着看这台好戏。

连续排练了两天。谭呐想,照目前这个状态,一切都可以准时,什么都来得及补上。

莫之因站在后排看了许久,才坐到谭呐身后。他什么时候进来,谭呐一点没发觉。不过,谭呐知道,莫之因今天肯定会来,他对这个戏看得很重,而且一定是一个人来,不像前几次都会带个什么漂亮女人来。

这是最后一次排练,化妆、灯光、服装、音乐全上。一整天,从上午一直延续到晚上,整个班子很努力,于堇几乎没有停过,一点没有明星架子,连喝水都尽可能少占时间。连谭呐都觉得过意不去。

莫之因专心地看着台上表演,一言不发,甚至也不和谭呐说话。

谭呐坐在那儿,半个眼看台上的最后一次总彩排。多年导戏,他知道到这时候,提出新的要求,反而乱局。但是他照旧用他的速记法顺便记下各种零星想法,尤其是不满。忽然,他意识到他记的许多东西,与这个戏的演出无关。

战争来了。这两个人的命运如何?真是个愚蠢的故事,中国戏剧半个世纪后仍旧落在《茶花女》的阴影之下。

时代变了,不变也得变,他们两个,男的消失了,女的也消失了。

终于有一天他们又见面了,见面的地方,应当又是一个舞厅。为什么不呢?舞厅比上海任何一个地方都像上海。

女的看了男的眼睛,然后说:"你变了。"

男的看着她的眼睛说:"我觉得你也变了。"

女的说:"那就是说,你不会爱我了。"

男的说:"会的,但是难多了。"

男的叹一口气说:"但是我会努力的,你让我努力吗?"

女的抱着他的头颈,轻轻在他的耳边说:"为什么讨价还价。努力是没有用的。"

男的惊奇地看着女的,突然明白了:"除非我们——"

不，不，这两个人不应该再见面，不见面或许这个故事就不可能开端，也不会有悲剧发生。女人是烟花，瞬间闪灭；戏子是烟花影子里的烟花，绚丽妖艳，无心无肝，观者却会眼花缭乱。台上的万般风情，其实是虹影——肥皂泡里的虹彩的闪影。

女的静静地走过来，站在男的身边。他们的面前渐渐升起了一扇巨大的拱形窗。天空漆黑墨蓝，女的身着华装丽服依在栏杆上，她的高跟皮鞋，使她的袅娜的步子带上一种端庄。风把她的头发拂在脸颊，使她的表情更为迷乱，那嘴角露出一丝笑容，是在嘲讽人们未能把这烟花看清。

她缓缓转过身，黑色笼罩着她，保护着她。风企图吹掉栏杆边有一片发黄的梧桐树叶，树叶太湿了，湿得脉络清晰，呈现一抹青春的绿，顽强地贴在栏杆上。

"因为我不能不爱你。"男的嘴上说的，跟他内心完全相反，他的内心说的是，"一切都已经不可能，尤其是我的爱。"

她靠在他的肩上，从后面抱住他。他转过身面对着她。经过那么破裂性的吵架，他们还能亲吻吗？

能，他们能。

他们热烈地拥抱在一起亲吻，吻别这个人世。

谭呐叹了一口气。有没有其他的路可走：他和她就不能敞开一切秘密好好地谈一谈吗？总会谈出一个不是悲剧的结果。

台上女人跳楼，手攀着窗框好久，男的求他下来，女的说："没有任何希望了。只有这一条路。"

男的："那我们一起跳。"他往上爬。

女的:"不,不,你再靠近一点,我就往下跳了。"

男的:"我靠近你,我们会永远在一起。"他们禁不住在窗台上火热地拥抱亲吻,女的左手放开窗框,一下子没站稳,男的把她抓紧不放手,他们一同掉下高楼。他们彼此叫着对方的名字,空中传来一声悠长的"我爱你"。

没有听到最后落地的声音,比真正听到更让人富于想象。

看彩排的全场人发出一声惊叫。哪怕他们早知道这个结局,依然会惊叫。然后才是全场鼓掌。除了剧团的人,还有几个采场子的女记者,还有几个不认识的男女,不知通过谁的后门进来的。以前在戏上演前,谭呐一向严令不准外人先看。不过这种戏,情节被小报透露出来,看的人更多,不必在乎。

这样死去简直是一钱不值!莫之因还把这个情节当个宝,一再对谭呐说,这是原小说里没有,专门添加的一段,要谭呐坚决保密。莫大才子竟然天真到要教上海人死可以像活一样罗曼蒂克。

助手从后排走过来,轻轻地问谭呐:"对不起,台上都停下来等你指示呢?"

谭呐惊醒过来,停下笔:"好,好,演下去,不要停,一直演到底。"他站起来,挥挥手。但是旁边人告诉他,已经全部演完了,现在要确定一下最后落幕的时间。

谭呐站起来前,他把硬壳笔记本翻了过来。于堇从栏杆后的垫子上爬了起来,把她被风扇吹乱的头发用手绢扎起来,纳闷地看着他。他注意到于堇的疑惑:这个名导演今天是怎么一回事?有点心不在焉。

音乐结束,大幕缓降,于堇用甜美的笑容谢幕,一切简直无可挑剔。谭呐从心底里赞叹:"都说什么人演什么戏,这个于堇倒是什么戏演什么人!"

排练结束,所有在场的人都兴高采烈,这才记起早过了晚饭时间,肚子饿了。谭呐走到化妆室前走廊里,邀请于堇夜宵。台上演员们在收拾道具,台下有人在做清洁,乐队已经走掉了。

于堇换好衣服,坐在镜子前擦掉口红两颊的胭脂。她对门口的谭呐说:"恐怕……"她不想去做应酬,又不好一口推脱。

"不会太累人,反正你到现在还没有吃晚饭。"谭呐不管于堇是什么意思,他就是想大方地请她一次。他话说急了,咳嗽。这两天他辛苦得嗓子都喊痛了,有时,只能靠打动作手势来发命令。

于堇笑了:"你毕竟不是演员出身,我就一直嗓子省着用,不到献演时分,哪能亮出全套货色?"

谭呐一大早就到剧场来,忙得胡子都未来得及刮,这个一向儒雅之人,今天反倒显出点鲁莽。发现她这么在打量,他反而弄得脸红红的。

女记者走过来,要问于堇几个问题。谭呐客气地拦住:"对不起,今天太晚了,改日行吗?"女记者反而不好意思了。谭呐朝于堇递一个眼色,两人往出口走。

莫之因正在与男主角说话,明显听见他们这边的话,赶忙走过来,很高兴地说:"还是我请于堇小姐吧!早就该我给于小姐接风,于小姐一直没给这面子,今天就跑不了啦!"

他是社交高手,马上像熟透了的朋友一样说话。从莫之因说话的派头,于堇马上知道他是谁了,以礼貌的微笑作答。

"你的德性怎么永远不变,一见美人,就忘了有几张钞票。"谭呐讥笑他,同时亲热地拍拍他的肩膀。今天排练顺利,他心情高兴。

"海上第一名花,整个上海滩都倾倒,别说请于堇小姐吃饭,为她舍命都心甘情愿。"

"之因兄,你是九条黑猫的命,现在也已经用完了!"谭呐回他一句。

两人互不相让,开着玩笑损着对方。他们三人到了门口。于堇打着圆场说:"一起去,今晚我请你们夜点,到国际饭店省我多走路。最好也叫上陈可欣,谢谢他写出这么动人的曲子。"

谭呐说这好办,他去打电话给陈可欣,让莫之因和于堇等他几分钟。他马上往回走,回到剧场的办公室。

打完电话,他觉得若有所失,这才发现他的导演笔记掉在剧场里了。助手进来,手里拿了七零八碎的东西,感慨不已:"今天座位上遗失的东西真多,看来这个剧真感人,连你也激动得把东西掉了。"

谭呐说:"我激动?导这种戏我会激动?"

"你把导演笔记掉在座位上了。"助手把笔记本放在桌上。

谭呐一拍脑袋:"我正在想笔记本上哪里去了。"

助手弯下腰拿起桌边的失物箱,小心地把手绢、围巾、首饰、杂志和书之类的东西扔进去。谭呐打开硬壳笔记本,看见他最后写下的几句话,就是在台上主角自杀时:

"悲剧就得死。既然在楼上,两人就得跳楼。但是要在敌方刀枪威胁之下,为理想而牺牲,这样爱情就完美了。"

他的钢笔就是在这儿卡住了,这两个人真是同一个理想吗?他们为什么奋斗?他把笔记本放进了抽屉,苦笑了。

与此同时,于堇和莫之因来到街上,那儿停了一辆亮晃晃的别克车。于堇没话找话说:"哟,莫大才子,这么漂亮的汽车。"

"已是三年前的旧车了,保养得好。若嫌不够好,我们今晚就专门去叫一辆像样的车吧?"

"岂敢,岂敢。"

"'生怕情多累美人',这是郁达夫的句子吧。"不等于堇回答,莫之因滔滔不绝地对她说了下去,卖弄才学似的,"达夫这个人真是才子本色,'佯狂难免假成真',真是千古名句啊,可惜流落南洋写抗战八股。他应当留在上海,他写男女狂情,才是笔下生花。"

雨点打在脸上,来得好快,两人同时望着夜空,乌云裹着乌云,狠狠地压下来。于堇低下头来,莫之因便为她打开车门,自己绕过车子,从另一侧打开门坐进驾驶位子。

于堇接着刚才的话题说:"莫之因你占地利,让郁达夫占人和,将来还不知天时如何呢?"

莫之因摇摇头说:"名不虚传,于堇小姐不仅演艺超群,口才也厉害。"

看着谭呐出来,于堇在里面背过身去,替他打开后车门。"找到陈可欣吗?谭兄。"她问。

"他说他直接上国际饭店。"

"那好,我们走。"莫之因边说边转动车钥匙。

他们一行三人坐电梯到十五层俱乐部包间,于堇要了几样菜点了酒。她把绣花羊毛披巾取下来,搭在椅背上。朝洗手间方向走时,发现另一个包间里一桌人中有白云裳,看见于堇走过,白云裳对着同桌说着什么,站起身来。

于堇对着镜子在洗手,白云裳站在她身后。白云裳说:"我在这儿等了多时,希望能遇见你。"

"若我今天不上这儿来呢?"

"你会上这儿来的,你不是说过让我来找你吗?你不会忘记的,对不对?"

于堇回过身来,不经意地打量白云裳,这女人周身上下都特殊装饰过,眉毛画得很妖艳,口红也涂得极浓,头发做过,戴了耳环手环发夹,浑身珠光宝气。一句话,有意到任何人群中鹤立鸡群。

于堇手指在大理石的台面上,像弹钢琴那样动了动,那意思是,有话请讲。

"姐姐,那边是爱艺剧团的人吧?你知道我这种业余文艺爱好者,对文化名人敬若神明,你能给我介绍一下吗?"

于堇觉得这个要求很自然,很起码。那里面的人,例如那个谭呐,有名的左翼文化人;那个莫之因一副浪漫大才子相,自比郁达夫第二,样子都像干不了什么太特殊的事。如果白云裳的目的仅在于此,想在这个圈子里找出她的活动联系,那么她不必过虑。

白云裳有点觉察,于堇正在犹豫,走近于堇,拉着她的左手臂,半撒娇地说:"姐姐,你不会不高兴吧?"

"能为妹妹做事,我哪会不高兴?你看,那一帮子男人正准备夜宵呢。你就过来,我给你介绍。"于堇大大方方地说,"不过这些艺术家,你知道,说话没轻没重,修养不佳。"

"没关系,文人无行嘛。"

"你心里明白就行。"于堇笑了,"龙潭虎穴是你自己要跳的。"

她心里纳闷这个女人怎么绝口不问探视倪则仁的情况,太沉得住气。果然,她们往过道走时,白云裳声音放低了:

"去看他了吗,怎么样?"

"他受了刑。"

"天哪!"白云裳叫了起来,一把抓住于堇,"伤了吗?重不重?你去见他的那天,我就想来,可是染了风寒,现在烧退了,才急着来见你。"

于堇心里想,演技水平60分,嘴上却带着怜惜的口吻道:"真不堪入目!只是,只是比传说中进那种地方受刑情况似乎好一点。"她长话短说,不想看白云裳演戏。

"你为什么不劝他听76号的,好汉不吃眼前亏,打残了怎么办?"

"白小姐,我只是他名义上的'妻子',说了有什么用?"于堇冷笑,"他听你的,你一定劝过,他如果不听,怎么会听我的?"

"他听你的,尤其是这种事。"白云裳说,"这个时候你才是他的主心骨。"

于堇说:"政治的事,我一概不懂,完全摸不清东南西北,我是个演戏女人,头脑就一根筋:倪则仁与我,连名义上的夫妻关系也要结束了。"她不想对白云裳说,她探望时一字也没有对他提离婚手续的事,她不忍心对一个已经绝望的人说这种事。"我能说什么?他是你的人,他朝哪边走,也是你的人。"

"那我怎么办?"白云裳着急地说,"我没法再跟他说上话。"

"那就没办法了。"于堇耸耸肩,"我的话他不听,你的话他听不到,我们就还是今朝有酒今朝醉吧。"如果这个白小姐一心一意钻到文化人当中来混,事情就容易对付,来龙去脉一清二楚。她心里可以轻松一点:"玩过今夜,月亮落在哪个枝头就随其自然。"

于堇和白云裳站在走廊上说话。谭呐焦急地从包间出来,抬眼一见她们,脸色放松,说他见于堇久不回来,已经出来看过第三遍了。于堇用微笑向谭呐表示歉意,她跟着谭呐走,知道白云裳在后面跟着。谭呐当然看到了艳妆的白云裳,但他在演艺圈见惯了漂亮女人,装作没有看到这个人。他说男士们都在担心于堇。"我不会有事的。"于堇慎怪地说,与他并肩走。

谭呐站在过道焦急的神情,让于堇心里一动,他真的替她担心。这种超过一个导演的担心,怎么说也好像太早了一点吧。不过,她觉得很温暖。

莫之因和一位长相周正、三十岁不到的男士在座,一见于堇和一位漂亮女士走进来,忙站起来。谭呐安心地坐下,看着于堇把身后的白云裳介绍给他们:"这位是白小姐,律师,兼话剧演员,兼松花江畔百里挑一的美人。"她没有事先问白云裳如何介绍,演艺圈半开玩笑百无禁忌。

白云裳只是谦虚地说:"在燕京大学法律系时,玩玩票演戏。"她坐下来,仰慕地对莫之因说,"其实我不是第一回见到莫先生。"

莫之因一副不认识她的样子,却兴趣浓厚地问:"白小姐此话怎讲?"

"莫先生,你那次上北平,到燕大演讲,不就看到我们演《雷雨》?是我演的繁漪!"

莫之因眼睛发亮了,像突然醒悟:"对,对,我就觉得眼熟,那还是——"

"1936年嘛?"白云裳说,"才几年时间!"

莫之因点点头:"不错不错,那次在北平还拜见了知堂翁周作人先生!"

于堇看得一清二楚,莫之因的演戏干脆不及格,这两人演双簧!莫之因表演之拙劣令人捧腹。

谭呐站起来,给于堇介绍:"来来,这位就是你点名要见的著名作曲家陈可欣教授。"

"你的音乐太美了,每次心里想起你的曲子,"于堇伸出手来,直爽地对他说,忽然掏出手绢,"哀婉得让我流泪!"抹眼角的泪水。想起刚才在洗手间自己与白云裳的谈话,让于堇有点伤心。这白云裳一直没问倪则仁关在哪里,连装都不用装,明知道倪则仁被用刑了,连难过的感觉都没有。她流了泪,直觉得人生无常,男女情爱更无常。

房间里的三个男人都慌了,有的给她让座,有的说:"太让人嫉妒陈先生了,于堇怎么一见你就激动得掏手绢。"

白云裳在一边看得清楚,这个于堇的表演,哪怕推到过界,都是一百分。

于堇收好手绢,不好意思地朝大家婉然一笑。

酒菜上来:八宝葫芦鸭、百叶咸蛋黄卷,法国红葡萄酒,香气扑鼻。满桌人笑盈盈地举杯,"为今天干杯!""为《狐步上海》成功干杯!"

白云裳还像个圈外人,有点害羞,有点敬畏,这倒是正常的外行人样子。于堇的眼光注意到莫之因居然不敢正视白云裳。这个人一向习惯厚颜无耻地直视女人,尤其是尚未认识的陌生女人,等对方惊慌失措不敢接眼神。刚才对她就是如此大胆贼眼。若是她猜得不错的话,白云裳该是莫之因的上司。

那么,莫之因该是76号的,二等奴才,白云裳直接服务日本人,一等奴才。于堇高兴地想,弄清了就好唱戏。

最后吃得差不多了,让侍者撤掉盘子,甜点枣泥酥饼上来。五个人喝着苦艾酒,又要了咖啡。镀金边的咖啡杯,让白云裳很喜欢,摸在手里端详。于堇说她不能再喝酒,莫之因一把抢过来,"让我效劳!"他一口干了。他招待者进来:"请来绍兴花雕,要喝,就喝个尽兴!"

于堇看着他说:"还是等演出成功之后吧,那时才万事无碍!"

陈可欣也说,时间晚了,该散了。一看这局面,白云裳自然也附和。

莫之因不快地嚷道:"散什么呀,还早。"他摆弄着酒杯,突然长叹一口气,声音带着哭腔说,"我腻烦透了这一切,我讨厌战争!"

于堇觉得他酒喝多了,不过,正因为醉了,说的话才让他显得比平日直率,看来奴才也有委屈。谭呐过去拉他,他不让:"怎么不让喝,我还是个人,来,可欣兄我们俩干一杯!我也很喜欢你的音乐!"于堇朝谭呐递眼神,谭呐去打开包间的门,侍者拿着账单进来。于堇接过来签。白云裳帮着陈可欣把不肯离开的莫之因扶走,莫之因吵着不走,两人一起把他弄进电梯。

"我的包忘了!"白云裳在电梯快关上那一刻叫了起来,"酒喝糊涂了。"她离开电梯,朝包间走去。电梯把莫之因和搀扶着他的陈可欣带下去了。

白云裳进来,向于堇笑笑,取下挂在架子上的小皮包离开了。谭呐从洗手间出来,这时才到电梯口,于堇叫住了他。他转过身来,很吃惊。

于堇说:"就耽误你一分钟。"房间里就他们俩。太静了,她不知该对他说什么,似乎这时候也不应该说什么。她突然拍拍脑袋,笑着说:"谭大导演啊,对不起,我这人记性越来越差。我想说,你要好好休息。"

谭呐笑了:"你也一样。"他的笑容没有了,只是忧伤地看看于董,转身朝门口走去,一边说,"明天早一些到剧场来,堵在门口的记者多,别误了场。"

第十二章

　　于堇站在原处,听见电梯关门的一声响。一桌残宴样子很荒诞,虽然只有咖啡杯子和酒杯,桌布上的油渍,那抽灭的雪茄,掉在地上的餐巾,怎么看都特别无聊。那些津津有味的艺坛无聊是非,其中有一些事,是应当知道的。她想,若是她不在场,大部分话就会落到她的身上。但是她再疲倦也不能像别人那样轻松,吃饭时好几次几乎走神。

　　拿起搭在椅背上的绣花羊毛披巾,于堇有些后悔,她完全没有准备白云裳直闯进来,看来她丢失了一个机会。那么,怎么再找借口见这个女人?

　　看都未看电梯,她便经过,往前继续走,推开通向楼梯间的门。

　　她宁愿步行上楼。在香港天天练爬山,她走得平稳,连歇口气的功夫都不必,提着旗袍,踩着高跟鞋上楼梯。一口气爬到十八层,她才换了口气。

走进走廊,拐进到十九层的楼梯时,于堇发现黑黑的楼梯口有一个影子,吓了一跳,闪身就背靠墙观察动静。

"别怕,是我。"一个女人的声音。

"天哪,是云裳,你在这里做什么?"于堇有点恼怒地说。

谢天谢地,这个白云裳自己找上门来了!不过于堇明白,这次肯定是夏皮罗命令他手下的人,不要挡住这个女人,让她搭电梯上楼,十九层只有两套房,很容易找到于堇。于堇伸手按亮墙上的开关,灯光亮起,白云裳还是那么千娇百媚,口红是新添上的,她的手指夹着一根纸烟。懂了,刚才她那不胜酒力的样子不过是做给人看的。

"我有点担心你,今天晚上,我看得出来,你的心思还在倪则仁身上,你怕他出意外。我也一样。他对我一样重要。"

于堇一时不知道这个白云裳会走出什么样的棋步。如果不是知道形势已经紧急,她情愿缓一下,好好思虑,再走下一步。在这种复杂局面下,一步错不得。不过的确没有时间了,她不能放弃这个机会。

于堇转过身,朝楼梯上走,这地毯清洁过,喷了香气,这扶手更是光滑照人。于堇飞快地上楼梯。

白云裳跟了上来,这么一点梯子,她竟然会上气不接下气,这点让于堇有了自信。

"你是爱他的,对不?"

于堇还是不回答。

白云裳说:"你得实话告诉我,就像我实话告诉你一样:我的确是爱上他,才迫不得已与你做上了情敌。"

于堇决定不跟她打这种肉麻的太极拳,今天必须直截了当把双方目标亮出来。因此她说了最不客气的话："早就明天下午,晚就后天,他就会横尸虹口靶子场。如果你想收尸,你可以去。我已经尽了一个太太的责任。这个名分也太累人了。"

平日有人叫她倪太太,她会生气地立即纠正——请叫于小姐。今晚她说"太太"这词,是有意的跟这个姓白的女人过不去,当然也跟自己过不去。她甚至连"前任太太"这个名分都不愿承担。

于堇朝自己房间走,掏出钥匙,丝毫不惊奇地发现白云裳还在身后。她推开门,按亮过道的灯,没有回头："难道你还有话跟我说？"

白云裳一声不吭地在她前面走进房间,直接穿过宽宽的过道,朝客厅的沙发上一坐,把高跟鞋一踢,抱着双腿靠在沙发一角,挺舒服的样子。她也不打量房间,只是温柔地看着于堇。

于堇走到里间,打开桌上台灯,去卫生间洗手,心里一惊,这次白云裳似乎要露出本相:她的演技自信得可以得满分了,这必定是她的本行角色,与餐桌上那个假装羞涩的业余演员完全不同。于堇回到客厅,即使已经有思想准备,白云裳的话,依然让于堇大吃一惊。

"明天你去接倪则仁出狱。"

"什么？"于堇大惊的样子,转向白云裳,看这个女人今晚真相要露到什么地步。

白云裳若无其事地点点头。

"你怎么知道他会出狱？"

"明天你接他出来,不就整个上海全知道了吗？"

这样的回答真是太厉害了一点。看到把于堇弄得惊奇又愤怒,白云裳瞧上去很高兴。她这才慢吞吞地提出一个明白的解释:

"姐姐,我坦白告诉你吧,我是重庆军统的内部调查人员,主要责任就是监视倪则仁。倪则仁不知道我的身份,以为我是个落魄的东北流浪学生而已。倪则仁实际上是给杜月笙老板管账的,杜老板从香港回重庆,倪则仁觉得失势了,而且也明白租界好日子不长了,他自己产生了投靠伪政府的想法。但是先要让人家逮捕他,再要'被迫'。一句话,自己遮羞而已。"

于堇身子靠在扶手椅上,白云裳这些话让她很不安:"原来是他自己要做汉奸!那还有什么办法?道义拉不住,钱财也拉不住,只好成全了他,让他自己走自己选择的路!"

"那我们中国的国家利益呢?"白云裳尖锐地问。

"这个人,没了钱,没了权,还有什么用?对国家利益有何损?"

白云裳从小皮包里拿出一盒香烟,递了一根给于堇,于堇推说不会,其实她这时心里很想抽一支烟,镇定一下。但是她不想与这个姓白的做一样的事。她给了一个好理由:"我们职业演戏的,嗓子要紧。"

白云裳点火抽了一口,她把双腿相交,一个很妖艳的姿势,脸微微抬起。"姐姐,"她叫姐姐的口气时,仿佛与倪则仁没有关系,不再是小妾认正妻的恶心,而真是认于堇为姐姐,"姐姐,你真是个了不起的人物。我是军统人员的人,你一点也不吃惊。"

于堇一边走向厨房,一边说:"这还用吃惊吗?倪则仁在孤岛做了四年军统,身边睡的人能不是军统?"她取了一个瓷烟灰缸,递到白云裳的面前。

"这么说,你从来不相信我?"

"我相信你!"于堇坐下,诚挚地说,"我只是想,你早晚会对我承认这一点。等你对我说了这实话,我们俩就更亲密了。"

"你真是个爽快人。"白云裳由衷地说,点了点烟灰在瓷缸里。

"军统不军统,跟我没有关系。"于堇说,"我不知道倪则仁跟你说过没有,我离开他,或他离开我,就是因为他要我参加军统,我不愿意卷入政治。"

白云裳有点吃惊,想不到于堇也对她掏一套心里话。倪则仁从来没有告诉她,当年他们夫妻反目的真正原因。他一向只说于堇是个假清高的"文化人",实际上只是个读了点英文,连《三字经》都没念全的戏子。

于堇一口挡开政治,白云裳原来的戏本子没法演下去,她只得往后退一步:"那你至少还是爱国的?"

"现在我更不敢卷入政治,现在的上海比'八一三'之后还险恶。"

"那么好,"白云裳一干二脆地说,"你不用做什么。"

这谈话可以结束了。于堇注意到茶几上的红凤尾花蔫蔫的,她拿起一瓣花,于堇用手遮着打了一个呵欠。

这个逐客令应该下得很明显,但是白云裳不走,不仅不走,话说出来还生猛:

"请你配合。其他什么都不要担心!"

"我不懂这话。"于堇站了起来,"怎么配合?你想说什么,请直接说吧。"

"明天,到时候,你闪开就是!"白云裳也站了起来。

于堇依然不想一步猜中白云裳想干什么:"到了什么时候?"

"你这么聪明,何必要我来解释。"对这场戏,白云裳有点不耐烦起来,"你既然救不了他,也不想救他,你就想办法救你自己。你是我姐姐,我是真心喜欢你。所以,请听我的。"

于堇想了一下,走近她,感动得眼里含着泪,叫了一声:"云裳妹妹。"右手放在白云裳的右肩上。白云裳伸出手来,握住她的手。

突然于堇脸无血色,仿佛一下子反应过来:"你们要杀他!"她猛得扔掉白云裳的手。

于堇这样脸色巨变,心惊肉跳的,仿佛从误会中突然醒悟,使白云裳十分尴尬。

白云裳只好站起来,敛容说:"国难当头,风云日紧,我们不能容忍倪则仁这样的人公然投敌。锄奸是我们神圣的爱国使命,每个军统人员责无旁贷,我伤心欲绝,也只能大义灭亲。"

于堇没有想到她爱国剧台词念得有几分真挚,看得出来,白云裳对倪则仁并不是完全没有感情。白云裳挽着于堇的手,坐在沙发上,摇摇头,声音几乎哽咽了:"真是的,这是个什么世道,做人都由不得自己!"

于堇也平静多了,不解地问:"那么又要我去接他干什么?"

"你不接,日本人不会放他,他们还想做得好看。"

"我是问,你们军统要我去接他干什么?"于堇尖锐地说,把身子侧过去,"要我把他引入谋杀现场?我做不了这事,我跟他还是有夫妻名分的!"

于堇很悲伤地想到倪则仁的下场,虽然在当年离开他时就有所预料,可是预谋杀人就定在明天,这太残忍。她发现自己的手在抖。

白云裳一直在观察于堇,这关键时刻,可以看出于堇心软善良,难怪倪则仁说起于堇,嗤之以鼻,说这女人上台演戏好像挺聪明,其实毫无决断力,一切由他做主。恰恰是于堇无法掩盖的内心柔弱,让白云裳喜欢于堇,她身子依靠着于堇,抱住她的双肩,细细软软地说:

"姐姐呀,你是超级明星,顶尖新闻人物,重庆军统指令,务必请你帮助,把这事情弄大,要让全上海全中国都知道,这是个对投敌人员的警告。他们担心局势一变,上海的军统人员失去租界的保卫,支持不住。"

她扳过于堇,看着于堇的眼睛:"说到底,你并不爱他,我一样不爱他;你恨他,我更恨他。虽然我们与他都是有过感情的,不能否认这一点。但是,家国社稷将亡,我们炎黄子孙会全部成为亡国奴。"

　　于堇低头不语,听得很专心,重重地叹了一口气,很为难的样子。

　　"只要一离开上海,到过内地,看到百姓受日本鬼子的那般苦;到敌占区,看到日军的凶残,你就不会下不了这决心。"

　　白云裳能说那么多爱国大话,倒也真是了不起。于堇皱着眉头说:"我们艺人,也不是冷血动物。不过我刚才说了,倪则仁毕竟做过我的丈夫,你要我参与谋杀他,我不能做。你们另换任何其他场合暗杀他,我不会警告他。他该受什么惩办都由你看着办。"

　　白云裳站起来,很失望地看着过道那面镜子。

　　"我绝对不告诉他,不行了吗?"于堇说。

　　白云裳走到镜子前,将一绺披挂在前面的头发,掖在脑后。转过头来,对于堇说:"你这份善心,倒也是人之良知。不过——不过,如果我开出代价来呢?"

　　于堇心里一紧,妙,妙极了!她一直在等着这一步。休伯特说的计划,难到极点,时间上又紧得不可能,她一直在这个问题上苦思冥想。她站起来,走到窗前。难道真的来了机会,能让她及时完成?!但她依然还得装傻下去:

　　"钱当然好,乱世中黄金当然更好,可是,妹妹,生死关头,钱有什么用?"

　　白云裳笑了,笑得很勉强:"我知道姐姐要的不是钱。"她踱着步子,到于堇身边,看着于堇把靠得最近的一扇窗打开,白云裳靠近她,把手伸进绵绵细雨之中。伸回手来,湿湿的一手雨珠,似乎也在考虑这步紧要的棋如何走才万全。一时,只听到窗外的雨沙沙地响着。

这雨把上海夜色添得神秘过头,在这么高的地方,那马路上干夜活的清洁工披着雨衣,活像个幽灵,那赶早市的菜贩子鱼贩子,走路杳无声息的窃贼,发现的人大叫大嚷,接着是狂跑狂追的脚步。黄河路口那幢房子传来吹唢呐的声音,一群人格外欢声笑语,在三层的阳台上噼噼啪啪放着爆竹。时局让人无法安身,普通人家照样什么也不在乎地结婚办喜事。

所有这些,到这十九层楼上,统统变成隐隐约约的嗡嗡音,像海浪轻柔的喧哗,混入雨声之中成为背景。于堇关上窗子。

"姐姐,你那么聪明,为什么你一直没有问我,咱们那冤家倪则仁明天释放,我从哪里来的消息?"她靠在纱窗上,终于用一个问题推动今夜仿佛已经僵持的残局。

"你的消息,来路,肯定确实。这点我毫无疑问。"于堇虚避一步,她揉揉眼睛,眼睛很累,很想睡觉的样子,整个身子蜷缩在沙发里。

白云裳明白于堇对这问题,没有理由不感兴趣,只是在等她先开口而已。于是她说,她愿意把那消息的来路告诉于堇,不是76号说的,是日本人那来的消息。

于堇反应出乎白云裳的意料,她从骨子里看不起似的,哼了一声:"我不像你是女中豪杰,我只是一个戏子,知道这些事没有用,反而招祸。"她没有必要给自己一秒钟的犹豫,当即接过话,像是本能的回应。

白云裳根本不在乎这话,只顾自己说下去:"只有一个条件:你不能出卖我,不能告诉日本人,我是军统。"

"我对谁说去?我一个日本人也不认识。妹妹,我真不懂这一切。"于堇真的样子着急了,而且越来越不明白白云裳如何开价。

"军统给我的特殊任务,就是我必须接近在上海的日本人,为倪则仁掩护富春交通线。所以我跟日本在上海的陆军、海军、宪兵、特种机关的官员都很熟,我可以介绍你认识。"

于堇觉得自己的心跳都停止了,那"海军"两字让她几乎要透不过气来。幸好白云裳早把窗子打开,房间里下着雨的空气很流通,很温馨。但是于堇仍感到心咚咚地撞着胸壁,跳得太响,她几乎怕白云裳会听见。

她感到自己在起跑,准备跳过一个深渊。生死在此一跃,自己的身姿一定要稳住,才能一击而中。休伯特的眼睛好像盯着她:"记住,任务压倒一切。"她闭了一下眼睛,依然说:

"我不懂,你这是什么意思?不一样是日本人?"

"姐姐,我这全是为你好。我想让你见见他们——而且我会来想办法制造认识机会。"白云裳劝于堇说,"现在因为倪则仁的事,日本方面当然对你特别注意。但是你的返沪演出,也是孤岛很少有的文化大事。日本人对文化人比较尊敬,只要是没有危险的文化人他们都很感兴趣,以后你在上海还可以更上一层楼,日本人对投资上海电影业也很感兴趣。人呢,脑子得开窍,说到底这上海还是日本人的天下。"

"他们可知道,我是于堇!"于堇气愤地说。

白云裳语气缓和,笑着说,她怕弄僵谈不下去:"谁都知道于堇这个名字。"

"日本人也要我?到日军中演戏劳军?"于堇也格格笑起来。

"我帮你把关系搞活络,以后的安全就绝对有保障。"

"日本人能相信?"

白云裳觉得于堇幼稚得可以,听惯爱国宣传信以为真。她告诉于堇,日本人也不全是不讲情理的,两年前,军统要在上海火车站刺杀一个中国人,随行的日本军官以身体挡住子弹,以命相救。这事像是戏,可就是真的。从此之后,她白云裳对日本人的品德有了不同的看法。

于堇听得很认真,想了想才说:"噢,你是想让我把关系搞活络。"她退后两步,靠着玻璃窗站着,"这应该不是个问题,理在情在。"她的声音越来越小,似乎还在犹豫不决。

"那么姐姐明天去接还是不去接?"白云裳等了半晌,几乎用不耐烦的口气问。

于堇有点措手无策,看着白云裳,不知该是点头还是摇头。白云裳拿起水瓶,往两个杯子里倒水,递给于堇一杯。自己坐回沙发上。

这个白云裳,这步棋十分高明。于堇心里琢磨,她不得不显得更愚蠢柔弱一些。女人家见识浅,不明高深,总没坏处。尤其是,千万不能让这个女人知道,日本海军就是她要接近的目标,为此她可以付出任何代价。

"我还是不太明白,妹妹。"于堇只能傻乎乎问,连问题都问不到点上。

白云裳终于捂住正要打呵欠的嘴,顺手看看手上精贵的劳力斯钻石手表,说:"哟,我的天哪,两点十分了,马上就要天亮了。我们今夜还睡不睡觉?"

于堇好心地说:"太晚了,这时候回去,太危险。租界之间要检查。"她早就知道白云裳在租界里有房子,现在只当不知道,乱说一通,有意不明所指,"你可以睡这里,沙发也可以,床也够大,你不怕嫌疑的话。"

轮到白云裳惊奇了,于堇突然跨出一大步,或许她真是善良。

倪则仁对她说过这样的话:于堇心眼太实在,远远没有你聪明能干,以后有三长两短,你去找于堇,她准会帮你。

那是白云裳刚和倪则仁相好之后,两人经常说起于堇。白云裳觉得倪则仁心里是有于堇的位置的。就纯粹人情而言,倪则仁看人倒是很准,至少心里明白。

白云裳站起身:"倒真是的,回去也不方便了。"她这才打量这套高级套房,不请自进到了卧室,里面台灯亮着,她惊喜地叫道,"哇,这里面这么大,瞧,这床,真是我见过的最大尺寸。倒是够你我两人睡。"白云裳走到床边,坐下。

于堇把茶几上的那盘凤尾花收拾好,放到垃圾筒里,回身把客厅的灯关了,才走进卧室来。白云裳温柔地看着于堇,接过刚才于堇扔下的话问:"有什么嫌疑?"话说完,她自己倒先不好意思,去看浴室那边的门。

于堇往梳妆台上一挪,坐在椅子上,脸红通通的:"你我姐妹相称的嫌疑。"

白云裳坐在床上,她看着于堇,于堇打开床头柜灯,灭了桌子上的台灯。房间里一下子变了气氛,女人气很足,于堇起身去拉窗帘,面朝南京路的这一排,线绳在她的手里,往下拉,窗帘自动地合拢,又走到面朝黄河路的这一排窗子,拉住线绳,窗帘自动合拢。

白云裳看着于堇做这一系列动作,她的心热起来,简直是不可思议的,现在自己居然和于堇在一起,而且在一个房间,马上就会在一个床上。知道白云裳在瞧着,于堇打开衣柜,找了一件饭店备有的白睡袍:"妹妹呀,这衣服今夜你将就吧。"

她自己先朝浴室走去。一边走,一边向白云裳告罪,说她要服安眠药:"我不习惯与人合床,加上这些日子赶背台词排练太辛苦,失眠得厉害。"

两人终于躺在大床上，白云裳穿着睡袍在右边，于堇穿着自己习惯了的睡衣，睡在左边。于堇听到白云裳的呼吸很快就均匀了，真的睡着了。而她自己眼睁睁地看着曙光从没有拉严的厚绒窗帘的缝中漏进来。她想，这是12月1日清晨，真的没有时间了。

这个姓白的女人，应先让她几招，哪怕过于委屈了自己。

第十三章

八点被闹钟叫醒时,却难睁开眼睛,好像仍然在睡眠之中。突然于堇想起有另外一个女人睡在身边。她惊醒过来,伸手去摸,却发现空荡荡。

难道自己真做了一个梦,她慌慌忙忙坐了起来。

白云裳不在房间,虽然那半边床收拾得整整齐齐,连枕头也用手铺平了皱纹和印痕,但是于堇还是看见了一根长长的头发丝,比她的头发质地更柔软,是烫过的,像一条疲倦的蛇,卷曲着。这当然是白云裳的头发。

昨晚白云裳的确在这儿过了夜。她看了看自己,不错,这是我,感觉怪怪的。再一想,原来她与另一个女人所做的一切,竟然不是梦,她的睡衣是扣带子的,醒来时却是裸着身子。

于堇来不及多想,赶快把屋里东西粗粗地看了一遍,没有白云裳翻检过的痕迹。即使这个女人是翻检过整个房间,如同翻检自己身体的每一个部位,也不会留下任何痕迹——这是起码的训练。

迷迷糊糊之中,她没有任何快乐,不过好像也并没有非常严重的反感。如果这是她必须演的一场戏,那么她就演得不错。而每次她戏演得不错时,自我感觉就很顺畅。

对自己这个职业习惯,她皱皱眉头,将床单一把拉起来,扯扔在地板上。好了,就开场吧,全剧演完才算完事。

不过这个白云裳的确让她佩服,就凭白云裳睡得着——或是装着睡得着的本领,就证明她的确是个主意明白、神经坚强的人。于堇笑了,这就好,我能明白这个女人要什么。没主意的女人反而不好对付。

休伯特说:"这个世界大舞台就要炸裂了,你最应当演最适合演的角色。"亲爱的弗雷德,这种戏真那么容易演吗?

尽管如此,于堇心里还是涌起一股委屈。只要和养父弗雷德心灵对话,她便是原来那个奔逃在被死神追击途上的小女孩。那时她没有哭,一滴泪也没有。

这次她回到上海后,几乎都是雨天。她可以这么认为:上海淅沥不断的雨水,就是我的眼泪。关于白云裳与她床上的事,但愿以后不会再想起。至少白云裳在她睡着后,对这套房子的搜查,让这个白小姐一无所获,算是她的一个小小的回报。她没有任何纸片留在这套房里,除了那个剧本。虚让一招,她无所不可示人。

包括她自己。

夏皮罗派侍者送来一束带花骨朵的腊梅,而且已经虚放在一个花瓶里。于堇把包花的纸解开,这该是这个初冬最早的一批腊梅。

于堇往花瓶里装水时，一下呆住了。一向细心的她，发现花瓶就是家里的。她小时候一直看到，那是休伯特二十多岁做新郎时从伦敦带来的。不过花瓶年代早了，十九世纪中期伍德威治瓷器，蓝绿混色，很像手绘的。再不值钱，对休伯特也是个遥远故土的纪念物。

于堇明白他特意把这瓶子给她，是想传个信：他虽然不便和她见面，但他就一直在她的身后。

他也知道于堇喜欢花甚过珠宝。于堇从来没有对他提过，因为旧书店里太挤，书中也不便放带水的花瓶，这个大花瓶是少有的几件装饰，从来没有真正插着花。在这时候他希望花瓶不空。

她打了一串电话，问了好几家汽车公司，才租订到一辆最新的福特Mercury汽车，黑色的，九点半来国际饭店接她去虹口。

于堇心里一清二楚：她既不能违背诺言，不然无法深入虎穴；又不能让人看笑话，把她当作傻瓜。因此，她选了一身黑，黑丝绒旗袍，戴了珍珠项链，手上也是钻戒。而且就在她要找个帽子时，她发现自己的那顶黑贝雷帽落在写字台与衣橱之间。这之前，她以为它不翼而飞了，看来连帽子都知道什么时候得恰如其分地派用场。

拿着帽子，于堇站在镜子前，看镜子里那个女人：好像有点戏剧化了，但是她将面临的，都比上台演戏更假也更真。她喜欢这一身黑，这是她作为一个倪则仁曾经的妻子，最后能为他做的。

于堇对着梳妆台，把帽子戴上，来上海时，她就感觉到会有这个结局，只是没想这结局来得如此之快。

福特车到达虹口监牢，已将近上午十点，说好十点放人的。

于堇没有下车,等着倪则仁出来。她想起当初决定把自己嫁给倪则仁时,他对她选的白婚纱用挑剔的眼光看了看,说:"能不能不穿?我是中国人,讲究婚礼不能穿白。"她同意了。他拿起她的手指甲,上面没有涂任何油彩,他亲吻她的手指:"你一点也不像一个大明星。"

这句话不知是他的抱怨还是赏识,她一直没有问。他们的婚礼包了亚尔培路口的西餐馆——罗威饭店一个晚上,请了演艺界朋友,也请了乐队,热闹异常。婚礼没有在教堂举行,仪式也不多,喝酒却太多,难道不早就是一个兆头:这姻缘太浅。

一辆汽车急刹车声,打断于堇的回忆,一辆卡车,从里面下来几个日本兵。走进监牢里。她看手表,已过了五分钟,还是不见倪则仁的人影。她变得担心起来,下车看看,甚至连记者也没有。这条消息倒是被掩得密不透风,可能是暗杀者怕人多,不方便?

难道日本人改变主意?没准汪伪76号又在耍点倔强?也许重庆军统变了计划?又等了六分钟,于堇几乎要怀疑白云裳在使什么新诡计。

当然不可能,于堇笑话自己,抓她,与白云裳的目的不合。白云裳这两天紧锣密鼓,想必是经过周密计划,不会轻易改变。

这是一个少见的晴天,多云,昨夜的狂风冷雨吹落了许多梧桐树叶。监牢大概被乌云罩住,阴暗得厉害,不过不像要下雨。终于她看见倪则仁走出来,穿着他自己的西服,那衣服却皱巴巴。他脸上有新伤,步履艰难,可能是腿有伤,走不快。

于堇赶紧下车来,朝倪则仁走了几步,招手,让他过来。倪则仁眼神散乱,看到于堇,眼睛顿时一亮,尽最大努力快步走来。于堇赶快上前扶他,给他打开车门。

倪则仁看到她,十分惊喜。快步走到车门口,还没有跨上车,他就急急忙忙对车夫催促:"快发动。"

"去霞飞路家里。"于堇给他关上门,自己绕到另一边上车。

"到你住的地方!"汽车刚驶离监狱门口,他就凶狠狠地对着于堇说。

"我不愿意你到我那里。"于堇干脆地说。

"我不管你愿意不愿意,"倪则仁坚定地说,"一定要去。"他转头,对车夫叫道:"快点开,出虹口,开进租界。"

"你该住到你的情妇那儿去!"于堇几乎要喊起来,"她在戈登路有幢房子!"

"这瓶醋还能吃到今天,真有本事!"倪则仁根本不想讲理。

"白云裳会让你住的。"于堇想耐心地劝他。

"胡扯!臭婊子!"他几乎吼叫起来,也不知道是骂谁。他朝她身边一靠,他的身体有股酸臭味,连西服也有同样的味道,长久不洗澡的人都会这样。才从大牢里出来的人,气味好不了。但是于堇觉得这个男人的臭味十分讨厌。

这个平时面子上还过得去的男人,整个变了一个人,说话不让于堇有回嘴的余地。车子急速地朝前驶。于堇身子朝边上挪移:"好心来接你,你怎么这么凶?"

倪则仁冷笑:"车是黑的,人也是黑色的,你是来送丧的,你想心满意足地当寡妇,连离婚手续都不用办了。你以为我是傻子。"他恶狠狠地说,"告诉你,我的财产早被76号抢得一干二净!那个内奸早就做了手脚!我死你一分钱都得不了!"

"你想到哪里去了!"于堇气得说不清了。

汽车开始进入北四川路比较繁华的地段,街上有各式各样的人走动。倪则仁紧张起来。车在红灯前停住,倪则仁猛地一把紧紧抱住于堇,把脸俯得很低,贴着她的胸口。于堇的心也跳起来,这个人看来知道今天的安排,有意在拿她挡子弹。

于堇叫了起来:"你还像个男人吗?"

"快点开,"倪则仁对车夫吼道,"穿过苏州河,走最近的路进租界。"

汽车越过四川路桥,倪则仁大吸了一口气,直起身来,但还是紧贴于堇。于堇感觉自己生理上从来没有如此反感,他的手指扣在她的身上,让她恶心,他身上臭气熏天,像古墓里散出来的气味。这个男人让她实在瞧不起。

"现在去哪里?"车夫问于堇。

倪则仁抢先回答:"到她住的饭店。"

"什么饭店?"车夫明白这两人的情形,还是小心地问了于堇一句。预付车费的人是于堇,他当然明白应当听谁的。

于堇不说话。倪则仁说:"什么饭店?——最热闹的地方,南京路,二十四层楼!"

车夫不再说话,倪则仁上次就打听她住什么地方,看来当时,他就在做准备。这次,连个坎都不磕一下,就说出国际饭店。

车夫可不愿听不同的指示,径直往南京路开。

于堇脸都白了,她没有想到倪则仁会有这样的聪明,肯定是有人告诉他。也许他猜到她会住什么样的饭店。当年,于堇与他吵架时说,她一向花自己的钱,绝不花他的脏钱,而且一旦她挣足了钱,就住在全上海最高的地方。

"我不住在国际饭店。南京路也救不了你!"于堇冷冷地说。她不想管这个人的事,天知道他要干什么。今天的事,什么地方都可以,就是国际饭店不可以去。她不应当那么傻,让倪则仁把火烧到那个地方去。

倪则仁看也不看于堇苍白的脸,对车夫大嚷:"国际饭店,开快点,开快点,加你三块大洋!"

这辆黑色的福特箭一样穿过南京路,没有一会儿,就在黄河路头拐角停下,右边几步路就是国际饭店。倪则仁拉着于堇从汽车里跨出来,但是车夫喊了起来:"车费!"于堇手里的皮包掉在地上。车夫继续叫:

"车费,加三块大洋!"

于堇站着不动,车夫从开着的窗口抓住倪则仁的衣服,倪则仁只能从衣袋里掏钱。就在这一刻,于堇看到几张戴着墨镜的男人的脸,在嘈杂的人堆里一闪。她一俯身,往地上一蹲,伸手拾起自己的皮包。

枪声从两个地方同时响起。于堇的贝雷帽被打穿,飞落在地上,汽车上中了不少枪弹。司机后背中了枪,伏倒在驾驶盘上,把汽车喇叭压响了,久久不息,似乎在拉警报。

记者们赶到虹口日本陆军部监牢门口,等着倪则仁放出来,等着拍于堇救夫的悲喜剧照片。他们打听到的时间是十点半放人,结果空等,他们忍不住攀住进出的汽车车窗问。当然一问三不知,日本人态度很不耐烦,对记者失去"友邦亲善"的态度。记者们没办法,在冷飕飕的门口等着,不愿离开这耸动性新闻的源头。

隔了一会儿,里面一个小头目出来宣布:"半小时前,倪则仁已经释放。"

记者们哗然。追问:"人在哪里?"

他不回答,大钢门关上了,但最后给了一句话:"他太太接走的。"

记者们马上明白了该到什么地方去追上断掉的线索,他们纷纷找车,蜂拥而去。

这些天全是如此,电话响了,莫之因接起来,没人说话。可能是什么女人爱上他了,或是什么女人被他冷落了。这房子虽谈不上寒碜,马马虎虎过得去,也算得上干净清爽。最近这几年,这房子的气泄了,墙上油漆剥脱,家具长霉,看上去穷酸没落。女佣取了他给的当月工钱,正在给他烫衣服。说实话,他情愿在外面玩通宵,也不愿回来。从里屋走到外屋,他转了圈,这电话到底是谁打来的。

不管是谁打来,今天《狐步上海》首演,这就是比其他事还大的事。他得先告诉谭呐,让他有个准备。

"谭兄,进行得怎么样了?"

可是电话那边,谭呐回答的语气相当平淡:"没有什么事。"

"知道于堇的丈夫出狱的事吗?"他问谭呐。

"不知道。"谭呐似乎心不在焉。

"于堇没告诉你?"莫之因问。

谭呐很纳闷:"之因兄,她怎么会对我说这种私事?我们只是一般的朋友,而且她走掉三四年,更变得生分了。"

"就是,"莫之因冷冷一笑,"有那么个丈夫在身边,今天戏如何开演?"

"之因兄,你有话直说。"谭呐不高兴了,"这跟戏有什么关系?"

莫之因不好说下去了,他只说:"我是瞎操心。"

彩排之后,于堇对演戏一丝不苟的敬业精神,使谭呐心里对于堇很佩服。这个大牌明星完全与外界传闻不同,心灵坚强,行动干脆,没有各种受宠女人的怪癖。

实际上,他刚才得到消息,就在莫之因的电话之前,于堇差一厘米就被子弹射中,要是被射中,真不可设想!但是他不想跟这个莫之因谈此刻的心情。这莫之因好像话中有话,但他已经不想听了。

谁死都行,就于堇不能碰伤一点。每个导演都明白这层考虑,谭呐更是如此。助手在电话那边忙得不可开交,全是询问《狐步上海》今天能否照常公演。于堇虽然没有被子弹射中,但刚与死神擦肩而过,晚上还能上舞台吗?

偏偏这个时候,莫之因来电话占他的线,谭呐正急得透不过气,一边握着电话,一边把领带解开,虽然他已于一分钟前打开了一扇窗子。

这一阵子,于堇的名气在这整个上海滩,甚至全国直线上升,宁杭一带的观众,从报上看到于堇回上海演出的消息,也赶到上海来,分享这难得的机会。十天内预售票基本售罄。本打算只演十天,戏组负责财务的人来问是不是能加演十天,这样爱艺剧团就摆脱长期的财务困窘局面。谭呐心里苦笑:大家能拿到薪水过新年就行了,还能把摇钱树往家里搬!

今天这桩枪击案,倒让他越来越焦虑。望着墙上的《狐步上海》戏的广告,谭呐对着含笑的于堇问:到底什么情况,你能说一声吗?

雨并未如期望的结束,这一周里,要么夜里下雨,白天就停;要么就是中午下雨,天黑下来停,到夜里大约十一点左右下第二道雨。中午室外最高气温在十度左右,夜里在五六度。

那些观众也真是可爱,能熬得住凉看戏!谭呐一看助手电话搁上了,就对他说:"你赶快去国际饭店,看看于堇情况如何,这里我找人对付。"

只剩下他一个人时,谭呐把电话拿起来,开始拨一个脑子里记得烂熟的电话号码。

第十四章

　　就在谭呐坐在兰心戏院办公桌前悬吊着一颗心时,国际饭店门口乱成一团。

　　不知从哪里涌出来的男男女女,挡住于堇的视线。那些开枪人的脸早已消失。于堇只看见其中一个人,虽然戴着墨镜,但是仍看得出来此人很年轻。她认识倪则仁时,倪则仁也是这样年轻干练,短短四年孤岛发财梦,就把他变成一具活尸。这是第一感觉。第二个感觉是倪则仁真是在她面前死了。她顾不上看周围的情景。眼里只有倪则仁的胸口的三个血洞,在往外喷血。

　　她跪倒在他的身边,扶起他的头,喊他的名字,倪则仁好像要说什么,嘴里冒出的都是带泡沫的鲜血。

　　她俯下身,听见他嘴里咯咯地想说话。

　　于堇看着他,泪水盈满眼睛。

倪则仁的手一把抓住她,舌头艰难地翻动:"连你也——也玩政治?"话未能说完,他脸一歪就断了气。

于堇突然仰天大呼,哭叫起来:"这是谁干的,谁把我丈夫杀死了?"

开枪暗杀这种事,在上海孤岛是家常便饭,大部分是76号特务干的好事,但一般都在半夜三更。这次在大白天,中午听到枪声,而且是在国际饭店门口,倒是头一回。

四周涌来更多的人,于堇哭得上气不接下气,她仿佛看到拥在周围的那些人背后,有一个穿呢短大衣的女人是白云裳,像道影子一闪而过。

枪响后三分钟不到,日本驻在上海的宪兵队突然闯进租界区,七分钟后就严密封锁住国际饭店附近的几条街,对外国人和中国人进行搜查。

一个连的日本宪兵把守住国际饭店所有的出口,推开饭店警卫,闯进客房。夏皮罗正在打电话呼叫租界巡捕房来人,却被两个日本宪兵用枪逼住。叫夏皮罗听从命令,让手下人打开每个工作间。楼外又加添了一个连的日本宪兵,把守住各个出口。

大队租界工部局的巡捕赶来了,双方在门口开始推推搡搡。工部局与日本驻沪当局在电话中紧急地交涉,已经进入饭店的日军借这个机会抢时间加快搜索。但是这个饭店很大,整整二十分钟,没有找出什么东西。

最后双方都同意结论:"有恶徒白昼行凶,死者不是日本人。案子由租界巡捕房调查,尽快破案,维持治安。"大家一起撤走。

也好,于堇一边哭一边抱住倪则仁的尸体想,大家各取所需。

这是第一个"烟幕",她想起休伯特交代时说的话,这烟幕也太血淋淋了吧。饭店大堂里有乐队在演奏一支久违的曲子,很抒情。于堇听得真真切切,那是她和倪则仁恋爱时最喜欢的一支曲子,这个白云裳还能布置音乐?不可能,一定是凑巧。

不过现在她明白了,倪则仁死在国际饭店门前,是日本梅机关的白云裳,在指挥重庆军统的白云裳,借于堇之名来演一出血腥的惩奸闹剧。白云裳一定要让倪则仁到国际饭店来"避难",是牺牲一个弄不清自己角色的小汉奸,给早已摩拳擦掌的日军一个搜查国际饭店的理由。

对今天出现这个局面,夏皮罗早就有提防。日军有备而来,他有备而待。他知道白云裳的注意力一刻没有离开国际饭店,一定要在这儿弄出一个名堂。

消息迟了一步的记者在虹口扑了空,在最后一刻也赶到了暗杀现场。他们对着已死的倪则仁的尸体和抱着丈夫悲痛不已的于堇拍照。一时镁光灯闪闪,人挤来挤去抢角度,于堇这次也不在乎被照成什么样了。

这场国际饭店前的人肉宴席,看来成了每个方面的大餐,而倪则仁是否同意"下水",倒成了次要的事。重庆军统可能真要他死,除了锄奸惩办,杜老板最不能容忍他贪污经费;汪伪76号更要他死,多年讨价还价,让他们积怨在胸。他不同意投降汪伪政府反而好,反正哪方面动手,都能把租界弄成恐怖世界。

而每一方都需要于堇这个大演员在场,可以做成惊人消息,她已经能想象今晚的报纸被人抢夺一空的情景。白云裳把军统和76号,连警察、记者都布置周周密密,这个女人太狠心。

不过,这也是她于堇同意的,她也"利用"了倪则仁,怪不得任何人。

行,被拉上台,就演下去。她的视线之中,全是惊慌的脸,唯有她的心不慌,可是她的声音是慌的,她的手是慌的,她的眼睛浸在泪水之中。拍照的记者被手拿笔记本的记者挤走了,各种问题向于堇扔来。

"倪则仁是不是汉奸?"有人问。

"汉奸出狱会到租界里来吗?"于堇回答。

"他是军统?"

她说:"军统会被日本人放出来吗?"

"他是什么人?"

她尽量止住自己流泪:"他是无辜的!"

"那么于堇女士打算怎么办?"

"救夫不成,我就要为他申冤。你们不是说我孟姜女千里救夫,孟姜女如何救夫的?"

记者被她的反问弄得语塞。

于堇提出进一步要求:"我现在是个寡妇,靠你们各位记者为我申冤!"

这是给记者们面子,大家都在急急忙忙地写,虽然谁也没弄清申的是什么冤。

这时救护车的呼啸声响起来,医护人员把记者挤开。把倪则仁和出租车夫的尸体抬走,看见于堇身上有血,医生请她上车去医院检查,她说没事。护士小姐一定要她到医院脱下丝绒旗袍检查一下。没办法,于堇只能上了救护车,车马上就开走了。

161

几个小时后,于堇坐着出租车回到国际饭店。她下车后,感到精疲力竭。

大厅里还是奏着同一支曲子,她心里既焦急又烦。这曲子让她想呕吐。她醒悟过来,这不就是《狐步上海》里的音乐吗？一路上的店铺小餐馆的无线电里在播放,她在出租车里,不由得移转视线,看过去,路边人物依旧,可是,添加了这支曲子,似乎有很多不同。戏尚未开演,真如谭呐所言,家喻户晓了。

进了电梯,电梯在升高,她的血压好像也同时在上升。开电梯的侍者知道今天杀人的事,一声不响地默立一旁。她回到自己的房间,就从沪西家里拿来的那个箱子里取出一个药瓶,取出两粒药丸,合着牛奶吞下。房间里的电话铃直响。她把血污的黑丝绒旗袍一脱,来不及去洗干净脸和手,就拿起电话,是谭呐。

有点奇怪,夏皮罗怎么会让谭呐的这个电话通过总机进来。想来是有不同寻常的事。她捏紧话筒,听见谭呐在电话那头焦急地说:"于堇,今天12月1日,是首演日,晚上六点钟开始演出,现在已经五点三刻！"

于堇说:"你想必看到晚报了？"

谭呐的口气马上变了,声音也低了三分:"我对倪则仁的死表示哀痛,但现在我只是想知道你的情况。"

"倪则仁死在我眼前。你想必也知道,他虽然不再是我丈夫,但我也不是铁打的人。医院又借故扣住我,巡捕房又把我从医院弄走扣住,我刚从巡捕房被问完话出来,从中午到现在,那边给了一顿猪都不吃的饭充饥！"

巡捕房审问了于堇半天,自然一无所获,她什么都说不出来,她只是一个不懂政治的戏子。

"那么演出怎么办？"

于堇对谭呐说:"我今天无法演出。"

谭呐在电话那头没有吱声。

"这不是我拆台。"于堇说。

谭呐的声音放得很低,无线电开着,还是怕人听见:"去香港的飞机早在你来之前就取消了,你知道的。去香港的班船,要礼拜一才有。"

"你是要我礼拜一前演两场?"于堇肯定地说,"一场也不能演,我刚死了丈夫!当着我的面被打死的,太残忍了!"

"我明白,我完全明白。"谭呐急了,他一急,嗓门很大,"这样一来,今天你的演出才会成为历史事件!新寡献艺,艺术至上,这是何种气派!当整个战争结束,人们只记得你的这次演出!不会记得倪则仁不清不楚的事。"

这个谭呐想出如此荒谬的说词,于堇几乎笑出声来:"什么历史?"她揶揄地说,"我一个女人家,还能跟历史沾边。"

她搁下电话前说:"付给我的酬金,我一到香港就归还。"

谭呐急出了汗,他掏出手帕擦脸。这兰心二楼的临时办公室桌上堆有纸卷,一些信封,一些特殊客人要的票,还未寄走,椅子上堆着大衣。窗子没有关严,冷风灌进来。谭呐走过去关上窗子,坐也不是,站也不是。这比他知道于堇险些被子弹射中那一刻预料的情况还糟。他想给莫之因打电话,商量个办法,可是急得一下忘了号码记在哪里。这个莫之因也是急不得的人,要知道于堇撂了担子,不知会把于堇骂得怎么狗血淋头。

正在这时,莫之因走了进来,后面跟着那个燕京大学的业余演员白云裳。他们俩听了谭呐急急忙忙的诉苦,也不着急。莫之因到边桌上找暖水瓶,问谭呐茶叶在哪里。

助手在门外,边叩着门边问:"于堇小姐好像还没进化妆间呢?"

谭呐几乎要骂娘了,他对助手很不满意,此人刚回来不久,说是国际饭店那儿人已经散了。他高声对助手叫:"别敲这门,否则连门一道砸烂算了。"

他的手真的砸上门框,也不觉得痛。昨晚于堇对他还很特殊,不对,是他自己对她很特殊,所以,一旦他们只是剧团老板与请来的演员,而且这演员还捣乱,他就受不了。命中注定难逃这一劫!这是他自找的麻烦,明知于堇到上海不专为演戏,还坚持请她当主角。

莫之因找到茶叶,将开水倒进两个杯子里。递给白云裳一杯,自己留一杯。仍是不当一回事地看着谭呐,谭呐把气撒在他身上:

"你来做什么,早不来,晚不来,专来看笑话不成?你给我走开!还有你,"他指着白云裳,"都给我走开!"

可是白云裳坐在椅子上的神态,很有点那个发生在柏林的故事,电影《蓝天使》里的那个女演员的味道,叫什么来着——见鬼吧,她怎么是好莱坞大牌影星玛琳·黛德丽。

戏院里开始进人了,人们手里拿着戏单,上面有于堇的大照片,有的人手里还拿着晚报,似乎有意来看这个烫山芋进不了口的局面。谭呐忽然想起三十年代名电影《夜半歌声》的插曲,把上海比作古罗马的斗兽场,上海人就等着好戏看,死人更是好戏。

谭呐意识到自己昏了头,事实上,他并没有把于堇不肯演的事说清楚。莫之因凭什么要像他一样焦心如焚呢。电话铃就在这时响了,他急忙拿了起来。

电话那边竟然是于堇。

谭呐的心狂跳起来,于堇的声音平静:"好了,我想通了,艺术第一。丈夫人死不能复活。演戏照常。"谭呐几乎高兴得叫出声来,她到底还是没有辜负他的!但是于堇接下来的话却使他惊奇得舌头缩回去:"上半场已经来不及,让白小姐先上。"

"什么意思?"

"白云裳小姐,话剧明星,我介绍你见过?她现在肯定在戏院,你找一下。"

谭呐转过脸,看了看笑嘻嘻与莫之因说着话的白云裳,结巴起来。"没有排过戏,我怎么知道她能顶你。"谭呐尽量简短地回答。

"每次排练她都在。"于堇加重语气,"她是我最好的朋友,你怎么会不知道?"

"喔,是吗!"谭呐说,想想,他觉得当着这个白云裳的面,无法跟于堇争论。女人的心思,他真是无法弄清楚。况且,已经听得到场子里开始不安地躁动。

"你让她顶一下我,我洗涮一下身上的血渍,就马上赶过来,总不至于血淋淋上台把观众吓死!"于堇耐心地向谭呐解释,"白小姐对这个剧本精通熟透,对我的表演也完全领会。你让她穿上我的戏装,观众还不一定认得出来!"

谭呐压住冒上来的火气,抬起头来看那个笑眯眯侧坐着装大明星的女人,恐怕于堇是对的,这建议实际上是唯一可行的办法。

"白小姐会同意吗?"谭呐已经不知道说什么好。

"一定会同意。"

谭呐只好说:"莫之因也在这里,他会同意吗?"

"莫之因不敢不同意!"于堇斩钉截铁地说。

"那就好,那就好。"谭呐已经无话可说,于堇的话太奇怪。

放下电话,谭呐给自己的解释是:于堇因为丈夫死了,神志不清,才会想出让一个什么白云裳来顶替她。看来于堇跟所有的女演员一样,绝对无可理喻,这又不是小孩子玩家家酒。

但是若不开演,于堇不出场,事情会糟到不可收拾。有一个假于堇,哪怕蹩脚货,也比没有的好,观众会原谅她,才死了丈夫,演砸了,也都是可以原谅的。

谭呐这才转过身来,白云裳明白了一切似的,知道谭呐在看她,便打住与莫之因的话头,抬脸看着谭呐,朝他甜甜地一笑。的确,样子真的很像于堇。

这女人似乎听到了于堇在电话那头说什么。谭呐觉得他落进一个古怪的阴谋之中。

不过现在,无法之法也是一法了。他尽可能拖长他的沉默,最后不得不开口了:"白小姐,于堇小姐想请你先顶一下她的戏,她正在赶过来。"

白云裳站起来,一干二脆地说:"行,这戏我熟,到中场休息,于小姐再上。"

莫之因似笑非笑,他和白云裳是在进兰心大戏院门口遇见的,就一起上谭呐在剧场的办公室来了。他不是聋子,当然听见谭呐和白云裳的对话。他猛地吸了一口古巴雪茄。谭呐看得明白,莫之因并不愿意看到这样的安排,可是此人居然忍住未说任何话,谭呐也就省了问他意见的麻烦。

只听白云裳站起来,对谭呐温柔地说:"谭先生,你去照应整个班子吧,我知道于堇化妆室在哪里。"

她翩翩然走出去的时候,加了一句:"十分钟后开幕。"

夏皮罗站在柜台左侧,注视着脸色苍白的于堇走出国际饭店的大门。专门保护于堇的侍者脱掉制服,穿了一身西服跟着于堇出了门。夏皮罗朝电梯走去,想回到自己的办公室,突然记起该是准备圣诞树的日子了,为什么不呢?

以往每到这个时候母亲就为修殿节忙开了,在维也纳的大街小巷选礼物,精心准备做土豆煎饼和甜甜圈的材料,选最好的土豆,最好的蜂蜜,烤香核桃块、杏仁片、葡萄干、桔皮、苹果、柠檬,用最好的肉桂粉和白兰地。父亲这段时间会带百年老店手工做的巧克力回家,酬劳母亲。他们家经营一家大食品厂。1938年春天,德国吞并了奥地利,父母每日处于恐惧之中,商量去美国使馆申请全家移民。但是已经来不及了,那天奥地利的纳粹党徒破门而入,他们家被抢劫一空。

那天他在工厂里,还没有回家,邻居奔来告诉他,家里人已经被抓到达豪集中营去。看来有人借此报私仇:犹太人一个个都该倒霉,先轮到谁却没有道理可说。

他开始逃亡。

听说只要向中国驻维也纳领事馆提出申请都可得到去上海的签证,犹太人必须持有签证有目的地,才可获准离开奥地利。

每天中国领事馆前都排有长龙,每个犹太人都想尽快得到这救命签证。但是他已在追捕之中,排队肯定被抓个准。他把自己的情况写好,护照装进信封,当天夜里去了图书馆。在那儿,他找出一本中文书,从书上剪下了几个字贴在信封上,翌日上午急匆匆地到中国领事馆。他绕开门前排队的人,对站岗的卫兵说,这是一封中国来的紧急挂号信,请马上转交总领事。卫兵不懂中文,信以为真,将信递了进去。

总领事果然派人把签证护照送到他信里说的地点。

他侥幸逃脱追捕,搭乘火车抵达意大利热那亚,转乘罗苏伯爵号邮轮到了上海。

在夏皮罗看来,上海有好多像狐狸一样不肯接受驯服的人。他也是一条狐狸,踏着自己的步子,走在这城市里。夏皮罗觉得他已经看到兰心大戏院那出话剧的演出,灯光暗下来,场子里鸦雀无声,安静地听得见个别观众的咳嗽声。

第十五章

果然，幕升起的时候，暗黑的舞台上，是白云裳穿着露肩舞服的背影——那是于堇有名的背式出场。她的背后是两排唱诗班的孩子，稚气地嗓音唱着多声部的圣歌。

灯光渐亮渐收，照到女主角的背，她的腿伸出来一个微弓，一个长长的吟咏式的句子：

"上海，你这建筑在地狱之上的天堂。"

然后缓慢一个转身，眼神比身体先转向观众，像是一个远远的秋波。

台下轰然响起了掌声，上海老戏迷知道这是于堇的招牌姿势。亏得这白云裳学得惟妙惟肖。哪怕作为这戏的导演，谭呐以最专业的眼光，也只分辨得出两人嗓音稍有不同。白云裳略比于堇丰腴一点，化装很巧妙，灯光之下，恍若一人。

白云裳果然对这出戏熟悉极了,让谭呐不由得怀疑起来:这个女人恐怕早就有上台的野心,不然今天怎么正好凑上了这机会。于堇说排练时白云裳都在场,他怎么没注意。这个白云裳不能轻看,就瞧她能把于堇那样骄傲的女人,弄得围着她转,就不简单。

谭呐本来怕她脱词,站在幕布边上,想在关键时提一把,但很快他就被白云裳的表演吸引住了。

女:我们会互相失去,失去到再也无法后悔,再也无法回到今天。

男:我们既然回不到今天,我们也只得相信这个命。(他站在窗前,他从裤袋里掏出一叠诗稿,在痛苦地撕。)天不再深蓝,从未深蓝过。那么大海,我们走几步,就可靠近的大海,并未向我们展示过伟大的胸怀。

女:你是说,连这大海也不能容纳我和你,这坚实的土地,我一脚踏上去,也会踩空?(走向诗人,跪了下来,他不理她。)如果,如果,我不能获得爱和平静,那我宁愿像一头暴烈的兽,撕碎这个罪恶之都。可是,亲爱的,你怎么办?

看来他的担心是多余了。白云裳演得相当熟练,从容自如。要是挑剔一点,那就是她台词记得太准,一字不易,反而缺少于堇特有的临场发挥的韵味。

谭呐朝助手挥挥手,让助手明白工作正常,及时催促一个个演员准时上台。

一直到第一幕落下,谭呐这真正松了一口气,他的发青的脸,渐渐恢复了人样的气色。他上厕所,对着墙,忍不住说:"真险,真险！"

助手来找他，听见了，问："谭导演，什么事真险？"

谭呐笑笑："天下本无事。"

于堇赶到兰心大戏院，直接到了后台，她从边幕看白云裳演出，如她预料的，这个女人演得很上心，很像么一回事，连走路姿势也是一模一样。聪明人物，又用了心思学！看了三分钟，于堇就放心地到化妆室去了。

暗杀倪则仁的枪声，仿佛一声信号枪，这场角斗总算是正式开场了。

在香港，她依然在演戏演电影，但是别的演艺人士打麻将等片子档期的悠闲日子，她总是去休假，有时借口生病从剧组请长假。

从九龙开船，二十分钟可以到达一个月牙形的小岛。那里山丘起伏，树林成荫，风光很美。训练谍报人员的基地就设在那里。于堇从来没有清楚地看到其他学员，只有某些偶然的机会，听到教官在说："杜鹃可能撑不住了。""番石榴受了伤！"

她猜想是从东南亚每个国家选来了一个女性，在此地做特殊训练。每个学员只给了一个花名做代号，于堇的代号是蓝靛花——Indigo。蓝色，堇花之蓝，也算贴切。

训练基地的教师却奇多，于堇有时猜测可能教师比学员多三倍。反正驻东南亚的美军尚未投入战事。看来这是美军向港英秘密借这个小岛做了训练基地。训练时花最多的时间是在日语和日本文化上，但各种枪支的射击、徒手格斗、短刀格斗、巷战等，占用时间也不少。虽然于堇从小喜欢体育，不过这样蛮横的训练，经常让她感到精疲力竭。

幸亏间隔学习各种特工技术：窃听、化装、下药、发报、文件摄影、游泳潜水、艇船操作。水上内容之多，于堇有个感觉：这个特训营是美国海军部门负责。当然，从教官们的服装看不出任何番号、军种。

教官不允许与学员有个人交往，除了"Sir"和"Miss Indigo"，他们之间没有其他名字。

偶尔有教官训练之后邀请她共进午餐，她虽看不到军阶标志，但知道他们是比较负责的军官。

这天来了一个教官，他长得很高，头发剃得很短，人显得文雅，年纪与她相近。从他讲的"日军战略研究"课程来看，可能来自美军参谋部。

他们吃饭时谈得很投缘，他像个大学里的年轻教师，不时开个玩笑，明显对她有特殊的兴趣。她意识到了，脸就红了。

训练班军纪绝对不允许这类事。两人当即告辞，以后也有过午餐，都是有别的教官在场。这种回避弄得她很难受，男女一旦抑制住愿望，这愿望就更强烈，渐成思念。她渴望见面，即使周围晃动着他的身影，远远地看到他一眼，哪怕不说话，她也感到一种快乐。

不过，一切都得等整个训练结束。

直到一年后，也就是这年春天，有一次他们终于有了勇气又单独在一起午餐。于堇专心注视他，教官受了鼓励，他说得兴起，像个被注视的男人那样开始逞才夸口。

"别以为我们这些人是在准备与日本打仗。不，不，相反，英美在远东的军力，完全无法守备这么散乱的岛屿。欧洲的形势，使我们不可能在亚洲主动进攻。"他顿了一下，似乎在看他这种最高层战略谈话对于堇的震撼力如何。的确，于堇听到惊奇万分。"所以，我们——我们大家——在此苦学的目的，不是与日本打仗，而是尽可能设法避免与日本冲突。"

于堇心里咯噔一声：那么中国在干什么呢？在代英美缠住日本？在日军的全部压力下代西方承受打击？那么,我在干什么？我为学谍报保卫西方不卷入,让中国苦撑下去？

但是她脸上一点反应也没有,依然专心地看着她的教官,她的笑容让对方滔滔不绝。

那天告别时,她和平日一样。这个儒雅的青年军官看着小路上的花丛说："春天来了真好,但我最喜欢那蓝色的花。"

她望着远处的海水,像没有听见。一个成熟女人,自然知道这个军官在向她表白好感,可能他比她相思更苦,竟然忘了训练班军纪。她的脑子仍停在刚才他说的话上。

一周后,此军官带来一个女教官,给她讲解并示范床上技术,说是训练女间谍必不可少的一课。于堇看得心惊肉跳,但是当他们要求她"模拟"学到的知识,她也如职业训练一般,照做了。她是演员,其实可以做得更"乱真",可是哪怕有个好借口,她也不愿给这个军官任何鼓励。

此后,他们没有再见过面,夏末训练班结束,当然没有结业仪式,有个将官向她庄严地颁发了奖章和奖状,并且授予她中尉军衔,但一切相关物件,"由有关部门暂为保管"。学员回原住址待命。

应当可以喘口气休息了,这训练对她太辛劳了一些。她回到港岛时,忽然觉得两手空空,心中空空。她和教官再也不会见面,除非她求助休伯特。但是,她不再喜欢那个人,从那天他说出那些话之后。那段单相思无疾而终,她的心里已对这个男人有障碍间隔。那短短几天时间闷得慌,一个人漫无目的地走在街上,看橱窗,这家看过看那家,第一次走入专摆着摊位的小街,听着人声喧哗,停在水果鲜花市场,一切都恍恍惚惚。

香港那些影艺圈的男人,眼光短浅,小肚鸡肠,让人提不起精神。

她面朝海湾坐着,等待的日子,像那海水,一波一波涌上来,湿了她的双脚,浪打在她的衣服上,水花扑腾到她的脸上。而现在是进入战场的时候了,对任何突然事件的发生,她已经准备好了。看着化妆镜,她觉得自己不只是一个谍报人员。那么,我到底是什么?于堇愿意从这一生仔细想起,却分不出一个头绪。

化完妆,于堇站在幕布后面,白云裳走出舞台,台上诗人在伏案写情诗,读出声来,情深意长地思念去百乐门当舞娘的情人。趁这个空隙,于堇给白云裳整理一下舞服:"这诗人让你感觉不错吧。"

"他看上去不像是做戏,来真情了,怎么办?"白云裳说。

"常见的事。"于堇拿着口红,"谭呐会管住这种人,你放心!"

"哎呀,该我上了。"

一个疾步跨进灯光之中,白云裳转身成了红舞娘,她跳的狐步,非常地道,有点柔媚,有点快乐。于堇想这白云裳演爱情戏还真能投入,作得很认真,当然一穿上那红裙高跟皮鞋,鬓上插上朵玫瑰,涂上鲜亮的口红,诱人魂魄的音乐一响起,谁还能招架得了,谁还不情愿暂时忘掉现实中的血腥呢?

不能怪白云裳想不起倪则仁,她自己不也是早忘了这个人吗?

幕间休息时,谭呐从幕布后探了一下头,看了一下观众的反应,就往于堇的化妆室赶。

可是门关着,谭呐敲敲门,里面有两个女人的声音,而且有白云裳咯咯的笑声。两个女人隔着门七嘴八舌对谭呐说:"导演,来得及。我们在换衣服,你这时候进来会晕倒的。来得及,你放心。"

谭呐想想,摇摇头走开了。

幕又起时,很少有观众发现女主角相貌有点变化。上海人对口音不是特别敏感,他们没有发觉上半场的舞娘北方话字正腔圆,现在的演员却带些南方的柔美。观众席中似乎有点不安的细语,但肯定没一个人会想象到这女主角中途换了人。

舞台上,红舞娘和诗人互相爱得你死我活,互相恨得你活我死。最后两人都不想活了。

老板偷听到诗人的话,冲了上来,急冲冲地喊道:"你们俩别混闹了!要死也别在这里,上海人不跟鬼跳舞。我这舞厅关门,你们不吃饭我还得找饭吃。"

莫之因坐在第一排得意地摇头晃脑,可是听到老板说的话,谭呐觉得此人的脸都白了。这是他最后一刻加上去的台词,莫之因的本子并无此台词。

谭呐感到很高兴,终于把这酸戏冲了一下。

白云裳给下台来的于堇递上一杯温开水。于堇喝急了,咳嗽两声。正好台上诗人被百乐门的保安三拳两脚打翻在地上,也在咳呛。白云裳轻声笑,一边替于堇拍背。

"他可没有你这么舒服。该你去阻止他们打人了。"白云裳看着台上,催于堇。于堇走上台,一见她出现,老板气焰低下来,生怕得罪她,生怕这个摇钱树不干了。

"你们不能这样,他是天才!"舞娘狂怒地喊。这是莫之因最高兴的句子,于堇的愤怒非常真切。

换场景时,谭呐的助手走过来,看到白云裳把一把椅子搬到侧幕边,让于堇坐下,小心地给她脸上补妆。

那位诗人得了肺病,病床抬上舞台。红舞娘是一身红,只是披了一块黑纱巾。她抚摸白床单,垂下眼帘,像对自己说一样:

我从来没有背叛你,我只是想知道你有多伤心。

你有多伤心,证明你就有多爱我。

本来上海是属于我和你的,上海是我和你的天堂,但是你亲手毁了它。你一定会认为我这是在忏悔。

你不知道,根本不需要这么做,因为上海就会过去,如同你和我,都会过去。谁能活到天老地荒,只有爱情才那么久长。

音乐响起,布景稍有改变,舞女轻轻起身,一身红裙如火鸟,那脚步像踩在悬崖边,立于水之中的挣扎,腰身如蛇,腿的曲线飞起的一道道光闪,那种内心爱恨交融,纯粹到地狱里鬼神都静止注目。

我可以舞到八千里路和云一起奔泻不停。

伤心,一夜就白头。这么说,我还不够伤心。

于堇跳得惊心动魄,她突然改变了步法,脚步像没有离开地面似的飘动,迎着一身白衣的诗人的亡灵,时而紧紧面对,时而有意错开。似乎是与心上人一起,行进在他们选择的路途上。这即兴发挥,来自她心中的哀伤和绝望。

观众席里有些微的哭泣声。谭呐的眼睛也湿了,他这时有一种冲动:或许,或许能找到一个时机,他能找到他们心灵接近的路径。

莫之因低下头来,发现自己双手紧紧相握,这般情形让他大吃一惊。是的,他承认自己在这一夜无可救药地被感动了。两个女子美貌依然,可这个晚上他不再看她们的脸了,艺术是魔力,她们在他眼里分别有了不同的映象:白云裳有灵性,惟妙惟肖,让人与角色共命运,如翩翩飞鹤;而于堇演出,舞台上根本没有了角色,一道道是幻象,是鹤飞云端只留几点踪影。

他认为于堇的艺术造诣,远远高过他见到过的其他任何女演员,生逢战乱年代,真是命运的极大错误。

这个女人台下演戏,再到台上演戏,只能说,两边的戏,都演得绝对精彩。莫之因掉头四下看看,座无虚席,而且有好些面孔,都并不陌生。

恐怕今晚在座这些有头有脸的人物,皆是于堇台下的同戏人。莫之因在这美妙的音乐中,在这个命该生在舞台上的女人制造出的幻觉中,他不想使用任何亵渎的字眼。他把自己想象成与于堇跳舞的男人,他进,自己也进,他退,自己也退,她的媚眼不是给那男人,而是他莫之因,只可能是他。

他搂着她的腰,低俯下身,拾起那枝玫瑰。

就像高潮来临一样,裤子湿了,他发现自己竟然阻挡不了肉欲的冲动,这真是怪事。

下部

第十六章

"双花配演",这是今晚首先由于堇递给报界的新名词。

于堇和全体演员数度向恋恋不舍、不肯离去的观众谢幕,前台上不停地有人敬献鲜花篮,而记者与自居重要人物的戏迷涌向后台。

兰心大戏院的工作人员是有经验的,他们只放记者进去,对那些摆阔充大的人物,不理不睬;假说亲戚朋友的,也不客气地挡驾。

于堇把没有出来谢幕的白云裳介绍给他们,问他们是否认识这位白小姐。

正当记者们迷糊不知怎么一回事的时候,于堇让白云裳念女主角的第一段台词,那是一段很特别的话:

这些街树的腿,电杆的腿,都有着春天的色彩,一切建筑的腿,也涂了春天的色彩。

把擦满了脂粉的大腿交叉伸出来,穿着高跟鞋的修长的腿,穿着玻丝袜的羞答答的腿,优雅地,从那条静静的弄堂,从那条从来都热闹如节日的南京路上走来。

我们从窗帘后面,我们从树丛后面,我们从三五牌香烟的轻雾里,我们从法国古龙香水味中,睁开我们的眼睛,去染一丝玫瑰红,去染一丝紫罗兰,红的,绿的,蓝的,白的,光的影,影的光,注视着你虹一般的美貌。

记者们面面相觑,于堇接着慢慢念出此剧的警句:"上海,你这造在地狱上的天堂!"

"难道——"一个记者不相信,他没有能说完自己的话。

"你们看到的是同一个人物,两个不同的演员交替演出。"于堇莞尔一笑,"这是爱艺剧团的艺术创新,各位今天已经亲眼见了,怎么不相信?"

这下后台里炸开了油锅,全都大惊小怪哄然起来。摄影记者要于堇和白云裳俩人凑在一起,比较两人的相貌。

"各位,这事情本来是出于无奈,各位知道我今日中午遭逢不幸,我无法赶过来,准时演出。白小姐毅然为艺术做牺牲,上台代我,无名英雄。上半场一直是她,不是我。各位觉得演技如何?"

记者们鼓起掌来,纷纷向白云裳提各种问题,从她的出生、教育,到何时来上海、有什么献艺计划等等。白云裳整个被记者包围了,镁光灯嚓嚓地响,白云裳的脸兴奋得起了一层红晕,显得更加漂亮迷人。

于堇悄悄地退到一边,看着白云裳享受一朝成名的幸福,她向剧团人示意,要一杯水,也让人给白云裳送过去一杯水。

谭呐走到于堇的身边："你这是搞的什么名堂？"他递给她一杯事先准备好的滋润嗓子的红枣菊花冰糖水，他的口气并不严厉，"谁也架不住名声袭击。这个白云裳虚荣，你要小心一些。"

于堇抿了一大口暖香的红枣菊花冰糖水。这个冬天不冷，一场雪也未下，可能是接连不断的雨天，使气温一直维持在秋末的气温之中，夜里气温才像12月。本来嘛，这12月的第一日，和农历的正月严冬相比，还是暖和的，人一多，更显得热气腾腾。

于堇靠近谭呐，轻声地问："小心什么？小心被她抢了风头？"

谭呐说："我是好心。你在演艺圈也不是一天了，这种事，你也明白。"

"像我这样饱经沧桑的人，还在乎什么风头。"

谭呐听着于堇这句掏心掏肺腑的话，心里很感动，不知怎么反应才好。这和他印象中的于堇不一样，以前，他认为于堇重名，例如在商谈阶段，已经提出"于堇主演"四个字必须突出到什么地步。

于堇继续说："这个乱世年月，名声能维持几天？还未能成名的，出名要趁早，为什么不让白小姐出名呢？"

"你是什么意思？"谭呐更不解了。

"你就打出这个招牌吧：双花配演，二女合一。我保证上海滩对新花样的好奇心，会被你钓起来。"

谭呐说："要是我不同意呢？"他本能地不喜欢这个姓白的女人。

于堇看着谭呐，正视着他的眼光："是我请求你，算是为我这么做，你会同意的。"

从演出上说，这个新鲜主意好像也没有什么坏处，谭呐想。从今天的演出效果来看，如果是于堇从头到尾演，自然效果更好，可是白云裳的演出，除非鸡蛋里剔骨头，才可以说不及格。他听见白云裳在那儿夸夸其谈她演戏的经历,又提起在燕京大学主演《雷雨》里的角色。什么事都说得跟真的一样,经历编十次就是生平。

"就是有点便宜了这个不请自来的女人。"谭呐轻蔑地说,"演戏是有行规的。"他的声音带着一丝赌气。

说到底,于堇今天还是给他了一个脸面:她完全可以不来,也不用出这个绝主意。那样的话,现在的局面就不可收拾了。

从心底里,他对于堇还是感激的。于堇把他看得很透,现在要他还情了,要他看在她的分上,给这个姓白的女人一个暴得大名的机会。这份信赖让他心头一热。他依然不明白有什么必要捧红这个女人?他知道于堇做什么事都是有个想法在后面,也许这一刻不好说清而已。

"你放心,我会叮嘱她认真演的。"于堇叹了一口气,拉了一下谭呐的手臂,两人往边上站。于堇的声音放得更低,说要与谭呐说一件事。

他有点手脚无措,担心什么?他的右手抬起来,撑在墙上。不必担心,而且这完全是我庸人自扰。果然,于堇说的事与他猜想的风马牛不相及,他的手放了下来。

于堇建议两天后,12月4日,在国际饭店十四层舞厅开一个《狐步上海》演出成功的招待舞会,请剧组、报界以及上海军政各界的头面人物。

"军政各界?"谭呐几乎呻吟起来,"什么军?哪些政?上海现在有多少军队多少政府!难道日本方面也请?"

"都请,日本人首先要请。请的其他人,都必须是不至于当场就与日本人吵起来的人物。"于堇说,"他们不是要共存共荣吗?你把这两天的雅座保留票给我——越多越好,我请人转过去请日本方面的人。"

谭呐惊奇地转过身来看于堇,于堇没有半点开玩笑的意思。

他小心翼翼地补一句:"你不是在开玩笑吧?"

"绝对认真,在这种时候这种地方,你看我有没有开玩笑的可能?"于堇郑重其事地说。

"能让我问一声什么目的吗?"谭呐小心翼翼地问。

于堇什么也没说,只是把谭呐的手捏了一下,眼睛看着他,像一个孩子求情。谭呐神思恍惚,这一瞬间不知道身在何处,他镇定住自己,想了一下,转向另一个问题:

"招待舞会,国际饭店十四层!这是什么天价,我们穷艺人哪儿租得起?即使天天这戏爆演,爱艺剧团赚了钱,团里大多数人也在等米下锅!花这冤枉钱,会被剧团人脊梁点穿。"

于堇说:"谭兄大导演,你不明白行情了,现在是什么世道?山雨欲来风满楼,商人收缩银根还来不及,国际饭店也便宜多了。我这样的戏子,也能住上两三天,不然,哪儿轮得上我!"她看看依然狐疑不定的谭呐,干脆说,"你出五百元中储券,由我负责租一个晚上。"

"五百中储券,我也出不起!"谭呐很倔,他想知道于堇在弄什么名堂,这事比他想象的还严重得多,他得拖一下,思考一下。他不是漂亮女人一开口就昏了头的角色。

但是于堇不给他想的时间:"谭大导演真有本事,什么时候修炼成铁公鸡,一毛不拔。"她明白,谭呐做这种决定需要时间请示。但是她又不能说得太清楚。"那就这样吧:你打个欠条,给国际饭店。其余的事,你就不操心了。"

谭呐笑着说:"当然,于小姐大面子。不过欠钱什么时候还呢?"

于堇轻声说:"你就写,胜利了还。"她与他靠得很近,像是在告诉他什么秘密情报。

谭呐心里惊了一跳,脸一热。好久没有听到什么胜利之类的话。他觉得于堇不但很幽默,而且对他极度信任,这两者都让他心里涌起一股热潮。

只是,这不是动感情的时候。他看着于堇发呆,于堇把话又说了一遍:"胜利了再还。"他才觉得她是严肃的。

他朝四周瞧,镇定了下来,对她允诺:"我就写,四年内归还。"

"一匹识途老马。"

"谁?"

"当然是你喽——四年,四年够了!"她拉住他的手,突然又放开了。她也朝四周看看,人们都在注意新星白云裳。

于堇对他说:"如果你有事需要找我,你只要对国际饭店接线生说这个号码就行了。"她伸出左手,手心用钢笔写着3331。这是可以打入她房间的电话密码,除了夏皮罗和他的心腹接线生,再就是休伯特知道。"只能你一人知道,明白吗?"她的声音很轻,一边用右手擦抹掉号码。

谭呐一直苦于很难找于堇,除非她主动打给他,有急事没办法。今天首演前,国际饭店接线生不给他转电话。他说了自己的名字,说明观众全在等于堇,非要接她的房间。对方让他等,大概是先请示过,才让电话进去的。

这密码一看就记住了。谭呐什么也没说,向她认真地点点头,做得什么事都没发生过。这种手心写字,好像是学校里小姑娘做的事,但是于堇在白皙的手心里写出这个秘密给他看,使他眼中的于堇突然从仙女变成了凡胎肉身,他喉咙动了动,心里突然升起很久未曾有过的感觉。

这一刹那,她脸红了,因为他看她的眼光着火一样。她知道这种感觉是一颗定时炸弹,这不是时候,不能在这个时候有爆炸干扰。于是,她掉开了视线。

整个后台喧闹无比,其中有莫之因的笑声。于堇顺着笑声看去,莫之因在和记者说话,白云裳在一边补充什么,显得喜气洋洋。也有记者过来要于堇签名,签在白云裳名字旁边,她微笑着照办。

人散尽之后,谭呐让助手处理这儿后事。他对于堇等人说,他们辛苦了,想必都饿了,他请客,去简单吃点东西。白云裳和陈可欣一听,都很高兴,于堇的确饿极了,她朝他点点头。谭呐对莫之因说:"莫兄,你知道就近有地方吗?"

莫之因与他并肩走,说隔一条街就有一个不错的粤帮餐馆。

一行五人步行去,餐馆真的雅致,而且安静。坐下来后,大家让莫之因点菜。等菜饭来时,白云裳天真地问:"这上海不夜城,各位大艺术家平日里是如何消遣的呢?"

被问的人面面相觑,这白小姐真是不懂行,怎么问起私人的事来。她对坐在左边的陈可欣说:"你消遣时也听音乐吗?"

陈可欣谦虚地一笑:"我喜欢建筑,收集设计图。匈牙利建筑师乌达克还在上海,他答应过我,陪我看他设计的国际饭店内部结构。"这话把于堇吓了了一跳。

白云裳倒真是没有注意到于堇的反应,转向左手边的谭呐:"你呢,大导演?"

"我弄点小爱好——我喜欢书却没有钱,但最近上海四马路成了收书的天堂,几家旧书店不错——"

于堇本来累极,听谭呐说旧书,又吃了一惊。正好侍者上来两碟熏鱼和咸蛋黄肚圈凉素菜。谭呐收住话题。

白云裳自己说起来:"我说说我的消遣,很俗:看跑马,看打回力球。最近听说到了几位葡萄牙球手,年轻英俊——"

莫之因听得早就不耐烦了,这些高雅洋派的假斯文!他觉得在麻将桌上跟女人打情骂俏很过瘾,但是他要吓吓这些人一跳:"我每夜必吞云吐雾一次!"

大家都朝他转过脸,他更神秘了:"听说过'冷芳幽居'这个去处吗?"看到大家双眼发直,他越加得意地说,"你们顶多做到醉死,我在那里能先醉死后梦生。"

才12月初,这个洋人半洋人集中的国际饭店就开始准备圣诞树,大厅里都开始装点圣诞节来临的气氛。

于堇走进旋转门,看到仆欧们在搬运一棵大冷杉,一个个纸箱已放在大厅里。可能是半夜后客人走动少容易布置。于堇走入厅里,好奇地看着仆欧们摆弄大冷杉。看了一分钟,她索性坐在沙发里。

刚才莫之因开着车送他们回家,谭呐与于堇一起下车来。他准备将于堇拿回房间的礼品花篮拿下来,突然想起什么,看了于堇疲倦的面容,就止住了手。谭呐说:"好好睡一个觉!睡好了,给我一个电话。"

他的感激,是在内心。于堇明白。

她耳边响起音乐,竖琴伴随,于堇抬眼望去,穿着黑纱裙的妇人,坐在厅里,慢慢地弹,轻轻地吟唱,好像是在练习。

两个仆欧打开纸箱,从里面走出一个个天使飞跃在树上,带着闪闪的星星,好多五颜六色的花朵、小礼物盒和红鞋子。

夏皮罗站在二层的栏杆上。他没有惊动于堇。他派去给休伯特送信的人也早已回来,去剧场探看情况的人也回来了,说了"双花配演"。夏皮罗微笑了,看来于堇真是能干极了。一切如计划进行。他之所以没有去看《狐步上海》首演,是担心饭店,日本宪兵还没有忘记白天来搜查的失败。

休伯特也像他一样担心,没有去兰心大戏院。夏皮罗的心腹去休伯特老先生那儿送信回来,"H先生的回话是'蓝靛花开着'。"夏皮罗明白这意思:事情没有变化,还是按原计划进行。休伯特老先生对夏皮罗说过,邱吉尔赞美情报人员:情报机构是下了金蛋都不叫唤的鹅。

夏皮罗却觉得这鹅想叫都叫不出来。

如同那只在管风琴里捣蛋的耗子。

在123年前,在奥地利一个有雪的小村庄里,圣诞节的前一天,琴师在教堂练琴,练得很认真。他搓搓手重新按下琴键踩踏板,管风琴里发出低沉的"噗噗"声。神甫走过来说,昨天他就发现有一只耗子在管风琴里寻食。

琴师站起来,乡村神甫是个音乐家,也是个诗人,非常聪明,他让琴师不要着急,他来写一首诗,然后琴师谱上曲,用口唱代风琴,或许可以应付当夜的弥撒。

乡村神甫写好了诗,琴师作好了曲,他们又找来了十二个男孩女孩,一直排练到太阳都下了山。

子夜弥撒开始了,琴师领着十二个衣着整洁的孩子走上圣坛。人们窃窃私语。乡村神甫也在孩子们中间。琴师领首行礼后,用吉他弹起了《平安夜》,乡村神甫浑厚的低音和孩子们稚嫩的童声响起来。人们没想到用嘴唱出的歌,是这么好听难忘。

小时候,夏皮罗的邻居阿姨给他讲这个故事。犹太人不过圣诞节,每年12月过修殿节时,家人和亲朋好友对着烛台上亮亮的一排蜡烛唱歌跳舞,母亲和他跳,父亲和弟弟跳,嫂嫂和她的儿子跳,哥哥喝着酒看着。夏皮罗的泪水淌了下来,他思念生死未卜的亲人们。

他想,今年上海孤岛还有一个平安夜,明年是不是全世界都会像老鼠一样,在管风琴里两头受气?

于堇靠在沙发上,感觉炉火温暖的光焰升腾起来,她的身体轻飘飘的。平安夜,多少圣洁多少天真。这种歌声伴奏的节日,在以往岁月里,于堇总是陪休伯特度过。

弗雷德,你看了我的演出吗?你当然不在台下。你把自己化装成一个我完全认不出来的人,比如戴上假胡子,再戴上礼帽,握着手杖,有点像圣诞老人。你看了我一眼,就马上回了书店。你担心着,我知道你担心什么。但愿我能尽快解除你的忧虑。

绝非凭空猜想,于堇知道,休伯特日日夜夜守着他的阵地,如同她守着她的阵地一样。战争早已开始,战争与兰心大戏院相似,只是那个舞台上,人死了不能复活。

人死不能说话,也不能再听这歌。

于堇想想,不对,并不是每个平安夜他们都在一起度过,最近三年她就一直没能回来。还有三十年代中期,有一次她拍《北国女子》,饰一个渔家女,在北方海边某地拍外景。她意外地收到他的电话,没有说话,电话里就是这支平安曲。

今年离圣诞节还早着,还有二十多天。她想,今年圣诞节,我会和弗雷德在一道——如果我们还能在一道的话。

离开上海那个晚上,她和休伯特在一起。养父对她说了好些话,像她幼年时,她握着他的手。她仔细地听,仔细地想。好多年都没有想生父了,可能因为要离开上海了,所以生父的形象重新出现在心里,但是记不起他的脸,只觉得他很儒雅,不爱说话。

　　父亲带她去过外滩的汇丰银行,门前有两个铜狮子。这印象很深。以此于堇可以推断,父亲是做生意的,或做的事与生意相关。那个家有楼上楼下,厨房朝向一个大花园。她喜欢悄悄从花园的后门溜出。有一次父亲是从很远的地方回来,提了好多行李。母亲很快乐,很久也不见她那样笑,她只顾得上与他说话,对于堇视而不见。于堇觉得自己被抛弃了。

　　她出了后门,过一小街,就到了一条河边,上面有好多桥。跨过了河到桥另一头,她迷路了。

　　母亲叫她的名字找她,她故意躲了起来。

　　父亲从另一个方向来了,看见她,把她扛在肩上。

　　过了桥,父亲才把她从肩上放下地。那个老家会不会真的靠近苏州河?

　　于堇在上海地图上找,她从来没有问过休伯特她的家可能的方位,是怕休伯特担心她会做莽撞事。

　　其实,她并非想回记忆里几乎没有存在过的家。她曾经跪在学校的祷告室里,对上帝说:你竟然眷顾我这样不配的人!在我不认识你时,你已经为我死了;在我未抵达你时,你已经爱我了。上帝点着头,她的心一下子活过来,好像得到了第二次生命,她决定不去找那个家了。

　　她最怕惨死的人的样子。父亲死时那副样子,常常浮现在她的脑子里。有几年,她身体不好,冬天爱生病,夜里都梦见一个血人来找她。后来,她的心全在休伯特身上,她的梦转换了,总是白杜鹃花。有一次她看见父亲在杜鹃花中走出来,父亲穿着长衫,母亲穿着漂亮的旗袍,往外滩方向走,她跟在后面。他们俩上了一艘木船,她要上去,他们摇了摇头。船离岸了,像江水上的一片薄云,淡开了。

她记住他们脸上的笑容,她自己也有了笑容。

休伯特在三年多前那个离别之夜,提到于堇脸上的笑容。他说,希望她能把自己磨炼成一个意志力坚强的人,不管发生任何事,脸上都有那种明亮的笑容。

就是在香港,她一下截断对任何人的依恋,投入艰苦的间谍训练的日子里,没有任何人可以诉苦,似乎她生下来就是应该吃这份苦的。她这才意识到自己真正独立了。

第十七章

 国际饭店十四层摩天舞厅招待会果真举行了，但日本人要求推迟一天，他们要陆续请假看戏：参加招待会的军官都先看戏，再来仰视明星，以免对艺术家不恭。

 这样时间正好，本来就说好12月5日晚停演一场，让整个班子休息一下歇口气，准备周末演出。所以，谭呐一开始就宣布大家放松享受。

 5日这天晚上八点半，以爱艺剧团团长兼导演谭呐的名义召开的这个舞会，显得喜气洋洋。来宾果然中外杂陈，中国人、日本人、西方人共处一堂，有风言传闻，说这是上海汉奸粉饰太平的活动。谭呐在戏剧界的好名声也没用，说他被坏人利用，因此上海各界抵制这舞会的人很多。

 申曲女王筱月桂说身体不适，正在延医治疗。谭呐的面子不行,于堇的面子也不行。说来最早谭呐还是在筱月桂的生日聚会上认识于堇的。秋天的阳台上,谭呐在抽烟,看见一个年轻女子走来,大方地向他伸出手,自我介绍说:"我是于堇。"后来,筱月桂想起介绍他们认识,看见两人已谈得火热。

这筱月桂本是打心眼里喜欢于堇,这时却干脆不接于堇的电话,甚至传出话来:从未认于堇这个干女儿。

这倒符合于堇原来的设想,不希望在舞会上看到有人与日本人吵架。反正上海有的是漂亮人物,客人大都带了舞伴,有的是大都会、百乐门、维纳斯等舞场的名角,舞会中俊男美女如云。

周佛海来了一会儿,对着麦克风讲了几句喜庆的话,就说公务在身,事急得罪,先走一步。李士群也来了一下,不声不响地进来,又不知不觉地走了。倒是汪精卫的笔杆胡兰成早早就到了,带来了一个电影女演员关露,此女子出了一本薄薄的长篇《新旧时代》,近几个月很得报纸和读者称道。

胡兰成祝贺莫之因的剧本写得文采斐然,俩人谈得很开心。

这地方号称摩天舞厅,右边靠窗位置是铺着白桌布的餐桌,放着鱼子酱、烤鳕鱼及各色点心,还有香槟、红白葡萄酒和日本清酒。打着领结端着香槟和小点心的侍者,递到谭呐面前,他还未转过神来,不过手本能地往酒杯上握,他真觉得口渴了,这香槟滑溜在舌头,满意地流淌下他的喉管。

谭呐的眼睛却在找寻于堇,人太多,他看不到她。好像她不在舞池三三两两端着酒杯的人群中间。终于在放着沙发那端,他看到了于堇,正在和人握手,她的美丽超过以往任何一天,化妆也和以往不同,第一次看见她梳这种发式:微微翻卷的大波浪披在脑后,像挽了一个椭圆的大髻,这装饰衬出了她的瓜子脸形和修长白皙的脖子。

但是慢着,于堇旁边站着一个女人也是同样的发式,仔细一看,是白云裳。谭呐大吃一惊:两人穿了完全一样的衣服,粉红镶铬黄滚边旗袍,肩膀高开口,露出修长的胳膊。一对姐妹花!天哪,这两个女人究竟搞的什么名堂。生怕打扮不一样,互相抢了对方的风头?唯一的区别是白云裳插了一枚钻石钗,于堇手腕上戴了一个古色古香的手镯。

白云裳热情地给于堇介绍虹口那边过来的几个日本军官,梅机关的柴山兼四郎,蓝机关的古闲二夫,玉机关来的小田原健次,登部队政治工作局的佑藤尚司。

于堇一边与每个人客气地点头,一边向白云裳说:"这些日本名字叽里咕噜,一个也记不住。"

白云裳拉了一下于堇的手指,笑着说:"姐姐,当心,他们很有几个中国通,能懂中文。"

"在中国还有不懂中文的?"于堇好奇地问。

白云裳继续介绍:"喏,这个海军武官府来的,古谷三郎,他们海军不必懂中文。"于堇眼睛马上闪明了:猎物近在眼前。但是她低眉垂眼,在古谷三郎面前显得特别——有点特别的羞涩。

正好这时候乐队开始奏曲,于堇向古谷三郎甜甜地一笑,古谷三郎反倒有点不知所措,还是于堇红着脸把纤柔的手递给他,古谷三郎一下自然了,接着她的手,进入了舞池。

于堇被古谷三郎搂着腰,在霓虹奇彩眩目之中,她觉得他的手沁出了汗,他的眼光也带点湿意,她害羞地看了他一眼,就垂下了眼帘。

就是在这时候,于堇听见胡兰成在莫之因那批人中发表议论。她抬起头来,像是鼓足勇气才敢看一眼古谷三郎。

"战难和亦不易!"胡兰成在侃侃而谈,"我这句名言至今站得住脚。和平之所以能救国,就是因为根本没有世界大战,只有两场分开的战争:一场欧战,一场中日战,两不相连。没有英美加入,中国单独不可能打败日本,因此,只有和平救中国。"

胡兰成个子不高,是今晚满堂西服和军服的男人中唯一穿长衫的,气质超凡脱俗,斯文是在内心里浸透出来的。于堇觉得这是个很特别的人,比当初读他的文章时印象好一些。

有人提醒胡兰成半个月前,罗斯福拒绝日本的"和平条件",最近空气日益紧张,从香港到上海的英美船全停了。

"老一套讨价还价!"胡兰成一句话挡住了对方的滔滔不绝,"德国在北非托布鲁克坦克大战中击败英国,直逼埃及苏伊士;莫斯科市内已经听到德国大炮声,德军另一翼直指高加索,中东大油田马上要落入德国手中。如果前一阵子日本为了石油禁运,非动手不可,现在就可以松一口气了。简单一句话:日本不会与英美为敌。中国只能单独面对日本,过去四年如此,今后四年、八年、十二年依然如此。"

"胡先生此言大有道理。"另一个人插嘴说,"近日上海黄金每两由二千二百元跌到一千四百元,证明上海市面也看好和平,认为日本与英美不会冲突。"

莫之因也支持此种意见,他说他昨天看到《日本时报》社论,标题就是:"日本将重新做出努力,求得美国谅解。"

旁边的一个瘦高个,不以为然地说:"照胡君这么说,只有和平运动,才能救中国。"

胡兰成腼腆地一笑:"老弟,我们都爱中国,对吗?英美不加入,就只有中国人自己救中国。国土已经丢失,用哪一种办法弄回来,都是救国。"

白云裳拉着关露走过来,说:"胡大少,你们这些绅士也真太不像话,美女如云时,你咸扯白谈什么政治!"

胡兰成忙着赔礼:"昏头了,糊涂。不过你知道,我不擅跳舞,喜欢欣赏。"

莫之因向关露一躬身,握着她的手步入舞池。

白云裳笑起来,对胡兰成说:"有莫大才子带路,你还愁遇不到中意的女人?"

这摩天舞厅的"弹簧地板"在上海非常有名:嵌木地板下用汽车的避震钢板做支托,跳起舞来人会产生微微的弹跳感觉,而且国际饭店的投资方四行蓄储会,把银行行徽设计成一个铜钱币,中方外圆形,外沿一层层波流散开。粗看细看都十分精雅,没有铜钱摆阔的伧俗。

于堇与古谷三郎随音乐翩跹而舞,一边把那堆人谈的内容,尤其那个温文尔雅的胡兰成说的话,在心里过了一遍。这些汪伪南京政府里人物的自辩逻辑,她早就明白。但第一次亲耳听到这么一明二白的算计,心情还是颇为不平静。

她不禁想起那个香港美国军官的透露:原来如此,敌对双方可以打同样的算盘。

夏皮罗今天告诉她,H先生要他们一分钟也不能延误,从得到的情报分析,日本动手,恐怕不会超过这月中旬。夏皮罗已得到确认,所有尚在上海港的客船驶往香港不再返回。

于菫的眼角扫到谭呐,他没有跳舞,跟各式人等礼貌地搭讪,但神情很忧郁。

曲子终了,古谷三郎告罪去喝口水。于菫走到谭呐身边,正好换了音乐。这音乐来得真是时候,灯光打在一个穿长裙的女人脸上,她扭着身子唱起《狐步上海》里爵士味儿十足的曲子:

你千万别放过我的爱情,
春天过秋天去
冬日飘零,
哪怕你费心机到处找寻,
只留得回忆中
衣香鬓影。

他们没有跳舞,只是安静地站着,两人的身体离开了一点距离。谭呐低下头来看于菫,于菫正看着他,可是明显地她正在想什么事情,心思在别处。

今天早上七点有人敲门。谭呐赶快穿上衣服,到一楼打开门看,是浙江富春江边乡下老家的一个佣人。原来是他的母亲叫他今年不用回家。

母亲一定生他的气了。以前每年她都托人来催他回家,说是父亲身体一年不如一年,要他回家,给他娶妻子,或他带个妻子回家。这样父母就安心了。他家是乡下富裕人家,有两个女儿,但只有他一个儿子,不能无后。

谭呐明白做儿子要行孝,行孝首先要有妻,有妻就要有他看得上的女人。这么一环扣一环,他就多年没有回去。

现在母亲叫他不要回去,说是路途不宁,他心头一热,有些感动。不过还是有一些纳闷,偏偏这种时候,专门派人来上海。

"你在想什么?"突然他听到于堇的声音关切地问。

"哦,"谭呐回过神来,"对不起,我在想我的母亲。"

有一分钟的时间,两人谁也不说话。曲子很激情,带着点忧伤,灯光闪烁在舞池里那双双对对的人脸上。

"这乐队不错。"于堇决定打破这气氛。谭呐抬起头来,跟着她眼光朝乐队那边看。的确这个乐队称得上上海一流的水平。他们的演奏有曼哈顿俱乐部风格,尤其是钢琴师和萨克斯风号手,对音乐的醉态化成狂热姿势。

谭呐对于堇说,专门为这舞会请来上海租界交响乐团。德国领事抗议说这个乐队犹太人太多,日本人抗议说这里全是俄国人。谭呐干脆请他们推荐乐队。可是,的确没有挑选的余地,就这个乐队最专业。

于堇说:"谭呐,你辛苦了。我得谢谢你。"

两人正说着话,古谷三郎和白云裳到跟前。白云裳凑近古谷三郎耳朵说了一句什么,两人停下来,白云裳把手搭在谭呐的肩上:"大导演,能不能跟我跳一曲?"

谭呐一笑,握住她的手。古谷三郎高兴地搂住于堇,含情脉脉地看着她。台上那女人在唱第二段了:

我不让你放过我的爱情,
花再好经得起

几度雨淋。

回过头想一想我的痴心，

怕懊悔还不如

抓住如今。

怀中的白云裳显得很亲昵。有那么一瞬间，谭呐觉得自己是在和于堇面对面，他去看于堇。于堇仰脸正看着古谷三郎，满脸是喜气，谭呐心里很不是滋味。这个白云裳真会捣乱，偏偏这个时候来，抢去了他的机会。

古谷三郎不说话，他过于激动，于堇"噢哟"一声，古谷三郎踩到她的右脚了。她一瘸一拐地走向舞池边的沙发。古谷跟在后面，连声说日本话。于堇听不懂，但知道他的意思在道对不起，这个一身白军装的海军军官，对女人倒是很客气，快步上来用手扶着她。

舞厅里三面都是玻璃窗，垂挂着蓝丝绒的荷叶边的半截窗帘。夜空深远，几乎在这一瞬间瞧得见星月。不下雨的上海，第一次在夜晚露出迷人的美妙来。靠玻璃窗本来就全是一个个单人沙发。这个晚上因为人多，沙发只摆了二十来张。

于堇脚痛得难受，就坐到单沙发上。古谷三郎赶紧去帮她端香槟，这么漂亮的女人，他一辈子只在银幕上看到过，听白云裳说这个女人就是银幕上的大明星。昨夜他专门去兰心大戏院亲眼目睹了演出，惊为天人。在生活中他从没有亲近过这样的丽人。于堇的每一个皱眉每一个眼神，都把他看迷了。

于堇接过香槟，对他感激地一笑，她喝了一口，朝古谷三郎举举杯。古谷三郎准备蹲下来，于堇帮他拿过酒杯，让他坐在沙发上的扶手上。似乎一时高兴,也似乎一时糊涂,她把两个酒杯都搁在他的大腿上,又把两杯酒都拿了起来,自己笑了起来,一杯还给古谷三郎。

"干杯!"于堇说。

古谷三郎重复于堇的话,他俩对饮时,古谷三郎的眼睛盯在于堇的脸上,几乎移不开了。

乐队吹起狂热的爵士乐,男男女女开始跳着狐步舞,这舞不比华尔兹容易,跳舞的男人,怎么看都像莫之因的剧里那种遭受挫折却又欲望高涨的男人。有人坐在舞池边上,把一盒火柴一根一根折断,脸上仍然有礼貌地微笑着。

胡兰成和关露告辞了,莫之因送他们到电梯。回到舞厅来,看到有个舞女,明显喝多了香槟,正好让乐队演奏现在百乐门的流行舞《花好月圆》。她抓着一个日本男人,一边唱一边教他对跳:

一向喜欢充阔佬,
每天西装换七套。
花式各样好,
扭扭细蜂腰。

又抓住另一个日本男人跳,边跳边唱。过一会儿,嫌这个日本男人太笨不会跳,一个人自跳自唱两个角色,表演了一大段:

请君跳个快狐步——脚步跟不上鼓声报,
请君跳个探戈——晕得生姜一口泡,

请君跳个查查舞——丢眉抛眼跌一跤。

　　莫之因不便走过去,阻止这个喝得昏天黑地的女人出洋相。那些日本人大概跟这个女人一样醉,跟在边上学她的动作,都在哈哈大笑。

　　与白云裳跳这曲舞时,谭呐留下一个与两天前相反的印象。他看出:在他们这职业演艺圈中,白云裳很可怜,她只是一个找机会上台的戏子,即使是有才能的戏子,永远是戏子,而不是艺术家,哪怕一时盛名也没有用。她和于堇今晚都穿了出自同一个裁缝手中的旗袍,同色,但其实有点不一样,白云裳开叉更高,于堇的开叉恰好在接近大腿。之间的差别也许只有一寸。一寸就可见完全不同的心思。

　　谭呐是见惯绝色女子的,但是这张妩媚笑着的脸,无法让人不动心。若是换了个场所,谭呐想,自己或许也会不讨厌白云裳?谭呐摇了摇头,谁也代替不了于堇。他只是为了于堇容忍这个人而已。

　　"我生下来,就是为了演戏,成为一名演员。"白云裳的话,说得坦白,明显是给他暗示。

　　看来这个女人不满足于一次玩票,还想真的进入影剧界!他一分神,险些踩错了步,只是一个不被人觉察的慢一拍,他马上跟上了。音乐自然地转成又一支曲子,是应当谁都能跳的慢三步,就是跳舞水平一般的谭呐,不怎么专心,也能应付自如。

　　白云裳对谭呐说,她是多么想让他多一些了解她。她是一个回到不了家乡去的人。她始终爱一个人,却留在家乡,她经常感觉那个人和她坐在阳台上。她说:"他会像我一样爱上上海。"她的语调和故事一样伤感,活脱一个清纯玉女。

这个白小姐,好像进入一个角色。而谭呐觉得音乐太伤感,他在上海没有家,完全是客居,他不喜欢这个城市,他留在这里,完全是因为上海是中国唯一的影剧之城。这儿的市民懂戏,喜欢"西化"的话剧电影。他不是一个对女演员特别挑剔、动辄责备的虐待狂,虽然圈内有人这么看他。但他真不是。

"别用那样的眼光看我。"白云裳说。

谭呐想,业余相出来了。这女人着急着呢!

谭呐听见乐曲接近尾声,心里松了一口气。做一个好观众,对他来说,还是要花点力气。

第十八章

天色渐晚,完全看不清窗台那边的动静。猎犬珂赛特躺在钢琴上死了。休伯特一惊,怎么可能?家里没有钢琴。他揉揉眼睛,发现夜晚真的来临,自己刚才坐在椅子上竟然打了一个盹。他拉亮灯,书店里没有客人,今天一共才来三个人。

他往楼上走。奇怪,好久没有梦到爱犬珂赛特。她活到十四岁,经常就在这个楼梯口上趴着,睁着眼睛看着鬓角已有白发的主人招呼顾客。这一整天珂赛特都这么安静,难道肚子不饿,不来向他要口水喝?当然是一只老狗了,比以前更乖顺。都快到关门时间,有一个英国妇人带一包书,要卖给休伯特。他一本本地翻着。一般休伯特与顾客说话时,珂赛特都会哼一声或咕哝一下,表示赞同或反对。可是今天没有。

等到休伯特算好账,付了钱,送老太太出门回来,觉得纳闷。到楼上来,发现珂赛特出气都难了。他心碎地坐在楼梯口,珂赛特几乎用尽最后力气趴到他的膝上,双眼留恋地望着他。

原本不该去那个事件中心地点,可是在这书店他如坐针毡。取了帽子和手杖,他关上门,决定去国际饭店,看来今晚得守在那里。

他想起那年的情景:于堇抱着已断气的珂赛特哭泣,他至今没法忘记她那份伤心,他从来没有见到过这个女孩子如此悲哀,说起来,她那时应当有16岁了,也许正好是多愁善感的年龄。人生注定是孤独的,无可避免的孤独。就像这狗需要他们俩,他们俩也需要狗,但是珂赛特依然要离开他们,不别而去。

几乎四马路每个弄堂都喧闹无比,穿着窄袍的烟鬼急匆匆走着,连俗艳的女人都没心思停留,马车夫拉着客人,叫嚷:"让开道!"这个晚上像一个过节天。上海开往香港的轮船只准离开,不让返回。这末日之夜晚,人皆顾不上担忧了。

休伯特走在街上,心里忐忑不安,正在国际饭店进行的那舞会,按计划在进行,但是绝对不能出差错。倒不是他到场会有什么好处。一切都靠于堇,他帮不上任何忙。但是那一步棋之后,就是要他来估量局面了。

莫之因认为自己是今晚舞会的明星,的确他听到不少对剧本的恭维话,所以,他和一个个美女跳舞,觉得很过瘾。

一次曲间,突然感觉于堇看不见了。他知道这个舞会不是他追这个女人的时候,他得有耐心,等到于堇空出来,他才可以和她跳上一曲。但是几圈舞曲之后,依然看不到于堇,他觉得有点不对劲了。

虽然走了好几个熟朋友,这舞会仍是开得热烈,男男女女都在兴头上。莫之因朝电梯走去,电梯只到十六层。开电梯的侍应生说十七层以上,要换一架电梯。走廊另一头的确有电梯,但他发现无论他怎么按电钮,都不见电梯下来。

他朝楼梯走去,准备走上去,却被另一个侍应生挡住,问他要找什么人。他说他只是要到十七层以上去看看,对方告诉他十七层以上根本没有客房,不是空着,就是被人月租作公寓了。

他说他也想看看,考虑租公寓。

对方说贵客免行,有事先与大堂襄理谈,之后视由情况由襄理汇报给经理,才能带着上去瞧房。莫之因一看那个人的腰间,就明白有武器,而原先那个开电梯的人在后面等他,请他回电梯下楼。

他只能回到十四层摩天舞厅,爱艺剧团的女演员们正在卖力地招待客人,又开始奏快三步舞曲,满厅里的人舞兴浓厚。香槟是法国普罗旺斯正宗,侍者一杯杯殷勤地递上来劝酒,大家的脸上都是红扑扑的。

这个戏的男主角手里拿着一杯葡萄酒,在沙发上闷闷不乐:"她是名演员,我算什么?我知趣,我不和她跳舞还不行吗?来,给我点一支烟!"谭呐的助手在劝他不要再喝酒。他要扶他回去。

男主角说:"我自己能走。"果然他站起来,朝前走,步子踉跄,嘴里不知是台词或是什么人的诗,"亲爱的,折断这柄剑,我要对你说,死而无憾。"他在走廊,身子一歪,倒在地上。助手和一个侍者把他扶起来,往电梯那边走。

莫之因沿着摩天舞厅玻璃窗走了一大圈,外滩和苏州河南闪烁的灯火,让他冷静多了。他坐下来仔细想今天的情形,他在和胡兰成谈论得高兴的时候,看到过于堇一眼。之后,她还是在跳舞。那么,到底出了什么事?他想起来了,白云裳带着关露到他们一堆男人面前,他和关露跳舞时,于堇与一个日本海军军官在跳舞。

后来两人就不见了,对了,从那以后就不见了。

侍者递给他一杯酒,他握着酒杯,朝一个有点认识的日本人佐藤尚司走去,与他碰杯,急急地问:"你们海军有个军官光临这舞会的吧?"

这个陆军部队政工局的军官嘲弄地说:"那个老实家伙,不知道被哪个女人勾走了。"

莫之因追问:"是不是海军武官处的古谷三郎?"

佐藤说:"你认识他?"

莫之因摇摇头,他只是在今天的来客名单上见到这名字。放下酒杯,今天他没有喝多,前后就三杯,头脑绝对清醒。这点酒,不可能醉倒他。他突然记起来,76号的头子李士群偶然跟他说过一句:最近日方通报说要注意海军方面的保密,76号内部如果有人特别关注海军,就必须加以监视。

他走到餐桌前放下酒杯,目光在舞池中寻找白云裳,一个个女人怎么今天都这么美如天仙,找个人那么难,终于莫之因看见了白云裳。这个女人头发梳得很讲究,对跳舞的人含情脉脉。那个男人转过身来,是谭呐。两个人边跳边在交谈,说得很投入。谭呐对她兴致也浓浓的。这真是怪事,他从未见过谭呐对什么女人有过如此专注的神情。

他心里一动,忽然想到白云裳最近与于堇过分亲密,恨不得两人永生永世姐妹相称。这桩事情也奇怪。倒不是因为两个女人都与倪则仁有关,而是倪则仁一死,却成就了两个悲恸的女人,起码让虚荣到骨子里的白云裳圆了明星梦。是的,这整个事情出奇,要让他偏头痛发作。

日本军官有人在朝他这个方向打招呼,似乎是示意应该走的时候了。谭呐离开白云裳,忙着走过去,拉着他们说:"酒敬最后一杯,舞是最后一曲。"

连这一向和日本人不沾边的谭呐,今晚先前还只是面子上过得去,现在是真的热情洋溢,也在为中日亲善竭尽全力!

这整个事情不对劲,莫之因脑子开始发胀。头真的痛起来。这两个星期——就是从于堇来上海之后——什么事情都太对劲,太顺心如意。整个大局却是山雨欲来,太不相称。他想起来好多事,好多似乎无关的事,在他头脑中搭上了线。

这个国际饭店的楼上,不让人上去的十七层以上,肯定在发生什么事。但是他无法上去,他们不让他上去。而他可能是唯一被拦在外面、却是拼命想进里面的人。

果然,他看见那个海军武官处的古谷三郎先生从走廊口步履不太稳地进来,好像有点不胜酒力,他的军装徽饰倒是整整齐齐,看不到什么异样。莫之因松了一口气,对自己说:该不是我太紧张了,一切并非如我想象的那样。

日本军官走后,乐队还三心二意地奏响一曲,还有一些男女在跳舞,但大部分人渐渐散去。莫之因半躲在暗处,注意白云裳的动向。白云裳坐在沙发里,抽了一支烟,未抽完就按灭,拿起自己的小皮包和大衣,往外走,下了台阶,到走廊上。

正在电梯要关上时,莫之因也闪进来。他对吃惊的白云裳说:"我跟你上去。"电梯手看着白云裳,未说话。

白云裳当即一步跨出电梯,把莫之因搁在电梯里。莫之因也迈步出来,对她说:"你到哪里我跟你去哪里。"

白云裳朝面朝南京路的窗口走去,声音放得很轻,但很严厉地说:"莫之因你疯了? 你什么意思? 你想干什么?"

莫之因口气比她更严肃:"白小姐,你犯了一个重大的错误,你让于堇今天与海军武官处的古谷三郎少佐单独在一起有一个半小时。"

白云裳正色道:"你在说什么?你认为我是拉皮条的?"

"罪名严重多了。你应当知道于堇有可能从古谷三郎那儿套出重要情报。你犯了重大谍报工作错误。"

白云裳哈哈大笑:"你这个莫大才子!你以为抓住我什么把柄,今天可以拿捏我?古谷三郎既不会中文,也不会英文,而于堇不会说日文。两人干什么都可能,也不管你我的事,要泄密从何泄起?"

"你怎么敢肯定于堇不会日文?!"莫之因一把抓住了她的话,"于堇在香港三年多,除了演戏演电影,其他时间在做什么,你怎么知道?"

白云裳一下子语塞了。其实她想到过这个不太可能的可能性,她试过几次说日语,有时突然说出耸人听闻的怪话,有时突然发出几声惊叫,于堇脸上一丝反应也没有。她还是不放心,亲自教于堇说,于堇半天只学会两句问候道别:"科恩尼其哇"、"沙友纳拉",腔调怪怪的。但是这个"反证法",无法确切证明于堇绝对不懂日语。

莫之因给她安的这个罪名太大,弄到日本人那里去,她解释不清楚,真的麻烦就大了。她只好拿个笑脸对莫之因说:"你说怎么证明呢?"

莫之因说:"我已经说过,你带我一起上去。"

"上哪里?"

"我知道你正在朝于堇房间去,你带我一道去。"

"干什么呢?查于堇会不会日文?怎么查?拿本日文小说,看她读得上口不上口?"

莫之因说:"我自会有办法的,你能上去,别人不能上去,就说明于董不只是一个戏子。"

白云裳想想,笑了起来:"好,我带你上去。于董不让你进她房间,是因为你对女人是个永恒的威胁,你的肮脏脑袋里想的什么,你以为我不知道?"

莫之因也不辩解:"我们上去说。风流罪名在今晚倒是无所谓的。"

他们又按电钮,电梯开了,还是那个侍应生:"小姐请进。"但是明显不欢迎莫之因,不让他进。

白云裳说:"对不起,他是我的客人。"

那个侍应生想了一下,说:"既然是小姐的客人,当然请上。"

这次他们从十四层一直升到十八层。再走上一层,到了1901房间前。敲门,里面并没有任何声音。等了一会儿,白云裳试推了一下门,门竟然开了,里面灯光亮着,但是没有人。她随手把大衣挂在架子上,进到卧室,床上是整整齐齐的,莫之因去推浴室的门,也是一推就开,清理得干干净净,不像有什么人来过。连小厨房里,他也查看了,很洁净,当然没有人。

白云裳把小皮包放在床头柜上,耸耸肩膀:"莫大少爷请回吧,主人一直没有回来,我等她一会儿。"

莫之因在梳妆台前的椅子上坐了下来:"你能等,我当然也能等。"他从烟匣里拿出他的古巴雪茄,点上火,一副赖着不走的样子。

白云裳一下子拿他没办法:"你到底想做什么?"

莫之因用他一贯看女人的眼光盯着白云裳,直截了当地说:"这么晚了你等于董能干什么?无非是上床呗!"

白云裳眼睛都瞪圆了:"莫之因,你当心你那张臭嘴!"

"这个罪名才不值得你惊慌——中国古人叫做'磨镜'。也是的,女人其实就是比男人有意思。你不会真的爱上于堇了吧?"

白云裳看看他,半晌脸无表情,忽然,她不好意思地笑起来,满脸溅红。

"你这个莫之因真不愧是上海第一风流男子,你怎么什么都懂?女人的事你也懂!"她格格地笑着,很不自在。

那天清晨白云裳从这间房子离开后,还有晕乎乎的幻觉,抚摸这个倪则仁的妻子的身体,完全是出于一种好奇心,可是也真过瘾,是她一点也不曾预料到的。那好吧,只要不将心向这个女人打开就行。她们都是顶尖的聪明又漂亮的女人,都看不起男人,完全明白对方要什么,也都能给对方要的东西。她真的太喜欢于堇——多少年也没有棋逢敌手的快乐。那么,何必与自己为难呢?

"给我说中了吧!"莫之因得意地说,"你动的什么心思,我全部能猜到。不过这么一来,你恐怕更加说不清楚了。"

白云裳更加高兴地大笑起来,穿过客厅,走到厨房的酒柜前,拿出里面的一瓶白兰地和两个高脚玻璃杯,回到卧室来。她坦然地说:"我倒是真正有点错怪了你莫兄了,可能正因为共事久了,距离太近,反而看不出你的智慧。你呢,从今以后,多多包容一些我吧。"

莫之因想,这个女人第一次对他说了一句发自内心深处的话。他们俩在工作上经常吵架争权,闹得不可开交。他最讨厌玩弄权术的女人,多少大事,就是被这种女人扰乱的。那天看到白云裳演戏,才发现她真是漂亮诱人,但是依然野心太大,令人不舒服。女人一旦骄横跋扈,就失去任何可爱之处。

现在这个女人被他抓住了把柄,开始服软,恳求他的宽恕。再要强的女人,一旦降服,就像个顺从的性感小猫。只有这样,才能恢复让男人欢心的魅力。

"你觉得这个于堇是什么人物呢？"白云裳虚心地问莫之因。

"她是大牌红星，住得起国际饭店顶层。这点不一定证明什么。但是我总怀疑：她的虚荣心真有那么强，要在上海滩摆谱？如果她是间谍呢，那就绝对是西方谍报机关的人。只有他们才关心日本海军动向，军统那班土佬儿，恐怕连巡洋舰与航空母舰有什么不同都不知道。"

看来这个莫之因倒不完全是个糊涂文人。可是白云裳脸上没有表情，她往一个杯子里给自己倒酒。倒好了酒，她才说："按你这么一说，我这个嫌疑就弄大了。莫兄，你得帮我一次，你不能把我和于堇的交往报告上去。"

"连'磨镜'也不报告？"莫之因看到了白云裳的眼神。他自己走过去，取了酒瓶，给自己倒了半杯。

"你说我喜欢女人。"白云裳声音甜甜的，对他深深地看了一眼，"女人的确比男人可爱，但是男人，我也并不是不喜欢呀。"她正从床头柜上小皮包里掏东西，莫之因早就等着她这一招，闪手一把捏住她的手腕，冷冷地说：

"找手枪已经晚了。"

他抓过皮包一搜，里面只有一个化妆盒和一把木梳。

"至于吗？"白云裳皱皱眉头，摸着被抓痛的手腕，但是没有发脾气，只是微笑着向莫之因伸手。她轻叹一声说："你真的就那么怕我？知道吗，女人的武器可不是手枪。"

莫之因脸上一红，他把小皮包递过去："对不起，我今天不知怎么一回事，可能喝多了酒。"

白云裳打开化妆盒，给脸上添粉，从镜子里看见莫之因从自己衣袋里掏出一根雪茄来，点上火。她声音平静地说："你莫之因不是一向号称莫大胆？想追哪个女人，就去追，真是的，磨磨蹭蹭有什么用？"边说，边把化妆盒放在小皮包里，然后把梳子放在床头柜上。

"我一直在追一个女人。"莫之因看着她在跟前妖娆地走来走去的样子，觉得眼前曲线乱晃，他开始感到自己已心旌摇荡得无法再支持下去。白云裳经过他眼前往梳妆台去，他忍不住伸手挡住她的身体。

白云裳打了一下他："别往歪处想！"

莫之因一把抓住她的手："你让我往哪里想？"

白云裳一抽手，莫之因不仅不放，反而用力，他的身体就被顺势拉了起来，两人一绊，就倒在床上，莫之因压住白云裳，就要往旗袍里边摸。

白云裳笑出声来，把气氛弄轻松了，她反过来脱他的衣服，两个人喘着气撕撕扯扯，不久就脱得身上只剩内裤了。白云裳如一条泥鳅，一下从他身底下滑了出去，取了梳子，往浴室里去。她从那面大镜子前经过，那美丽白润的肉体，莫之因看得心噔蹬地跳荡起来。

他也离开了床，跟在白云裳身后。她本来正在打开水龙头，见他进来，便把水关了。身子似乎恐惧地后退，一边朝他扔媚眼。莫之因笑了，这女人前戏做得很到家，吊足了他的欲火。

白云裳终于退到浴室门边的小桌旁。就在莫之因眼前，她把自己身上只剩下的那条半透明的内裤剥下。

莫之因也一把拉掉自己的裤子。他全身的血似乎都望下身冲涌，器官绷直，动脉贲张，青筋直跳。

白云裳背倚在门框上，半闭上眼睛，嘴唇红润，乳头上的红晕，尖尖地硬起来,急不可耐等着他上来的样子。

上海这人间仙境,每个女人如一场雾,来去无踪。莫之因心里涌出这感叹,径直冲了上去。他抓紧了白云裳皮球似的乳房,白云裳也真是一个不必装羞的性爱老手,一把就捏紧了他的器官。

两人身体互相在磨蹭,都激动起来,张开嘴喘不过气。

突然,莫之因整个人停住了喘气,涨满欲望的脸一下凝固住了。白云裳朝后退了两步,她的双手高举——他的器官被白云裳抓在手里,举起来,如斩断的蛇头一样喷出血,白云裳的右手举着一把尖刀。而莫之因本来长着器官的地方,满腔的血像一柱水龙一样猛射出来,白云裳洁白的肉体被喷得像个花豹。

她咬住嘴唇,颤抖着向后,退出浴室。莫之因一手紧紧地捂住腿根,一手指着白云裳,一步一跌地朝前跟着她,门框上、地板上、墙上都喷得鲜血淋漓。

"婊——子!"莫之因手越按紧,血从手指缝里喷得越远。他喉咙哽住说不出话来,他尚未感到刀割的全部疼痛,剧烈失血就使头脑眩晕起来。不到十秒钟,刀切的疼痛,使他猛地跌倒在地上,满地打滚,血喷得地毯上、床上、椅背上都是。他手抓住桌腿,梳妆台虽然没有倾翻过来,上面的花瓶却跌落到地板上,腊梅和水倾倒一地。他的剧烈抽搐翻滚,使血水乱泼乱溅。

他再看那女人,她的脸变成了于堇。他喃喃自语,我是见不到你了。

白云裳厌恶地把手里早就缩成一小团血块的东西,连血淋淋的刀子一起扔到莫之因身上:"自己装上去吧!"她心里一阵恶心,直想呕吐。

她走进浴室,打开水龙头,想把自己身上的血洗干净。不然无法走出这个地方,亏得她先把旗袍脱掉,放在一边,上面血迹不多。国际饭店门口站了那么多眼尖手狠的保镖,她尤其得把头发上的血洗掉,或许能混出去。

拧开水龙头,她一步跨入浴缸,洗了起来。做那么多年特工,还没有自己动手杀过人。她这是第一次知道杀人会有那么多血,而且血的气味那么特别,有一种甜津津的腥味。莫之因自以为聪明,还动手搜了小皮包,却怎么也不会料到那木梳里是一把特制的弹簧刀。

她倒是挺得意自己那一刀挥得干净利落。她想起日本军官们常说的武士刀第一刀突然挥出鞘,直击咽喉,一干二脆。那种勇武,痛快之极。

她曾经怀过倪则仁的孩子,但却是倪则仁不想要。"以后会后悔的。"当时白云裳对他说。那时倪则仁不想确定他们的关系。

这会儿,她想起这怀孕之事,她和他之间,到底谁会后悔?如果他们之间有一个孩子,或许她就完全是另一种人。

她始终不后悔。说是女人不做母亲,就会做魔鬼。看来,还是做魔鬼干脆淋漓。她第一次知道,杀人可以更美妙地达到高潮般的满足,就是来不及问问这头色狼,被利刀一挥宰了,是不是与射精一样痛快。

屋外有响动。白云裳警觉起来,她醒悟到自己还没有把那个知道得太多、又想借此占便宜的男人杀死。那人只是晕过去了,她那一刀虽然叫这男人活不了,但可能这刻还没有死。她想到此,赶快从浴缸里爬出来,全身水淋淋地冲出去。

正好一个血糊糊没有面目的人体,从浴室门口跌跌绊绊撞进来,绊到她的身上,把她扑倒在地上,她大声惊叫起来,却马上止住了——一把刀插进她的嘴里,就是她的那把尖刀。

三天前,她和于堇进电梯,说着几年前有一个年轻女人,没有注意电梯降在底层在修理,一步跨进电梯间,跌死了。当时,她对于堇说:"我们不会像她那样倒霉早死。"

"是的,我们总是幸运的。"于堇自信地说,"我们还要享受青春。"

白云裳嘴角现出笑容,血像鲜艳的花朵一样,从她的嘴里的刀刃周围喷涌了出来。她的手扶在滑溜溜的地上,想把自己的身体撑起来。

她发现,白瓷砖墙上有只蚂蚁在爬。这国际饭店不是远东最漂亮的饭店?怎么会有蚂蚁呢?这是她晕过去之前的最后一个想法。

几个人走进房间来,动作迅速,翻看地上被血染得通红赤裸的一男一女。其中一人用一把长刀子,对准男人的胸口就是一刀扎透。白云裳惊醒过来,想喊,却只发出了一声喷着血沫的呻唤,这声音提醒了来人,也给她干干脆脆补一刀。女人的血淋淋的乳房,使心口位置不太好找准,但这一刀也直接穿过了心脏。

他们扯过白床单,包裹两人的尸体。血还是浸出来,又将就用地毯裹了几圈。两个人扛一具尸体出去。扛着尸体的四个人,进了装货电梯,电梯往下降,降得比平日慢。他们发觉地上的一具尸体似乎有点扭动,就朝想必是头的地方,用后跟猛地踩了几脚,直到听见骨头碎裂的声音。

第十九章

　　夏皮罗把休伯特从密室里叫出来，他站着听夏皮罗说完了情况——夏皮罗一直带人从隔壁房间的监视孔看着莫之因和白云裳两个人。只要于堇有客，都有人值班监视——间谍工作向来都是如此，除非她打出信号不要人看着。这样做，也是为了于堇的安全。这是休伯特亲自布置的监视。

　　这次里面的人做的风流事，与他们无关。但是两人一直不走，会给于堇添麻烦。还没等夏皮罗想出把他们弄走的办法，最没料到的事发生了：两人互杀起来，只是互相没有杀死，血淋淋地乱滚，弄得房间一团糟。他们只好将房间全部清理过，最后连人带地毯一道处理：运到地下室的锅炉房烧掉。

　　"已经烧掉了？"休伯特问，他想今晚自己冒险来这儿是对的，果然出了意外之事。

"全烧成灰了。包括两人的所有衣物和凶器。"

"多少人看到?"

"总共有六个人:三个特别队员加上我,另外有两个锅炉工烧人,无法瞒过他们。"

"有不可靠的人吗?"

夏皮罗想想说:"只能说现在没有不可靠的人。那三个人此刻在擦抹房间。"

"也就只能求个此刻平安。"休伯特说,他拍拍夏皮罗肩膀,"做得不错,在这困难的时刻。索尔,我会报告上面的,美国总统会给你颁发荣誉勋章。"

夏皮罗笑笑说:"也只能求个此刻的荣耀。"

"连犹太人都会幽默了,这世界成了什么世界!"休伯特摇摇头说。

他回到另一间密室,进去之前,他回头吩咐夏皮罗说:"就劳驾你等一下,不管多长时间,半小时、一小时。你等在这里,让发报员也等着,耐心一些:发最后一封电报的时候到了。"

脸容憔悴、疲惫不堪的于堇坐在桌前正在专心地写字,休伯特走进房间时,她连头也没有抬。他坐下后,于堇抬头看了他一眼,脸无表情地低头继续写。

休伯特感到心里一阵绞痛,是她把于堇引到这个境况,他不像一个做父亲的,而于堇比女儿更女儿。所以他一声不响地坐着,虽然他心急如焚,也知道必须尊重于堇:她愿意说话时,自然会说话。

于堇在回忆与古谷三郎的全部谈话。回忆清楚当然是至关重要的,对于于堇来说也是痛苦不堪的,他知道这个女儿的洁癖——

道德上的,生理上的。休伯特的负罪感使他此刻再焦心,也无法开口。

于堇皱着眉头,这里划掉一些,那里添加一些,最后她终于放下手中的铅笔,叹了一口气。

"不舒服吗？"休伯特关切地问。

于堇没有回答,直接就说起来：

"首先,索尔给的药绝对有效,古谷有整整一个半小时处于亢奋状态。"她皱了皱眉头,"性亢奋,语言亢奋,几乎说了两个小时谵语,大部分与性有关,在我诱导之下,把性狂想与有关深藏意识联系。"

休伯特深深叹了一口气,把自己更深地埋在沙发里。当于堇带古谷三郎进入她的房间后,那边传来报告：于堇给出信号,不让监视者观看。他知道药助诱导是于堇的特殊训练的一部分,但是他不能想象那个场面。于堇白玉无瑕的身体,被那个日本人一次次地玷污。他不敢想下去：当年于堇结婚就让他难受了很久。这种事简直像把他放在地狱的火刑柱上烤。

"我问他,愿不愿意到一个更美好的地方去做爱,例如海滨沙滩,而且有Kabuki助兴的地方。"

看见休伯特的脸又不由自主地抽搐了一下,于堇知道他的心理,就稍稍停了一下,看到休伯特示意她继续往下讲：

"他似乎有点警觉,问为什么要Kabuki？我说我就是Kabuki舞伎,我是京阪一代的游女,是德川幕府禁女优之前,庆长年间初云大社的女巫阿国,江户时的著名的安藤给我画过像。我还唱了一段'博多小女郎波枕'。

"这样他就松弛了下来,说Kabuki会让全世界惊艳日本之美。

"我就问在什么海滨演出好呢？我要有棕榈、有沙滩、港湾对面有群山,还要有妖艳的蛮女服侍。

"他说有有,有蛮女,他能连御十几个蛮女。

"我问什么蛮女能有此幸服侍你。

"他说不要,不会要吕宋蛮女。菲律宾吕宋蛮女难看。

"他说马来蛮女,永远赤裸着身体,只在腰间围一条沙笼,腰肢扭动,手燃莲花,唱Kabuki绝妙——这是他自己提到Kabuki。

"我说我等不及了,我想看他如何连御十几个马来Kabuki蛮女。

"他说快了,几天就到了。

"我设法让他把这段话从记忆里忘掉,过了一段时间,重走了一遍,他依然走到这里:马来蛮女Kabuki。"

房间静得可怕,休伯特只是脱掉身上的西服,里面穿了一件毛衣。他知道于堇已经说完了话。这些话如果出自别的谍报人员,他不会这么紧张到连气都换不过来,可这是于堇。

"完了。"于堇长叹一口气,"此后有十多分钟平静,他醒来全不知道说了什么。"

说完,她把头伏在桌边,闭上眼睛。休伯特知道最好不要去安慰她,任何安慰都没有用,她献出的太多。想象于堇在床上为那种男人唱那种调子,他决定把自己印象中的听到过的Kabuki记忆全清除,那种仪式化令人厌恶。

于堇汇报的这段话,不再需要解释。初战之地,虽然可能性很多,值得偷袭的只有两个地方:一是菲律宾苏比克湾,西太平洋美军空军的几个机场都在那里;另一个地方是新加坡,那个军港控制中东油道,马六甲海峡控制着荷属东印度的石油。

毕竟迫使日本非战不可的是英美荷各国持续大半年的有效的禁运,尤其是封锁马六甲海峡,本来日本石油储备只够支持一年半战争。日本不开战,就只能自动休战。

其余的地方:香港、关岛,都有价值,但不值得用F集群那样大规模的海军偷袭。

不过,菲律宾虽重要,却在台湾机场的支持航程之内,陆军轰炸机即可执行任务。没有必要用那么多航空母舰。

"马来蛮女歌舞伎",那么当然是新加坡。三天前,12月3日,英国海军三万六千吨的最大巡洋舰"威尔士亲王号"及副舰"却敌号"从欧洲远程赶到,已经与远东舰队会合,进入马六甲海峡。哪怕有马来亚机场协防,这支新组成的远东舰队,有能力经受得住F集团的袭击吗?

休伯特额头迸出了冷汗——武士刀指向新加坡!

他站起来,走到于堇身边,摸摸她的头发,她的头发是湿的,她的额头也是湿的,他一摸,火烧一般烫。他低下头说:"我的孩子,你在发烧,你马上回房间休息,我让医生来看你。"

于堇依然闭着眼,只是说:"我是该休息了。"她站起身,扶着门框走出去。在于堇进入过道之前,他似乎要寻找她的支持似的问了一句:"马来蛮女歌舞伎,对吗?"

于堇毫不犹豫地点点头。

休伯特跟着出来,看见夏皮罗还在耐心地等着,他说:"你送于小姐回房休息。"

他回过头,把电报室的门关上。这个消息,他连夏皮罗都不能告诉。

"十万火急电报,A级绝密。"他对电报员说,"你先联系上。"

电报员说:"那边一直在等,知道你要送急电。"

"F到新加坡演出。"他说。

"就这一行字?"电报员说。

"就这一行。要回复！"休伯特命令道。

过了一会儿,就收到回复。休伯特松了一口气,但是紧跟着有了下文:"可靠程度？"

休伯特说:"回复:非常可靠。"

他突然一想:要是错了呢？不,不可能错,他从心底里认为于董不可能错,只是谍报工作的规范使他不便说百分之一百。

将军们说,打仗是种艺术;情报大师们说,侦探是种艺术。他刚完成了他精心布置了几个月的一个行动,可以说,步步紧扣,险像环生。但都临场应变,击败了对手。等到现在达到了目的,他却觉得这种事根本不是艺术,这是糟践自己,消耗生命,而且冷血残忍。

第二十章

门没有关紧,于堇等着医生来。她头痛欲裂,一辈子还没有如此痛过。饭店值班医生来了,诊断不出什么名堂,说是疲劳过度,问她多长时间没有好好休息了。她说半个月,半个月了,每夜靠水氯化醛强度安眠药才勉强睡几个小时。

医生问半个月中除了失眠还有什么症状。她想想说,可能兴奋过度吧,从来没有如此兴奋,工作实在太忙。

医生给开了阿斯匹林,说这次不要用水氯化醛,你睡着了就能放松。

她说,她难睡着。她请求医生给她打一针强镇定剂。

医生观察她的眼睛,又听听她的心跳。最后测了一下血压,才同意了。他让于堇好好睡十个小时,最好睡一天一夜,完全恢复疲劳后,一切症状就会消失。

"十个小时？"于堇想,十个小时之后,是哪一天呢？现在已经是12月5日夜里,该是12月6日凌晨两点左右。

睡意袭上来,她觉得自己回到一个后院,那是五岁的她,一个大眼睛的小女孩。她对母亲说,有人要把她放在电风扇上。母亲不理她。又是一天,她从幼稚园回家,在路上,她指着一户人家的花盆,对母亲说,有人想把她埋在那个花盆里。母亲低下头来看她："乱说。"母亲的声音很生气。

又有一天,她听见早出晚归的父亲出门了,她跑下楼梯,大哭。母亲问她怎么啦。她说："他们要把我钉死在这墙上！"母亲从未打过她,那天却打了她几巴掌,但她并未止住哭,继续说："还有爸爸,他们要砍下爸爸的脑袋！"母亲这才吓得住了手,抱住她,脸色发白,嘴唇发抖。

她有预感,父亲的眼光中满是信号,不过别人看不出来,只有她能说出来而已。她担心失去家庭,只剩下她一个人。她的恐惧,终于在那个傍晚变成了现实。她与母亲往一条弄堂奔跑,她跑呵,喘着气跑,在黑暗里不知方向地奔跑。失去家庭的恐惧,最能摧毁人的生存意志。从前是,现在是,说什么也不能失去弗雷德和她组成的这个家。

在跑出那条弄堂前,我可以停一下喘口气吗,我的上帝？

于堇房间的楼下,正是密室,对方又有回电："务必保持电台一级联系,保持与情报源的联系。"

休伯特走出来看到夏皮罗已经回来,忠诚地守在密室门口。他在椅子上坐下来,对专为他准备好的一杯香喷喷的咖啡,看都不看一眼。

夏皮罗发现就这么一个晚上，他的上司的脸上增添了许多皱纹，一下衰老了几岁，夏皮罗告诉他："医生说于小姐是积劳过度，充分休息后就会好的。"

休伯特听了夏皮罗的话，目光柔和多了，他按住夏皮罗的肩膀："老朋友，我们不得不再坚持几天。这两个汉奸失踪，明天，最晚明天下午就会引起怀疑。日本人知道，这两人最后被人见到，都是在国际饭店，必定会来搜查。上次倪则仁被杀，亏得你早就掩藏电台，日本宪兵无所得。这次却有麻烦：上面命令我们必须保持电台联系，那就不能拆。"

夏皮罗说："只要我能知道日本宪兵什么时候来，提前半个小时，肯定能藏得一干二净。"

"这次不比上次。日本人的惯技：是借有人失踪寻衅。电报机能藏，这两个失踪者都与于董有关，于董怎么藏？"

于董现在处于危险之中，日本情报网一向灵敏，肯定会顺藤摸瓜，迟早会找到于董身上。即使休伯特不说出来，夏皮罗也能猜到。

夏皮罗没有回答，休伯特捶捶脑袋："她的任务已经完成，该让她快点离开，但是她在生病。巴拿马船'雷梦娜'号，后天上午从上海出发去香港，那时日本宪兵已经在到处找人了。而且到那时，香港并不比上海安全。若是走富春金华去内地，此刻马上汽车出发，明天都过不了日军检查站，被扣下来更危险。"

"医生说于小姐已经累垮了，现在需要休息。"夏皮罗说，"H先生，你别太担心她，她年轻，体力恢复快，还是该想想你自己避到哪里去。"

"我这把老骨头？"休伯特说，"我还是开我的旧书店！已经是旧书，永远是旧书。你却是首当其冲，你最需要躲。"

"我？"夏皮罗说,"现在连中国大使何先生都已经逃离奥地利,这个人很勇敢,过去几年他继续发给犹太人中国签证。我忘了告诉你一件事,上海犹太人中已经传遍了:德国人在波兰,已开始用大型货车屠杀犹太人,一次能用毒气毒死几百人,我看今后会用大仓库毒死犹太人!"

"索尔,"休伯特安详地说,"不要太感情用事。要杀掉几百万犹太人,就不是打仗时做的事。德国人讲效率。"

一向沉稳的夏皮罗却激动起来:"你们英美人永远不会相信!你们戒不了盎格鲁-撒克逊自由主义的毛病!"

休伯特不说话。他没法说什么,只说:"我认为我是法国人。"

夏皮罗平静下来,笑笑说:"我这么说,只是想告诉你,我是全上海最没法躲,也不必躲的人。当初从纳粹的魔爪里逃脱出来,我就准备好了这一切。这点,你最清楚。我现在已不在乎我的家人在集中营的生死,我只在乎整个战争谁赢谁输。"

"我相信,你是个硬汉子。"休伯特看着夏皮罗说。但是他不能不先考虑于堇的逃路,他的任务还没有完成。对付日本人,一切靠精密的安排。"明天起,你开始一级戒备。后天——12月7日——你就进入最高戒备。国际饭店这一头的事情,一切靠你临场处理,不必请示我了。明天我就探问于堇撤出的路。"

洗完澡,于堇忘了带衣服进去,真是心累到乱了方寸的程度。雨下得很大,她来不及想,仍是将原来那件旗袍穿上,半长的袖子,有点喇叭状。她打了个呵欠。她拿着梳子在床上坐着,连头都不能梳,梳齿一碰头皮就痛。

不过阿司匹林还管用,她的头痛好多了。头一靠近枕头,睡意袭来。不对,于堇觉得自己是在做梦,她已意识到了这只是一个梦,但就是停不下来,醒不过来。

房间里进来一个打扮得妖里妖气的女人,她把于堇的梳子拿起来看,对着镜子梳头。

完全相同的梦,和她到上海第一天夜里做过的梦相似。于堇从床上坐起来,到那女人面前。女人拉起她的手,到窗前,看见浓浓细雨之中,她的黑贝雷帽随风缓慢地飘落。于堇往下看,深不见底,她好怕,这地方是上海破产富人自杀的第一选择地,就是因为地点最高,上海之顶。女人对她说:"就这样开始。"她拉得很紧,于堇想把手抽出来,怎么也抽不出。而海水汹涌起来,涨起来,浪好高,扑到她的面前,扑到这上海的至高点,这么说,整座城都在海水之下。上海已快成了海下之城。

她挣扎,几乎要喊起来,把自己弄醒了。

一抹身上,浑身是汗,屋子里是漆黑的。她扭开床头灯看闹钟,是六点。

她想,这就奇怪了。六点,那就是说,我打开窗帘也弄不清是早晨六点还是晚上六点,晨光和暮色如何区别,尤其在这个初冬阴雨时分。

想到这里,她又躺下,但是睡不着。

她想起在好多年前的事来,读教会的寄宿学校,准确地说,她还是个小姑娘。她和同学吵架,同学说她不是孤女,是常来看她的那个叫休伯特的私生女。她每次听了都很生气。休伯特带她出去看电影,或是到自己的店里让她随便翻书。他叫她Jean,也坚持让她叫他Fred。美国同学说这就是父亲心虚,因为她母亲是个中国妓女。她们用手指扒面皮做鬼脸,笑她有中国人的杏仁眼、吊眼角。

于堇的父母神秘死亡的事,是一道盖不住的伤口。不错,是母亲亲手把她交给休伯特。母亲天天在家,教她识字,弹琴,家里就父亲一个男人。

可是,少女的心,带着迷惑,为什么是休伯特呢?难道母亲是死前认识他的?那些编故事的同学当时都是她一般大的女孩,女孩子的话怎么可以当真,她身上没有混血儿的任何迹象。

如果同学的解释是真,反而好,她渴望父母的心,就会觉得有了安放之地,至少休伯特是母亲为她选择的保护者,他也尽职地把她当作自己的孩子一样抚养。

休伯特不喜欢谈这种旧事,只是沉默地看着她坐在书架前,一边吃巧克力蛋糕一边翻书里的插图,哪怕她不小心把书页弄脏了,也只是笑笑,帮助她擦干净,然后把书价减掉半元。那时他们的猎狗珂赛特还在家里,休伯特在周末的黄昏是一手牵着她,一手牵着珂赛特。珂赛特聪明又温顺,是她忠实的守护者,不让外人靠近她。有时休伯特礼拜六下午有事,珂赛特能穿过好多街,独自来到学校门外,静静地候着她出来,陪她回家。

有好几次,她很生气,对休伯特生气,气他心太好,让她不敢破坏他们之间的关系。她后来就拒绝跟那些西方女同学交朋友——或者说,她放弃了跟这些肤色不同的人交朋友的努力,任其自然。她看出这些人哪怕愿意跟她说话,也是一种有意做出的"降低身份"的姿态。

直到珂赛特离去,只剩下他和她两人。

当她从女子寄宿学校毕业后,休伯特没有问她的去向,只是说,如果她同意,他可以送她去美国读大学,休伯特在美国唯一的亲属是一个老表姐,住在田畴宁静的俄亥俄,那里有个世界有名的肯庸学院,英文系尤其突出。

他想让她去过安宁的美国田园生活,或许有一天他自己也会离开上海水泥丛林的繁华躁动，回到田野上去。即使于堇不喜欢生活在美国，也可以回到上海，做一个出色的英语教师。而且，天知道，她可以成为一个英语作家，她的敏感多思，她读过那么多英文经典，都会让她跻身勃朗特姐妹之列。事实上于堇的语言能力是超类拔群的，中文也和英文一样的好，要是她愿意做中文作家，也很不错。

但是于堇却完全不想走休伯特设计的这条人生之路，她考进了联华的演剧训练班，开始在银幕上演小角色。不久开始演主角。忽然就一夜成名了。

不到几年，完全不跟休伯特商量，她出嫁了，嫁给了一个中国人，是个年龄比她大九岁的银行家。休伯特对那个小财主印象糟透，认为他根本配不上于堇。他问她看中此人什么？

"就为他有钱"——她这样解释给休伯特听。休伯特很不高兴，问她什么时候缺钱用过。他既然能供她上寄宿学校，也就能有钱供她任何需要。

于堇用英文一词一词地说清楚："我要的不是用的钱，我之所以演戏，之所以嫁个有钱人，就是要给上海的洋女人看看，我比她们有钱，也比她们更光彩。"

这话把休伯特吓了一跳，到这时他才明白自己一直没有能接近于堇的心，他的全部爱在这点上——浅浅的一层肤色上——无可奈何地被切断了。他们之间，可以亲密如父女，平等如朋友，甚至相依为命，但是从来没有达到完美的相互理解。

与倪则仁的关系后来一团糟，于堇才明白，用爱情之外的动机维持婚姻是愚蠢的事。结婚不是做给别人看的，是自己的生活。她对阔太太的生活，其实并不感兴趣，从小和休伯特一起，他们的日子充满文化情趣和读书之乐。到了最后，当她弄清倪则仁钱的来路时,就把倪则仁赶出卧室,关上门,一个人静静地躺在床上。几个小时之后,就毅然回到了休伯特身边。

那一阵子,她和休伯特的想法非常一致。那个回家的晚上,两人喝着咖啡,几乎谈了一个通宵。一段时期,有共同的敌人,使他们重新亲密无间。

于堇把两个枕头叠在一起,垫在后背。这次像有一个棒子,打到头痛得炸开的程度。这次他们俩的冲突,却不如以前那么容易解决。现在很清楚,她的冲动的后果了。头又开始剧痛,如同有锯子在一厘米一厘米地分剖开头颅。

我的天,于堇想,难道我无法摆脱这头痛了。这想法,使她冷汗沁出额头。停止想这件事,或许一切不是她判断的那么一回事!那么,值得想这么多吗?

终于她又睡过去了。

当她再次醒来时,起身拉开窗帘,阳光不错,雨后现出的阳光从云层中漏下来,空气异常好。肯定是中午。看看钟,十一点二十分,那么就真是12月6日上午。

打了订餐电话之后三十分钟,一个侍者装束的人送来西餐。于堇不知道这个人是侍者还是负责她安全的许多人之一。于堇迅速地吃光,把刀叉放在盘子上。

她走到梳妆台前,看着镜子里的自己:气色太差,既疲惫又憔悴。便掉转身,躺回床上,凝视对面一整幅玻璃窗,她惊奇地发现,本来艳艳的阳光阴下去了。但愿不要下雨。这是第一个念头,第二个念头,但愿过去的那一夜全是个梦。

这么想了之后,她记起了,今天是星期六,晚上还要去兰心剧场,得恢复"盛大演出"了。想起《狐步上海》这个剧,她突然觉得实在太可笑,太荒唐。要各方面通得过,粉饰太平,这点她能理解,但是什么舞女跳楼,为了爱情!那个莫之因还自认为是"日本新感觉派的中国传人"!真是太恶心!

当然,她可以从此不演,让那个爱虚荣的白云裳去演全剧,她把演酬全退给谭呐,看他有什么话可说!

这个想法,让于堇很兴奋。她想她应当马上打个电话给谭呐,及早请病假。

她若有所思地坐到写字桌边,从头脑里搜索电话号码,却记不起来了。很奇怪,以前她记住这种数码轻而易举。她从来不用笔记,现在怎么办?

正在她着急的时候,忽然发现房间里铺的那条巨大的波斯地毯颜色不太一样:以前的地毯边缘的流苏旧了,长短不齐,现在的流苏很新,长短整齐。

难道夏皮罗给我换了新地毯?什么时候换的?我睡觉时不可能换,因为家具压在地毯上。我不在的时候?那只有在昨天晚上,我到楼下密室和休伯特在一起——我在那里有两个小时之久。不过,有什么必要换呢?

她突然明白在这房间里恐怕发生过什么事。于是她把对着跑马厅和黄河路的窗帘全部拉开,让刚有点开晴的天光直射进来,而且开亮房间里所有的灯。

她从箱子里取出一个放大镜,拉起地毯仔细地看,地毯的确换过,不然几天之后,下面就会积起一层细末灰尘。现在打蜡嵌木地板干净明亮,明显是才打扫过。

她趴在地上沿着墙角查看过去。墙脚似乎太干净,但是在一个椅子脚背面,有点污痕,她用手一抹,是乌黑的,她从卫生间里取了一张纸,蘸上一点水,再蹲下一抹,果然乌黑化开是红的,是血污。

　　肯定发生了事,事情就发生在这个房间里。她清晰地记起自己两次做的陌生女人进屋的怪梦。那就是征兆。好像是她被鬼神迷住的几分钟,好像所有的窗子通通自动敞开,狂风吹卷着窗纱。而这一次她睡得太沉,同样也感觉到了。于堇仔细想了一下,是否跳过夏皮罗去问休伯特,她再思考一下,觉得夏皮罗不会瞒着上司做什么事。

　　想了几分钟后,于堇终于拿起电话,她觉得自己的声音在发抖——难道夏皮罗和休伯特背着她做什么事?她看到更明显的问题:休伯特送给她的腊梅花,用了另一个瓷花瓶插着。花瓶有点像,但绝对不是原先的,她从小看着的,不会错——这就是事实。原来的花瓶不见了,调了包。

　　夏皮罗正好在办公室里,听见是于堇,他高兴地说:"终于睡醒啦!我们好几次要给你送吃的,每次听不到一点动静,不敢打扰。你现在是上餐厅吃,还是在房间吃——早餐还是晚餐?"说完最后一句,他自己笑起来。

　　"谢谢你,我吃过了。"于堇的声音清脆,完全听不出任何不快或情绪,"不过索尔你能不能立即来一下,我有个重要的东西要请你看。"

　　"当然,"夏皮罗说,"一分钟就到。"

　　果然没隔一会儿就有人在敲门。夏皮罗进门,看到于堇很高兴:"太好太好,你气色不错,昨天夜里,我看你真要垮了。"

　　于堇说:"索尔,你能给我解释一下这个吗?"她指茶几上那张有血污的纸。

夏皮罗惊奇地睁大眼睛："于小姐你流血啦？"

于堇拿起纸，走到里间，把那椅子翻倒，在椅脚上擦了一下，又是一道血污。

夏皮罗接过纸来，看看，然后用纸把椅子的四个脚都使劲再擦了几下。确信没有污迹了，这才走到卫生间里，扔进马桶，拉响水箱，让水把纸抽了下去。他走出来，把椅子摆正，然后坐下说：

"是这么回事，舞会中途，那个莫之因不知发现什么，几次想走上楼来，被挡了回来。你把那个日本人送到了楼下电梯时，我们把这个房间迅速清理了——当然你知道的。不久之后，舞会散了，莫先生与白小姐在走廊里吵起来，要跟她一道上楼来，已经到了这一步，只能让莫先生上来再说。我亲自过去密切注视你的房间。他们俩到你房里坐下来等你。不久两人就打起来，互相用刀刺杀对方。"

"噢！"于堇禁不住叫起来，"谁杀了谁？"

"谁都没能杀死谁，但也互相杀得活不了，主要是房间被弄得像搅番茄酱机器——对不起，我以前经营食品加工厂——这个比喻不伦不类。"

"到底谁杀了谁？"于堇嗓音都变了。

"是我亲自动手把两个人都结果了——免得他们继续狂热地生产番茄酱。"

"用什么杀的？"于堇控制自己，不让自己叫出来。

"于小姐这你就不要问了。"

于堇也镇静下来："所以白云裳死了。"

她心里有点不是滋味，这结局超出她的预想。

"他们不得不死，莫先生指责白小姐因虚荣犯了重大泄密罪行。"夏皮罗说，"矛头直指向你。"

"所以他们两个都死得明白，"于堇点头说，"这也好。"

"很抱歉,于小姐,房间没能完全打扫干净。我马上去叫人来重新打扫。"

"犯得着吗?"于堇觉得奇怪,"有谁会像我这样仔细查看?"

"日本宪兵。"夏皮罗简短地说。他从窗口往下看,周末的南京路人头攒动,但没有异样。

"我明白了"于堇拿起钥匙,又放下来,"我到十一层去喝咖啡,你们补一下。不必锁门。"她朝客厅走去,"索尔,他们俩那么一折腾,H先生给我的花瓶,肯定不在了。"

"在,只是碎了。"夏皮罗说着,把写字桌的抽屉打开,一张报纸包着那碎成几片的花瓶。"对不起,于小姐。"

于堇走过去,端详那蓝绿双色的手绘古老花瓶碎片。

夏皮罗知道她心疼这东西,劝说道:"补不了,所以,我就放在这儿。"

在十一层餐室,于堇坐在正对着南京路和跑马厅的桌子,要了一杯咖啡一份蛋糕。天光并不暗,但雨不为人察觉地洒落下来,她在长袖旗袍上加了根白丝巾,坐在那里,看着蒙蒙小雨中的景物,大白天那种捉摸不透的气氛,比深夜更可怕,她感觉这个中午太漫长,时间都停止流动。今天休伯特说好会见她,而且,她听出休伯特的口气,是要安排她迅速离开上海的路径。

但现在,她担心与休伯特见面了。

她侧转身来,餐室里还是有不少中西时髦人物进出,似乎什么都没有发生过。

有两个富家小姐,突然从桌上站起往这边走,看了又看于堇,两人咬着耳朵。一个像中学生,一个像大学生,她们突然跑到于堇面前,脸上飞红,对于堇说:"请于堇小姐给我们签个名留念!"说着从背后掏出一张于堇以前的剧照来。

于堇向侍者借笔,签下名字。两个女孩笑开了花地恋恋不舍走开。于堇把笔还给侍者,她看出这侍者可能也是夏皮罗派来保护她的。

这时,她看到一个白衣白衫的女子走进来。一时她觉得是白云裳,她想起来自己今天本来想叫此人代为演戏。她无法想像白云裳被莫之因刀刺后是什么情形,她的漂亮的旗袍变成了什么样子。

就她本人而言,她不必恨白云裳;就白云裳本人而言,白云裳死的时候也不会恨她。这个女人自以为什么角色都可以玩一玩,演一演,却没有想到她的最后演出,是如此血腥。

于堇这时不想把自己与这个女人的事,放在政治天平上衡量,最好的做法依然是忘掉。

就这十天来的于堇与白云裳的亲热程度,如果日伪方面要找白云裳,首先就会到她房间里找,首先找她要人——哪怕不抓她走,也会盯住她,不让她从上海走脱。实际上他们这个国际饭店里不可能没有埋钉子。那么,她继续去给谭呐演戏?如果白云裳已经不能代她一半戏,上海的颓废萎靡无疑是个更荒唐的笑话,一场毫无意义的春梦。

头痛又如海潮席卷而来,痛得像要裂开,真是要裂开,裂成两半。那恐惧的塔,已经被一只焦黑的手锁住门。直觉告诉她,那只手正向塔尖攀上来。

不行,于堇在心里对自己说。她向侍者借过笔,又向柜台要了一张纸,匆匆写了一行字,想想,又加了一行字,仔细折叠起来。

就在这时,街上传来刺耳的汽车刹车声。"说来就来了!"她把手中的咖啡一放,朝窗外探头一看:是三辆日本军车,上面满是日本宪兵,擎着上了刺刀的步枪。明显他们又要搜查国际饭店。

一转身,她拿起桌上那张纸,飞快地朝电梯奔去。肯定这个饭店各个边门都被包围了,再过几秒钟电梯也不能用。于堇对开电梯的侍者叫道:

"快,直上十九层。"

"对不起,这客户电梯只能到十八层。"

"就十八层,快上去。"于堇说。

到了十八层,她快步跑上楼去,冲进自己房间。夏皮罗还在指挥几个人清理她的房间。这里楼层高,听不见街面上发生的事。于堇喘着气说:"日本兵已经在下面,你快去对付,这里交给我。一切由我处理。"

夏皮罗马上带了他的全班人奔出去:电报室首先要清理。但是于堇跑出门来叫住他,塞给他一张字条,叮嘱道:"亲手交给H先生,不能给任何人看!"

夏皮罗点头,奔跑着离开。

房间里只有于堇一个人。她静静地坐在窗边的独椅上,呼吸渐渐平稳下来,但是头却更加痛。手腕上的秒针差一分到两点,她觉得杀白云裳的刀子正在割开她的头颅。忽然走廊里传来日语声音:"应该就是这两间房。"

另一个日本人把两个房间都用劲地敲:"于堇小姐住的房间。"

有个军官在吼喊:"应该是这间!"

"对不起,于堇小姐在休息。"是侍者的声音,他在设法拦住闯入者,给于堇多的时间。

"把他抓起来!"日本军官不高兴地说。

"凭什么抓我？"侍者在挣扎。

门外一阵骚动，一连串的脚步声跑来，踢打人的声音。

于堇难过地闭上眼睛，她站了起来，仿佛已经看见刺刀在闪光。

她匆匆地看了一下镜子，穿戴得一丝不苟。可能因为写了那个纸条，一下子解除了心病，她脸上又是容光焕发。就是在这一瞬间，她的眼睛变得有神，像站在一个突然升起大幕的舞台上。她对着门口的敲门声，声音朗朗地回答："门没有锁，请进！"

门被粗野地推开，五六个士兵分两列站在门口。两个军官走进来，脸偏瘦的一个，有礼貌地说中文：

"于堇小姐，打扰了，请告诉我们白云裳小姐在哪里？"

请求中就埋了钉子！于堇一声不响地站起来，窗子是开着的，稀稀落落的雨水中，冬日的寒风把阳光漂得淡白，窗外是漫无边际的上海，屋顶连着屋顶。她一声不吭，她没有必要回答。

两个军官没有得到她的回答，于堇既不肯定也不否定，弄得他们不知如何问下去，互相说起了日文：

"是不是拘留她？"

"原先的命令，只是说在原地严加查问。"

"十八层发现了电报机，这也不是原先计划估计到的。"

于堇心脏收紧了，跳得很厉害。他们发现了电报机！夏皮罗怎么样了？天哪！该不是她为血迹的事耽搁了夏皮罗？不过她的脸上仍然平静如止水。她心里马上做决定，而这个决定也不是原计划之中的，但她比这两个日本军官权力更大，她不需要听任何人的命令，她有能力随时变更。

"于堇小姐，对不起，请跟我们走？"级别高的那个军官做了决断。

"如果我不同意呢?"于堇冷冷地说。

日本军官两人相互对望一下,态度马上变了,一人举着手枪从床边向她靠近,一人边拨手枪边从她的右侧靠近。于堇还是站在原地,她知道是该自己走最后一步棋的时候了。她将右手优雅地抬起,那意思看来好像是:不必急,我跟你们走就是了。

果然,两个日本军官停步了,但是枪没有放下。房间里的电话铃响了,声音在安静的高楼上,在这种时候尤其刺耳。卧室的三人都朝电话这个方向看。电话铃响第二下时,从房外早就跑进一个日本军官,拿起电话,不快地对着话筒说:"什么事?"他说的是日语。

话筒那端却没有声音。

于堇猜得到会是谁打这个电话。当然不会是夏皮罗,那么一定是谭呐。"对不起,我必须接这个电话。"她坚决地说。她想,现在装在心里许久的话都能说了,没有什么保留的必要了。因此,这个电话无论如何要接,哪怕说一句话也好,也可了结心愿。

客厅里那个日本人进来了,对瘦一点的军官低语。然后此人抬起头来,面带微笑,声音却很冷:"不用接,跟我们走!"这命令使那两个持枪的日本军官朝于堇又逼近了一步,说话的日本人朝于堇走过去。

于堇朝他们一笑,笑得很骄傲,然后一个转身,这个动作她在香港练得最熟:一个快速鱼跃,可以避开袭击者已经射出的子弹,躲到障蔽物后面。

她只略略一蹲,猛地蹬腿,转眼间她的身体就平地腾空,跃出窗去:头朝下、手臂直伸在前,这个姿势可以使她的体位在空中一直不变形。这是她最后的演出。

上海,像出生时吮吸你的空气一样,我要亲吻你的街道。

第二十一章

一直到12月6日半夜,已经快到12月7日凌晨,夏皮罗才从这次搜查中脱出身来。天上仍飘着雨点,这雨如同春天一样,没完没了的,下得人筋骨酸软,头脑昏眩,甚至心跳都加快。

他没有叫车,有三轮车驶近,并且停在他面前。他想了想,坐了上去。回想这半天,他感到汗颜。他怎么对休伯特汇报发生的这一切?!

果然如休伯特所说,他没来得及藏好发报机,日本人不像上次那样乱搜,而是直冲两个目标——发报房和于堇的房间,看来是预先有情报探知了内幕的。日本人砸房间的家具,乱砸书橱,直捣心脏。甚至找到了暗钮,进了最里间,搜查出电台。

夏皮罗平静地对日本军官解释说,这是商业用的电台:汇丰、花旗等银行留守的人已经不多,共用这个台,与香港联系,以便知道如何处理金融债务。各行密码不一样,他们只管发报收报,看不懂电文,对电文内容也不负责任。昨天上海各西方银行同时通知客户"对存款不再负安全之责,"各银行准备好了现款对付抢提,就是靠这电报机联系安排的。

日本人凶狠地吼,他只当听不明白,坐在椅子上,坚持自己的说法。日本人明白夏皮罗是关键人物,刚想把他强行绑架走,就听到士兵赶来报告,然后夏皮罗的手下人也赶过来,大喊:"不得了,于堇跳楼了!"

夏皮罗一听,站起来,马上变了一个人,如一头受伤的豹凶狠地吼,指责是日本军人把于堇推下去害死的,他一定要马上报告租界巡捕房,立即拘留冲进于堇房间的全部日本人。

日本军官也被突然发生的事弄糊涂了。士兵还占着国际饭店内部,夏皮罗和领头的军官坐电梯赶到底楼。夏皮罗冲出去,看到了就在南京路街中心躺着于堇的尸体。日军的军车封锁住饭店入口,但是于堇跳得很远,着地的地方已经到了街的南半边,鲜血流了一地,头颅后裂开,惨不忍睹。

她的高跟皮鞋还在脚上,高领的长袖旗袍、仍在脖子上的白丝巾,溅满了血。

日本宪兵早就把现场封锁了起来,行人只能隔着刺刀观看,但这样拉开一个距离,看到的人反而更多,许多人在附近的大楼上,在对面跑马厅的看台上拿着望远镜看,还有人在拍照,日本宪兵吼叫想阻挡拍照的人,却引出一片抗议声。

不久租界工商局董事和巡捕长赶到了,夏皮罗指责是日军把于堇推下来的,是谋杀,巡捕长当场要求带队军官交出进入于堇房间的人。带队军官只好和他们一起到十九层,自然于堇房间一个人也没有,门都打不开。

夏皮罗指责日本宪兵伪造现场,说十一层餐室很多人看到于堇好好地坐着喝咖啡,没有任何自杀迹象,喝完咖啡就回到自己房间。

在这期间,于堇的尸体一直停在马路中心,夏皮罗不让日军搬走,他想让更多的人看到这个上海最有名的明星,被日军害成什么样子。

日军最后只同意"继续调查该自杀案",电报机的事就不了了之。尸体由租界巡捕房负责收捡做法医记录。

一直闹到下午五点日军才走。夏皮罗松了一口气,坐在那里,突然回忆起于堇死时的惨状,泪水滚滚涌来。他无法抑制自己的悲伤:于小姐是一个敢于把一切独自承担下来的勇敢的奇女子。

夏皮罗坐在三轮车上,本来想早一点去见休伯特,但是饭店里明显有内奸,他只能在绝对无人的时候才能脱身。

现在离四马路近了,他却希望三轮车慢下来,他实在不知道怎么对休伯特开口。他曾向休伯特保证过用生命保护于堇,于堇却在他的眼皮下面惨死了。

在这天中午,休伯特的左脚就颤抖。这是一个不好的征兆。玛雅人喜欢占卜,如果占卜者的左脚发抖的话,灾难即将降临。但是他从来不信预兆之类的玩意,哪怕理性不够用,他也坚持用理性来判断事物和人。整个傍晚,休伯特听到窗外街上不停有报童在叫喊:"买报喽,于堇跳楼!""特大新闻,于堇惨死!"

最初这声音几乎把他叫疯,但后来他反而想听这些孩童的叫声,好像是提醒整个上海。

半夜这时候,整条街已静寂无声,休伯特听到敲门声,头也没有掉过来,问是谁。

"H先生,是我。"夏皮罗说。

休伯特打开了门,拍拍已秃顶弯腰的夏皮罗的背:"年轻人,进来吧。"他把夏皮罗让到自己身边的一张藤椅上坐下,回到他的椅子里。

夏皮罗看到休伯特在安详地喝咖啡,周围的书堆积如山,简直像战壕工事。

"索尔",休伯特说,"我知道你不会忘记那本《少年维特之烦恼》。"他从一排书的后面抽出了那个本子,翻开来,给夏皮罗看。封内页上写的两行字,一边是歌德题签:"自备待修改本"。但是他从来没有改过一个字,这就是定本。另一行龙飞凤舞的大字:"无意志者无烦恼——尼采"。

"你看这能是假的吗?千金难求啊!"他珍惜地抚摸着书的精装皮革封面。

"H先生,"夏皮罗说,却哽咽起来,"于小姐,她……"

"嘘——"休伯特要他住口,明显他什么都知道了,而且之所以在桌子上摆了两份咖啡,并不是等他而来,而是为了于堇,他在与她的灵魂说话,在他来之前,他可以想象休伯特是如何痛苦揪心。夏皮罗坐了下来,接过那本珍贵的《少年维特之烦恼》,但是放在桌上。

休伯特说:"我们的心总是像狗一样吠叫撕咬,已经睡着了的狗,弄醒它干吗呢?"

夏皮罗从内衣口袋里掏出一个折叠成四角花的纸片,少女递信常用的方式。"于小姐在最后一刻交给我,要我一定亲手给你的信。她让我不能让任何人看。"

休伯特没有料到于堇会留信给他,他拿在手里,像拿着一块烫手的铁片,觉得不祥,担心有更糟的事。最后他小心翼翼地一层层翻开,看到匆匆用铅笔涂下的英文:

歌舞伎将在夏威夷演出。昨天不告诉你,因为我不得不帮助中国。现在告诉你,因为我不能辜负你。亲爱的弗雷德,原谅我,像以前你每次原谅我一样。你自己小心。

永远爱你的J

他惊奇得不相信自己的眼睛。这是他的Jean写的英文字迹,绝对不错。他从小就看惯的,虽然每周末他们会见面,每星期四他都会收到她从教会学校寄出的长信,讲述她生活中的一切——她只有他这一个亲人,一个朋友。很早他就明白于堇实际上是个很孤僻的人,后来做了影剧明星,这职业与她的天性多么不合。十二岁的她,很不爱说话,周末若是回家早了,就带着猎犬珂赛特坐在卧室的窗台上,看书,等天上的阳光暗淡下来。她这才带着珂赛特出门,穿过河南路口,沿着苏州河岸忧郁地走着,珂赛特像个尽职的保镖跟在她身后。

那么她写这几行字时,已经想到死?他怎么永远也理解不了这孩子?她不是对我说过:"我对你的爱,哪怕上海沉没也不会消失。"

一阵头晕过后,休伯特才注意到字条的内容。

夏威夷!我的老天,美国太平洋海军的主要基地,珍珠港!

他抬起头:"索尔,这纸条,谁也没看过?"

"没有。"夏皮罗马上回答,"我尊重于小姐,我答应她不给任何人看。今天亏得她,我们才躲过电报机那一关。"

休伯特的声音沙哑,低得几乎听不见:"那么现在我给你看,你看不看呢?"

"如果是机密,我就不看。"夏皮罗诚恳地说,"日本人肯定不久就又会来找我麻烦,我怕自己受不了酷刑。"

"那么于堇究竟为什么呢?"休伯特想,他陷入沉思,"'不得不帮助中国'?"

他忽然明白了这个本来就是浅显的道理:日本这一击越狠,英美就越是没有退却余地,非明确无保留地加入全面对日战争不可,中国就不会继续单独对日作战。

也许,他让于堇去香港受训,就是犯了一个根本性的错误:他忘了于堇归根结底是个中国人,哪怕无爹无娘,依然是个中国人。休伯特没有想到,他和于堇无法亲密到血肉相连,原因深植在他们血中,虽然他们屡次生死与共,根子上的分歧没有消除。

对于她抉择的这一点,他只有尊重,于堇已经义无反顾地用死来酬谢他,表明对他的感激。

"电报机呢?"休伯特的声音很机械。

"被日军取走了。电码本提前一天就烧了,我知道不会再用,但是怕他们找出变码规律,烧掉为好。"

休伯特试探地说:"你知道我们有另一个备用电台,可以继续保持联系。"

"H先生,你最好不要告诉我。今天已经失职,我不能再犯错误。"

从夏皮罗那紧张的语调,休伯特本能上感觉到夏皮罗是看过于堇这条子的。但是他不会说出去,这点倒也能肯定,至少在F集群施行打击之前。

F集群在太平洋消失,已经十天了,六艘航空母舰,可能有四百多架飞机,任何时刻都可能突然从空中扑下来。

"那么下面的事情你就不用管了。"休伯特停顿了一下,才说,"你赶快回去,赶紧处理国际饭店内部一切,然后你自己设法,尽快逃离这个孤岛。"

夏皮罗苦笑了,但是他不愿向休伯特诉苦,他知道休伯特若有办法,就不会让他自己想办法。

"或许长一脸大胡子,到犹太人教堂去做个教士。"夏皮罗说。

休伯特也笑了,他把桌上那本镇店之宝递给夏皮罗:"你拿去,说好的。"

"不,这不行。这话我不想说,但实际的情况是,我比你更不安全。日军从饭店抓走了几个人。"

夏皮罗站起来,准备离开。

"嗨,我们有争先死的权力吗?"休伯特把书硬塞了过去。

夏皮罗捧住《少年维特之烦恼》,按在心口,鞠了一躬,走出门去。

现在轮到休伯特一个人面对世界了,但是他无法再思考:他现在有准确的情报,而且这情报虽然离奇,想一下却最合理。日本人既然花了这么大的力气,利用这只有一次的机会,为何不大赌一把,打击值得的目标?这也解释了F集群之所以一直侦察不到——他们走杳无船迹的北太平洋!

不过只要他想办法,他还能把这情报送上去。可能已来不及,可能尚来得及。但是这一切有什么意义呢?

"要死还不是最容易的事。"他把桌上几本喜爱的书推到地上。

他突然打住了。死的确是最不容易的。于堇的死就是她一生最光辉的成就、最伟大的演出。他一生就只想接近一个女人的心,这个小女孩,他看着她长成一个完美的女人,但是他失败了,败得很惨。

他注视着手里的纸片,脑子里一片空白。最后送达情报的路子还是有的。他可以到《密勒士评论报》找鲍威尔,或到《远东》杂志找伍德海,哪怕用明码电报,也能把情报发出去。一旦弄得全世界尽人皆知,可能效果更好。

但是送出情报又怎么样呢?若是日方看到有戒备,自动取消这次偷袭,日本会装模作样说误会,甚至F集群及时转变航向。这样"代表美国民意"的舆论和议会,绥靖主义者又会唱高调,对日开战又会半死不活。拖到日本人下一次准备好偷袭——恐怕要一年之后!中国苦撑四年半后,还要独自作战一年半载!那些汉奸伪组织在上海还要猖狂一段时间。

甚至他还可以继续开这旧书店,再开一年两年。

那么于堇的灵魂怎么办呢?她不是白死了吗?让她白死不就是对她最大的背叛——要知道于堇是为了"不辜负"他的养育之恩,才下决心赴死。

休伯特想不出一个名堂,反而把自己想得昏昏欲睡,而一闭上眼,他就看见晚报上登的于堇的尸体,躺在马路中央,拍照的距离太远,看不清,但是看得见大摊的血渍。

很奇怪,照片上看得见她手腕上的一个银镯子。双鱼相衔,很细,最便宜的那种,是她刚开始成为一个姑娘时,想起来了,是她十六岁生日时,两人游城隍庙,他给她买的。教会学校不准戴首饰,所以他一直没有看见她戴过。那时于堇眼睛很羞怯,爱脸红,总是与他调皮,喜欢与他打赌,她总是输,输了她就给他读书听,她的声音悦耳,有磁性,充满温柔。猎犬珂赛特跑在他们跟前,于堇拿一个苹果递给珂赛特,珂赛特却衔给他。

他划根火柴,把于堇的纸条烧掉。看着火一下子窜高,马上就熄灭了。他老泪纵横,干涩的眼睛好多年都没有泪了。

他曾向她许诺过的,等她完成了这次任务,他会和她生活在一起。

那报上的照片除了手,其他部分都被衣服与血迹的暗斑弄得不清楚,但他相信这是于堇的手在向他打招呼,她在告诉他,如果他愿意他可以跟上来。

他记得氰化钾放在什么地方。真正的特工人员永远备着这万灵神丹。算起来,他已经整整两天没睡了,至少,这样他能休息。不然,他这辈子余下的日子,永远无法休息。他得自己想办法不再受自己折磨。

外滩的景致在落日之际的美,有种说不出的颓废和心碎。于堇在最后一次他们俩在密室时,对他说,就是在昨天半夜里,她回忆与那个古谷三郎在一起的每一个字后,她对他说,从三年前离开上海,到这次回上海后,她就一直未看见过落日。

于堇的模样回到十二岁时,更小一些,八岁,五岁,那失去父母的孤儿。她就是又一个孤女珂赛特,他把这个女孩抱上床,哄着她入睡。那个傍晚,火烧云非常灿烂。

现在,握着手杖的休伯特,像握着于堇的小小的手。他对她说:"你看,我的孩子,我们终于可以一起,在日出之际,来看世界上最美的落日——上海的落日。"他把一枚药丸放在嘴里,他脸抽搐了一下,便神情安详地闭上了眼睛。

在返回国际饭店途中,夏皮罗突然停下脚步,他觉得整个四马路都是白色的,他走在雪花之中。眨眼一看,一切如旧。寒风冷雨中裹挟着雪点,冰凉地扎着他的头发稀疏的头顶,扎着他的脸颊。于是赶紧将大衣领竖起,脖子缩起去。明天,他会再走在这条路上,如果他预料得正确,休伯特已经找到"离开上海"的方式了。

他把《少年维特之烦恼》掖在胸口,这当然是价值连城的珍本,他少年时熟读的句子此刻在寂静的行走中出现:"是呀,我只不过是个漂泊者,尘世间的匆匆过客!难道你们就不是吗?"

有道人影跟在身后,夏皮罗拐过一个弄堂,朝北加快步伐。"哐当"一声,他踢倒一个空玻璃瓶。两个人窜过他面前,像两道黑色的幽灵。他一点不害怕,甚至不愿多看一眼后面那个盯梢之人。在异国他乡,真是活得难受。

在维也纳的家面对一条运河,黑暗之中,冒着轻烟,小船的身影从光中浮现出轮廓。母亲坐在壁炉前,朝他微笑:"索尔,我可怜的儿子!"这种时候,他感觉自己都快疯了!他花了许多功夫学中文,没关系,他喜欢中文。这不是问题。他拐过一条街,在这个夜晚,他再明白不过,他不喜欢上海。到这儿三年多了,他第一次思考这个问题。父亲的老朋友,是新沙逊洋行的副行长,这个犹太人介绍他认识了休伯特。此人早已经搭船去美国,上海的犹太人早晚会跨洋而去。而他,只是在等复仇机会。

休伯特是他唯一的上司,也可以说是他唯一的朋友。

在没有休伯特的上海,他的孤独感比悲伤还能把他袭倒。一个人心里没有去处,也不能交出他的心,情愿自己的心跟自己的身体一起停住呼吸。

他还有一本日记,内容全是不干紧要的细碎琐事,也有家里人的名字和地址,他们全在德国人的集中营里,已不是秘密。日记里全是回忆父母和兄弟一大家子在一起的点滴小事,以及来上海后学中文闹出的笑话,发现上海小餐馆里一种小点心味道的奇特,如此等等的话题。

这日记他不想烧掉,趁还有点时间,还得设法邮寄出去,或许能保存下来。

第二十二章

这已经是12月7日夜里。心急火燎的谭呐骑着一辆自行车,疾驰在南京路上。他想起下午在万国公墓于堇墓前聚集的人群,他、于伶、阿英等人作了演说,人们才依依不舍地散了。傍晚前,天晴了,一道虹彩,腾起在云层堆积的天空。

而昨晚谭呐在兰心戏院,他站在舞台上,对黑压压的观众说,晚上的演出不得不取消,已购票的观众剧院给予退款。

看来他还有话说,人们这才逐渐安静下来,但轻微的响声一直不断。谭呐这才继续说,他希望全体在场的人,起立默哀三分钟,不少观众开始流泪,听得见邻座恨恨的磨牙声,妇女的抽泣声越来越响,乐队里男人泪流满面,女演员互相抱着哭成一团。

谭呐的脸色紧绷着,当他开始说话,声音镇定清晰。他自己几乎听不出自己的声音出自何处,右手在半空中有力地挥动了一下。

当谭呐结束讲话,乐队奏出《狐步上海》里的音乐,乐队有一个女中音对着话筒轻声唱了起来:

难道你不在乎我的爱情,
黑暗中谁不盼
灯火光明。
要知道时光的脚步轻盈,
一闪眼就永远
只剩幻景。

他在音乐声中继续说,于堇是个孤女,没有家属亲眷,剧团就是家,观众就是亲人。他希望大家将票款捐出给于堇在万国公墓立墓碑,并且说,由上海文化界人士于伶、柯灵、李健吾、阿英,还有他本人,组成于堇治丧委员会,已经决定明晨十点给于堇公祭送葬,从公共租界巡捕房门口领出尸体,就沿南京路一直走到静安寺的万国公墓,希望大家明日中午在那里集合。

今天上午十点,天空翻腾起乌云,紧贴着大大小小的弄堂的屋檐。一眨眼,雨水在十六铺外白渡桥沿黄浦江边向北猛扫,在跑马厅一带是斜斜的珠线淋不透人,却把南京路上的景致,濡润得迷惘不堪。

很像梦游人突然醒过来。此时此地上海戏迷的心境,如东海之水倒灌进黄浦江,挡也挡不住,他们纷纷加入送葬队伍。

送葬队伍开始行进在南京路上,队伍前面总有乌云遮蔽天空,队伍过后雨水纷纷而下。一个在骑楼下摆摊的五十岁上下的男人,抬头望了一下天。他在代面前一位女佣写家书,羊毫毛笔在信笺上落下一排漂亮的楷书:黄土埋过半身,何曾见如此绵长之雨?

与国际饭店隔几个门的金门大饭店三楼,不知什么人安了一台留声机,那形如喇叭花的铜器,放在对着街的窗台上,音量大到几乎失真的程度。放的是她的早期电影插曲,甜美纯洁:那时她才二十出头。

送葬行列井然地在国际饭店台阶上摆满鲜花,然后沿南京路继续西去,三里长的队列,刚通过一半,剧团的一个人跑到谭呐跟前,喘着气汇报:"租界内竟然还有一场游行,正从泥城桥沿虞洽卿路由北向南朝南京路走来,是一个叫'东方民族大会'的组织的。"

在南京路虞洽卿路口向西移动悼念的队伍停住了,群情激愤,很多人摩拳擦掌。

谭呐急着找落在前前后后的治丧委员会员商量对付办法。那支冲着不安的魂魄来的游行队伍,打着"泛亚联盟"的横幅,说是有上海侨民中的十二国"东方民族",誓言赶走上海的西方人。有土耳其、印度、马来、爪哇等,满洲、蒙古也都算是一国,上海这几年打打杀杀出名的台湾帮高丽帮流氓,在游行队伍里叫嚣很凶,却不打国号,那已是日本的久占之地。

葬礼队列中,有几个人发出愤怒的吼叫,上千人加入,嚎叫的声音激奋了所有的送葬者。他们的叫喊没有什么听得明白的词,他们没有口号,只是在发泄。

远远地,已经听见那支队伍游行的口号,看来组织得不错,他们沿途振臂高呼外国口音的汉语:

"建立大东亚共荣圈!"

"亚洲是亚洲人的亚洲!"

"白种人滚出亚洲。"

游行队列走在日本膏药旗下。前头有一个乐队,各种肤色的面孔,乐手都很蹩脚,临时拉来的班子,穿着雨衣,就更五光十色地笨拙。吹的是东洋婚礼曲。乐曲很吸引人,大人瞧一眼,就闪开去,一长溜不明事理的半大孩子在雨中跟着跑,看稀奇。

上海的街道永远是一个消息嗡嗡叫的音箱。哪怕在这个惊天动地消息不断的岁月,市民还是追着消息而来。

很长一段时间,没有看到游行,很长一段时间,没有看到过这么多各色人等走在阴霾的街上。

送葬队伍每一部分在国际饭店停留时间太长,照目前行进速度,队伍后列,与那支日本人组织的"东方民族大会"游行队伍肯定会在路口遭遇。虽然两支队伍"宗旨"互不相干,可是互相都明白对方是些什么人。送葬的人情绪一触即发。

"他娘的小日本,搅屎棍!"一向谈吐斯文的谭呐都激动起来,不过他们借了个好题目,还真不能做打架文章。西方帝国主义当然要打倒,但至少不跟你东方帝国主义合伙去打。他急得团团转,催后列的人赶快往前,但队伍已经不听他的命令。

倒是租界里的德国人、意大利人发现这个游行不对头,日本人连他们也一股脑儿推入反对之列。德国特使魏特迈打电话给日本驻上海军部,要他们立即阻止,但为时已晚。就近的公共租界巡捕立即赶赴泥城桥,隔开正在南京路虞洽卿路口擦肩而过的两支队伍。

日军宪兵司令部也接到命令,赶到现场,他们与租界巡捕几年来冲突不断,半夜里经常互相打冷枪搞暗杀。这天却算是互相"配合",两支摩拳擦掌的游行队伍,只能隔着租界巡捕和日本宪兵的刺刀互相骂一阵。

终于南京路上只下毛毛雨了,天边显出奇亮的一线天,亮得很假,在国际饭店前彷徨的人,把长长的影子投在水光闪闪的街上。

谭呐是最后一批离开公墓的人之一。这最后一群人全是于堇生前的老友、共过事的人、铁杆戏迷,他们一定见到于堇最后归宿,才能安心。他们看着凿石匠熟练地刻出谭呐写出的颜体字:

藝術家于堇之墓
(1913—1941)
上海戲劇界暨全體戲迷敬奠

几个人把墓石郑重地安放好。于堇的棺木内放了一圈黄玫瑰,她一身白衣,殡仪馆的人很合作,整容师也很合作,说幸好她的后脑开裂不严重,脸只是擦破了,他们尽力使于堇脸如生前般皎白美好。谭呐操办这一切,花掉全部募捐来的钱和于堇演《狐步上海》的酬金。

这个上午他做的第一件事就是为于堇挑鲜花,可是所有的花店全没有他想要的白马蹄莲和白玫瑰。

最后到南市,花店主告诉他,所有的白花全卖掉了。他很焦急,觉得自己无能。店主想了想才说,他可以找到黄玫瑰。

歪打正着。黄玫瑰不是花朵,而是形象,他意识中的那唯一的形象。应该庆幸,有一件事她是对的,那就是她没有给我一个向她倾诉的机会,只有我自己知道我的绝望到了何种程度。

谭呐赶回爱艺剧团办公室,已经是夜里十点半。助手递给他一封密封的信。他边上楼边拆信,匆匆一看,关上门后,顺手划燃了根火柴烧掉。把灰踩灭。想了想,他把房间里所有的东西都整理了一下。

这样花掉了半个钟头。他抬头看了一下墙上的挂钟,打开门,急急地下楼梯,抓过屋角一辆旧自行车,冲了出去。

助手追到门口,问他这半夜三更去哪里。他只说,有事,忘了做,一会儿就回来。

但愿一会儿就能办完事!谭呐加快了速度,半夜里自行车也能像汽车一样的快,但愿这一整天结束之际能比料想顺利。上海已经像一座死城。半夜时分,连这南京路也是荒无人烟,寒风吹落树叶,裹着一些纸片,满街飞舞。他遇到一个人,也像个忧郁的僵尸,一推就会倒地似的。他在这刻觉得自己老了十岁。

国际饭店十八层上,夏皮罗把一张唱片放在留声机上。这是下午他在休伯特家里发现的,这张唱片就搁在留声机上。看来休伯特先生一直在听,而且自杀前就是在听这音乐——磁针在唱片上。他处理完休伯特的后事后,又折回去,将唱片连同留声机一起拿走。

夏皮罗靠墙站着,好静的上海之夜,像是他在海轮上驶向这个城市之夜一般。逃亡之路充满对法西斯的仇恨,这仇恨一直占据他的心,使他完全都没有多看一眼上海美丽的女人,甚至对于董也是如此,从未用一个男人的眼光好好打量过她。他关心她,她信任他,却是由于要共同完成情报工作,除此之外,她对他很客气。

音乐结束,磁头划着唱片,叽叽响。于董走过去,她把唱片放好,摇响留声机。好像她一直在听着,听得泪水满面,又好像面含笑容。"索尔,我还是要谢谢你。"她说。

夏皮罗再一看,那留声机边哪里有于堇呢?只是音乐的确结束。他走过去,就像于堇做的那样,拿起磁针放在唱片上,然后才摇动留声机。

在昏暗的路灯下,谭呐把自行车停在黄河路。国际饭店门口一样冷冷清清,只有锡克人门卫还在那里忠诚地守卫着,与他的红包头一样一丝不苟。谭呐走上前去,被拦住了。

"我要见你们经理,我叫谭呐。"

"请稍等。"门卫彬彬有礼地回答。他进去传话,马上又站在门口。过了好一阵子夏皮罗走出来。他好像没有睡觉,眼睛布满血丝,在这个凌晨时分。

谭呐说:"久仰,索尔·夏皮罗先生。"

夏皮罗说:"我们好像从来没有相识的荣幸。"

"夏皮罗先生,不用装假了。我们没有见过面,但是我们打交道已经有好几年时间了。"

夏皮罗想想说:"那么密斯脱谭,请进来。"

大厅依然金碧辉煌,白色大理石锃亮,旋转楼梯气派,里面竟然有一个女人在孤独地弹钢琴,有一棵圣诞树,上面节日的气氛装点得太热闹,与厅堂里的冷清不协调。谭呐几乎看不到任何人。可那音乐怎么这么熟,谭呐心里一动,这不就是《狐步上海》里的音乐吗?虽然是钢琴弹出来的,却一样的让人思绪万分。是的,这就是他专门请陈可欣作曲的,但愿陈可欣现在早已平安离开上海。

可能他实在是太疲倦了,觉得这音乐像一把绞断人心的剪子。但是他居高临下看时,那个女人正抬起头来,好忧郁的一张脸!奇怪那支曲子也不对了,根本不是陈可欣的音乐。

夏皮罗本想让谭呐到咖啡厅里坐,谭呐跟着他走上一层,夏皮罗对着咖啡厅门,开口说:"请。"依然是职业性的客气。

谭呐直截了当地说:"能不能到你的办公室?已经很紧急了,没时间讲客套。"

夏皮罗看着谭呐半秒钟,然后说:"好吧。"

他们进电梯,到十八层,对着1号走去,看来这是夏皮罗的办公室兼住处。夏皮罗打开房间里的灯。房间很大,还有个厨房。装饰很奇特。有书柜,桌子是英国古董,上面有一台留声机,皮椅是转动的。不过窗帘紧闭,所有家具都有新损坏的痕迹,墙边的书橱,几乎是靠几枚长钉子钉上去,才支撑住的。日本人果然把这儿扫荡了。

夏皮罗把谭呐的想法看得清楚,说:"有点乱,不过这儿正准备改做西餐厅,双层的,名字都取好了,'Hall of Cloud'。"

"嘿,'云楼'。"谭呐感慨地想,哪个文人的好主意!这个犹太人的乐观态度倒让人钦佩。谭呐说:"那我就开门见山了。我必须看一下于堇自杀后房间留下的东西。"

"你没有——"夏皮罗吃了一惊,"我没有——这权力给任何人看死者的遗物。"

"让我们不要争论了。"谭呐坐在他对面的椅子上,"你有处理国际饭店一切事务的权力。据我们所知,日本海军十天前已经大规模出动,很可能是偷袭什么地方。如果你还没有向上司报告的话,请赶紧打电报。"

夏皮罗笑笑:"你要我打电报给谁?"

谭呐也笑了,拿出银烟盒给夏皮罗,这烟盒是莫之因在《狐步上海》演出成功的当晚送给他的。夏皮罗推却,谭呐自己拿出一支,

夏皮罗用桌上的打火机给他点火。等气氛缓和下来,谭呐说:

"于堇的遗物没有被任何人看到过?"

夏皮罗耸耸肩膀:"没有。连我也没有看过。我们对这些东西没有权力检查,暂存着,以后给亲属待领。"

"据我知道,当时房间内还有两个人,于堇不是跳楼,是被日本人推下楼。出事后他们想立即逃跑,被你的人扭送进巡捕房。"

夏皮罗觉得谭呐不会是职业间谍,他完全弄不清具体发生的事。他知道上海艺术界多左翼分子,此人最多是地下工作者,以戏剧为掩护做些侧面打听的工作。他只好说:"巡捕房应该有权调查吧。"

"其中一人,昨天夜里被人枪杀在上海郊区七宝镇附近田地里,他是不是莫之因?"

夏皮罗脸上有真诚的惊奇:"乱世啊,人命不值钱。"汪伪76号经常要整肃内奸,被人误认为是莫之因也无不道理。

"莫之因这条人命值几个钱!"谭呐说,"孤岛一旦沉落,汪伪76号那些杀人狂,也就没有用了,日本人也会拿他们做替罪羊。现在我们要找另一个人,是个女人,我们想知道她的下落。"

"还有一个人?还是女的?"夏皮罗惊奇地重复道。

谭呐说:"看来你真是忠于职守,沉默得像一堵墙。不过你不想说的不必说,与你们有关的材料你当然早就取走,我只是想看看,不至于留下与我们有牵连的材料。"

无论谭呐怎么要求,夏皮罗就是不同意让谭呐看。他说谭呐不是亲属,虽然他自称是于堇的好朋友,也没有用。行规上法律上,国际饭店管理方都不能这样做。但是,谭呐没有走的意思,仍与夏皮罗磨着。夏皮罗有点懊悔让这个难缠的人进来。

他们这么一磨,时钟就到了凌晨四点。这种冬夜,天永远是黑漆漆的，没有月光星光。这时他们突然听见炮声，夏皮罗顾不上谭呐跟着，急忙跑到二十四楼的观望台上。这里架着一台单筒望远镜，从这个城市的高处朝北看，黄浦江口的日本舰队开始朝美军舰攻击，英美军舰开始还击。漆黑的天际火花闪闪。两艘军舰，一艘英国的，一艘美国的，不知道能顶得住多久日军压倒性优势的围攻。

开炮的火光继续闪耀，而且日本的俯冲轰炸机掠过城市头顶，隆隆地向长江飞去。

谭呐看了下手表："真是准时！"

夏皮罗叹了一口长气：终于明火执仗地打起来了。

谭呐说："我不想浪费时间。日本一旦对英美开战，这个租界孤岛就沉没了。如果你的身份没有暴露——就是说，如果我不透露的话——你将被关进监狱。因此我非检查一下于堇的遗物不可。"

"如果我不透露你的身份的话，"夏皮罗的话也尖刻起来，"日本人恐怕也会知道你。谭先生还是多为自己操点心吧。"

"就是，我们已经落进同一条战壕。你，我，不情愿合作也没有用。"

隔着苏州河响起了枪声，军车的引擎，以及坦克履带隆隆的滚动声，似乎越来越近。

"没有时间了。"

"好吧，我让你看。"夏皮罗下了决心。信任陌生人，不是他的职业习惯，但这不是与这个人磨蹭的时候，而谭呐的坚持提醒了他，他也应当再次检查一下于堇的遗物，以防万一。他对谭呐说："但是你要拿走什么，让我先看一下。"

谭呐说："我什么也不会拿走，假定有什么不方便的东西，我们到火炉边，看了就烧掉。"

1901房里,客厅里的墙上还是挂着一幅油画风景,卧室梳妆台上,花瓶插着腊梅,房间里有股清新的幽香。衣柜里有于堇好些漂亮的衣服。帽子、雨靴、雨伞和皮箱都在,似乎于堇仍住在房间里。台灯上一点灰尘也没有,连窗帘也是拉开的。谭呐把房间的角落都看了一遍,为了看仔细,拿着台灯照被家具遮挡稍暗的地方。

的确没有任何文字,只有那碎了的绿蓝双色瓷器,包在报纸里。从这个碎瓷器可以判断这个房间发生过打斗之类的事,而且无法烧掉。夏皮罗为什么不把这件东西扔掉呢,他弄不明白。

这是谭呐第一次进于堇的房间,他无法忍受把这一段时间重新想一次,但是他的工作必须要让他弄个一清二楚。于堇可能真的一张文字也没有留下,她一定是来不及了,否则绝对不会对他一字不留。

两人一前一后出了这房间,夏皮罗把谭呐一直送进电梯,送到大厅,夏皮罗道别时还是彬彬有礼。

日军的军车已经在外滩,在跑马厅,有一辆从车队侧面开出,一批士兵跳下来,一边往枪上装刺刀,一边朝几个主要的控制目标奔去。

他们俩都看到了,互相对视一眼。

"珍重,后会有期。"夏皮罗说。

"让我们相会在更美好的日子里。"谭呐的话永远带着文艺腔。

谭呐朝外走,夏皮罗叫住他:"谭先生,是否先在这里避一下风,看清楚情况才走。"

谭呐笑了:"谁知道你这里是不是安全?"

夏皮罗摊开手,耸耸肩:"看来你比我明白。但是圣诞节还是得过的。反正我是这么想。"

谭呐点点头,谢谢他:"我必须马上赶回去。谢谢你的好意。既然我们都不知道前面是什么等着我们,能否让我问你最后一个问题,你一定得老老实实告诉我。"

"当然,绝对老实。"夏皮罗莞尔微笑,这个戏剧家做事情太顶真。

"于堇究竟为什么跳楼?"

夏皮罗没想到有这样一个刨根问底的问题,他愣住了,半晌不说话。

谭呐说:"我换个方式问:日伪方面报纸说,于堇不是被日军推下楼的,而是她自己跳的。你怎么反驳?"

"事情发生得那么快,谁也来不及查验,这倒是一个很大的错误。"夏皮罗半嘲弄地说,"不过,我们既然已经看过了于堇所有的遗物,那么她如何跨出最后一步,就不是那么重要了。"

"这话也对。不过我还是想问一下。"

"看来,你是个顽强的人,而且有中国史官传统,一定要写出真实。"夏皮罗说,"那么,我就向你肯定,于堇这样的人,不会等日本人的手来推她,就这点来说,日伪说得不错。"

谭呐点点头:他知道自己转着圈子问,问到此也是到底了,这个人不容易露口风。想起他来国际饭店之前,烧掉了自己家里的所有文件,甚至一般的书信。作为一个导演,烧掉了那些多年的剧照,尤其是《狐步上海》的于堇的剧照。他烧得很慢,撕碎了,再一点点烧,免得冒出浓烟。

剧照上的于堇,笑起来很神秘,好像在嘲弄他现在的庸人自扰。

"孟姜女果然哭倒了长城。"谭呐对着照片上身披黑纱,手夹一枝白玫瑰的于堇说。他没有舍得把这剧照处理掉,藏在口袋里。但在这时候,他把这张剧照从口袋里掏出来,递给夏皮罗:"我估计,还是你安全一些,你代我珍藏,好吗?"

夏皮罗接过照片来,谢谢谭呐。这舞台上于堇的照片触动了夏皮罗,他对谭呐说:"她是我见过最美的女人。"他从自己的裤袋里取出一件东西,尼采歌德题签的1774年出版的《少年维特之烦恼》。他对谭呐说:

"这也算是我的一件礼物,你好好保存,珍本。"夏皮罗来不及多作解释,他们没有握手,各自朝自己的方向走开了。

谭呐走在南京路上,朝黄河路走过去,他的自行车不见了。看来不是小偷所为,这个枪炮之晨,想赶路的人不止他一个。

他折回来,朝前走在南京路上,抬头望高耸入云的国际饭店,觉得自己是站在于堇的身体曾经躺过的地方,夏皮罗那句话应该这么说:"她是我见过的最勇敢的女人。"

于堇不可能死,这个想法很强烈。倪则仁死后那次演出时,谭呐感到了自己对于堇的感情,现在又重新感受到了。他一直爱着她,可是她都不知道,永远都不知道了。他的眼睛迷糊了。

按原计划他当天应当离开上海。他还有时间设法从郊区偷越过长江。但他还没有报告情况,他是一诺千金之人,他必须要争取做一次汇报,关于于堇的一切,关于他了解上海的各国"特殊机构"的大致情况。

局面变了,不管是对朋友还是对对手,都更应知道底细——上级指示他远道请于堇来演戏,原先设想就是这个目的,不然,他才不会在这个孤岛沉没历史大转弯的关头,导演什么莫之因的狗屁风花雪月戏。但是他没有想到会发生那么多事,他自己会卷入那么深。

这时他突然明白了,母亲为什么会派佣人来告诉他不要回去了。乡下日子一定很难过——富春江边那个偏僻的石竹镇肯定马上会有日本军队。

谭呐刚一转过虞洽卿路口,就被日军哨兵拦住了。他被赶到一群"违反宵禁"的中国人中间,押到国际饭店隔壁的大光明电影院里,那里变成了临时拘押所。

他是在那里听到无线电广播日本《大本营陆海军部公报》的,日本偷袭了珍珠港,美国太平洋舰队几乎覆没。太平洋战争爆发了。

他突然明白了这两个星期在他身边发生的一切,可能都是围着这个消息转的。这是解释所有这一切旋风般复杂迷离之事的钥匙,也肯定是理解于堇惨死的关键。这把钥匙已经无用,但是至少他可以解开一些笼罩着于堇的谜团。他在一旁清清楚楚地看见她如何勾引那个日本海军军官,看得他心惊肉跳,心如刀割。现在他明白了一切。

被抓的人群里,有一个人缩在棉袍里,他剃光了头,戴了顶鸭舌帽,那是谭呐的助手。谭呐朝他眨了一下眼,助手眼睛都不转过来。好吧,两人装着不认识,这样或许能蒙混过关。

第二天早晨,谭呐被日军从人群中挑出来,正式逮捕了,他的感觉是,自己被助手出卖了。日本人提审谭呐时,就说他是上海文化界共党间谍头子谭呐,要他交待在上海的共产党地下组织,谭呐心里仍是抱着一线希望,一口咬定是弄错了人。

最后,陪日军进据租界的汉奸之一,他的助手,终于现身了,当面指证他是上海共产党地下组织网的重要人物。

这一天下起小雪,雪并不大,但是气温转冷,冷得像什么东西都被冻住了。

谭呐在监牢里,脑子一直回旋在得知于堇死讯的消息那一刻:

舞会结束那一夜他睡得不踏实,好像床上爬满蜘蛛蚂蚁,睡也难受,醒也难受。起来泡了一壶龙井茶,捧在手里,喝着茶水,五脏六腑渐渐暖和了。突然,他发现睡衣全被汗浸湿。

他被自己吓着了,弄不清是醒着还是在梦中。

可不就是,只有他才有她的特殊号码?她伸出左手,碰碰他的衣肘。他看见了她手心上钢笔写的字迹。

走到电话机边,他就给于堇打电话,房间里没有人接。他心里总是七上八下,怀疑自己报了密号也没有用,一定有人给接线生直接指示何时可接通。试着打了好多次,都是如此。

他最后一次电话打过去,是6日下午两点五分,于堇的房间里竟然是一个男人接的,而且说的是日本话。他当时就明白出事了,马上就够不着于堇了。当时他汗水沁上额头,手心发凉。

"等等。"他听见自己在绝望地叫喊。

放下电话谭呐想也不想,立即拦车赶到国际饭店。晚了,真的晚了,南京路和黄河路上已经人山人海,租界派了好多巡捕,将出事地点里外都围了起来。他对拦住自己的巡捕说,自己是爱艺剧团的导演,是死者的老板。也没有用。最后他看见于堇的尸体被抬走,她身上盖着一张白布,但头部的白布浸出鲜红的血来。那只好看细长的手露在白布外,一摇一晃,戴了一个银手镯,显得像个乡下姑娘。

当时谭呐一身淋湿,他退到街沿,发现整个上海的天空阴云弥布,风狂雨骤。国际饭店却纹丝不动。

我只有一次用这号码够着你,那是在你死的前两天黎明。好不容易有一个放假的日子,我坐在椅子上有点神思模糊:欠的睡眠还远远没有补足。你在电话那端,叫我看一眼天空。你说这刻天怎么蓝得不正常,可是你更喜欢下雨的天,使上海更加柔美,更加女性。

我掀开窗帘一角,雨在我们通话这一分钟停住了。我说,你朝街上看,就可以看见一个人。这个人好像从街底走出来,朝你走来。

你笑了,说过街的人成千上百,哪知道是谁?

你知道这个人是谁。要是人成天被政治拘住想象,我和你在这乱世之中,就很难走到一起。

细雨终于变成雪花飘落,模糊了马路。难道这一切都是我想象的?从我第一次看见你,听见你的声音那一瞬间开始,你的笑容就永远地占领了我的想象。

日本人觉得奇怪,这个文弱书生,什么样的刑对他都不起作用。第一种刑,是把圆铁筒套在他头上,用棒在外面狠打猛击,突然掀开铁筒,几盏强灯光照射他双眼,他昏了过去。

第二次受刑是把他倒挂,四肢分开,绑在四个铁桩上。一个壮汉给他鼻子灌辣椒水。每隔一天,便有一种新刑伺候着他。最后一次,他的双脚双手被套住,两个三十来岁的日本兵,一人扒下他的裤子,一人用碾过的细铁丝,打入他的生殖器。他果然受不了,痛得嚎叫起来。可是停下,他大吐一口血,还是一句话掏不出来。

其实他知道日军一开进上海孤岛,他便把所有认识的关系立即转移掉了。他可以供出的唯一有用的信息,是夏皮罗的地址国际饭店,国际饭店肯定早就成了日军翻箱倒柜细查的地方,于堇那些美丽的衣服可能也被一件件撕开。

但他就是不想说,不管夏皮罗是否还能平安躲过此难,而他自己无论如何都不愿亵渎对于堇的怀念。他明白自己活得懦弱,一生遗憾太多,这是最后一次机会,可以给自己一点自尊。

十天后,被酷刑摧残得奄奄一息的谭呐,被卡军运到上海郊外。这是个傍晚,又下起细如头发丝的雨。他的双手被绑得严严实实。

在被活埋前,谭呐看到大坑里已经有了几十具尸体,他没有预料到,坑里已经躺着的一个浑身是伤的人,居然是索尔·夏皮罗。他想,还差三天就是平安夜。

夏皮罗在孤岛陷落的当天上午,就被押在国际饭店楼顶,"配合搜查"。日本宪兵不会忘记两次国际饭店扑空的仇,他们饶不了这个犹太人。日本宪兵整整砸了两天墙壁,几乎打通了顶上几层所有的墙壁,一无所获,才把夏皮罗押走。

不过夏皮罗在被带走之前,已经从无线电听到了美国向日本宣战,英国向日本宣战,德国向美国宣战,还有中国在打了四年仗被日军占了半壁江山后,现在向日本宣战。已经把世界打得稀烂的各国,终于明明白白地拉开了阵势,再也没有藏藏掖掖的余地。他也终于理解了于堇,为什么甘愿跳入地狱之火。

夏皮罗和谭呐两个人在酷刑下,都没有说他们知道的与一个女人有关的事。这个故事的原原本本,也就和他们一起被埋在这个大坑里。

谭呐口袋中的《少年维特之烦恼》,早就被搜走了。日本人慎重地研究了几天,看这本书实在不像是密电码,就扔到一边。和一大堆犯人的鞋子衣物堆在一起,直到被当成破烂倒掉。此书被人拾到,二次大战结束后,被卖到上海一家西方人重新开张的旧书店,那个旧书店也只维持了几年。

多年后,此书流落到一个叫艾赛亚·夏皮罗的人手中,那已经是二战结束三十年后。1971年圣诞节前夕，此书在伦敦苏丝比拍卖。目录上第一页就精心印着照片："歌德尼采双题签1774年版《少年维特之烦恼》"。拍卖时天价成交。

这位买主夏皮罗先生穿着黑呢大衣，手里提着一个黑色皮包。记者追问："夏皮罗先生，为什么出这么高价竞买此书？"

夏皮罗只是说，本来就是世界文学史上罕见珍本，双杰题签。况且此书与家族有点感情上的姻缘。

记者好奇地继续追问，能否把家族秘史略微透露。

夏皮罗说："只与我上辈人有关，纯属私人情感，不足与外人道。"他把书小心翼翼地包好，放回木匣，放进黑皮包里，便走开了。

这个人样子谦恭，才三十多岁，头发却已经有点谢顶了。

2004年9月21日初稿

12月修改

《上海之死》重大事件时间表

1941年10月上旬,美国开始从上海撤侨

11月5日,日本内阁通过《帝国国策实施要领》

11月10日,山本五十六发布联合舰队三号作战密令,确定X日为该年12月8日

11月15日,日本加派来栖赴美特使

11月17日,倪则仁被上海汪伪特务机关76号诱捕

11月21日,莫斯科已经听到德军炮声

11月22日,日本以六艘航空母舰为基干的30艘战舰结集于北方捉岛的单冠湾,断绝捉岛与外界任何联系

11月25日,于堇搭船到达上海,住进国际饭店

11月25日晚,休伯特向于堇交代任务

11月26日,日本联合舰队从单冠湾出发,远航3000海里,环行

列队取北太平洋航船稀少路线

11月26日下午两点,白云裳到国际饭店拜会于董

11月26日下午四点,白云裳到76号探访倪则仁

11月27日下午,于董到监狱探访倪则仁

11月27日,罗斯福接见来栖特使,宣布美国对日"具有无限耐心"

11月30日,爱艺剧团《狐步上海》彩排

11月30日,英国最大军舰"威尔斯王子号"带队增援远东

11月30日晚,白云裳再次到国际饭店

11月30日,隆美尔德国非洲军团击溃英军第六旅

12月1日上午十时,于董接倪则仁出狱

12月1日,英商怡和、太古两轮船公司停售客票

12月1日晚,兰心大戏院《狐步上海》首演

12月2日,日本御前会议,决定对美英荷开战,密电联合舰队"候最佳时机待命行动"

12月3日,所有尚在上海港的客船驶往香港不再返回

12月5日晚八点半,国际饭店十四层舞会

晚十一点半,白云裳与莫之因走进于董的房间

12月6日凌晨,休伯特发出"新加坡绝密电"

12月6日下午两点,日军突袭搜查国际饭店,闯进于董房间

当日半夜夏皮罗把于董的信交给休伯特

12月7日凌晨,休伯特服药

12月7日上午,上海文艺界与戏迷给于董送葬

12月8日,东京向日本驻华盛顿大使发出递交美国"最后通牒",确定在美国7日下午一时,即东京下午三点时交出

当日,东京时间凌晨一点,战机升空编队

同时,美国破译"最后通牒",马歇尔发出警告电报,却被耽误

12月8日凌晨,谭呐在国际饭店

12月8日,东京时间半夜零时,夏威夷时间凌晨七点四十九分,华盛顿7日下午一点十九分,珍珠港袭击开始

12月8日,东京时间上午六时,日本东京记者报告会,公布《大本营陆军海军部公报》:帝国海军已于本月8日黎明在太平洋同英美军队进入作战状态

12月8日,上海时间凌晨四时,日军袭击长江口英美军舰,英舰"彼得烈尔"被击沉,美舰"威克"升白旗投降

12月8日上午十点,日军跨过苏州河开进上海租界

12月8日晚上,夏皮罗失踪

12月22日,谭呐被送到上海郊外

后记及鸣谢

虹 影

我这部小说,是第一部中文"旅馆小说"。

不是"第一部中国旅馆小说"。旅馆小说的创始人,是一位奥地利犹太女作家维吉鲍姆(Vicki Baum)。她的名著《上海37》,1939年改成剧本《上海大旅馆》(Hotel Shanghai),以沙逊大楼Cathay旅馆在"八一三"战事中遭受日军炮击为背景。前不久,我在伦敦一个普通住宅墙上,看到这个当年著名女作家故居的"蓝磁纪念牌",不由得感慨世界真小。

虽然她是犹太人,"第一部中国旅馆小说"荣誉属于她。原因是:休伯特在福州路开的书店,卖过她的书;索尔·夏皮罗在维也纳最后东躲西藏的日子,读过她的第一本小说《旅馆人》,到上海不久又读到《上海37》。想到自己竟然跟着她的小说人物走。很多事情,是命运前定。

从去年12月正式动笔,写了一年。中间回北京,还得接着写,每天早上8点不到就起床写作,楼上的邻居在装修,电锯声刺耳,所以就开大音响,换上宗教气氛浓烈的音乐。一旦感觉置身于音乐厅里,屏幕就腾开空间,我就能飞身去1941年的孤岛。

此小说的初稿发在《收获》上。该杂志在介绍此小说时,称它为《上海王》的姐妹篇,是有道理的。同为旧上海的两个名伶,皆为传奇人物。

写筱月桂,是写她成长为一个黑帮女王的过程;写于堇,是写一个已经成长的女人,如何面对爱恨,如何选择生死。

不少人认为,本书的情节,不可能发生:一个中国女子,本来有能力能改变世界历史的进程,只是因为她的特殊考虑,决定让历史朝另一个方向走。

或许在别的情况下不可能,在小说描写的珍珠港事件中,却是非常有可能。日本海军偷袭得手之前,盟军起码有一打机会得到情报。如果说情报解读困难,至少有四份情报,得到接近正确的解读。只是这些已破解的情报,因为各种原因,没有送达。

只说其中一份:英国在剑郡布赖奇利庄园设立的密电码破解中心,1941年11月底破译了日本海军新使用的JN-25密码,12月2日截获山本五十六给已经出发的攻击舰群的直接命令,但是情报被邱吉尔扣住了。二战胜利日,邱吉尔下令销毁布赖奇利庄园全部档案,包括几台最早的电子计算机,不留任何记录。一般的解释,是邱吉尔不想让德国人日本人觉得"输得冤枉",又想重打一仗。但是他也有不想让盟国知道的东西,所以一干二脆全部烧掉。

于堇的情报,就是已经解读、却没有送达的那几分情报中的一份。情报送达出错,原因复杂,我的书做了仔细解释,读者看完了就会明白。

父亲的妹妹住在富民路,那幢老房子我今天还记得清清楚楚。十多年前我在复旦读书,经常去那儿,然后常与堂哥去逛南京路。周末看国泰影院的连场电影,半夜才跌跌撞撞出来,深夜走过国际饭店门口。我一个人站在马路上,那时年轻,胆大包天,觉得夜色特别迷人:老租界有一种魅惑,在那高大的建筑投下的阴影中,当代的政治口号全看不见了。

我好像看见几十年前曾经发生过的一切,那东方西方各国人等,黑白红黄诸道各路人马,都在这里斗智斗决心,远离战场,搏杀却更加激烈。有人称之为东方的卡萨布兰卡,东方的里斯本,其实上海可能是当年全世界间谍战最激烈的地方。

我不止一次感觉到一个灵巧的身影,从那些窗口探出来看这个年代的我。她当然就是于堇。如同昨天我在伦敦SOHO一家法国咖啡馆二楼,看见墙上竟然挂着一张用镜框挂起来的上海月份牌女子,动人心魄,如带刺之花。

这几年我住进国际饭店几次,住老饭店使我梦连着梦,好像踏上神秘之途,我与曾住在这里的人对话。

现在这些对话终于成了这部小说。感谢我的姑姑一家子多年前对我的关照,感谢国际饭店刘莎经理给我方便,让我进那特殊的几层楼,好像埃谢尔的画中世界,让我通过魔幻玻璃球,看到当年向楼梯上走来的温柔女子。

此书献给我过世的父亲,他曾经在这儿出发,走过长江各城市,最后停在长江上游的山城重庆,度过他的一生。每一次民族之难,都成为他的个人之灾。

感谢止庵,尤其感谢他的母亲林薇女士,给我许多当年她在孤岛的亲身感受,感谢李君维先生,这个海派文学仅剩的代表人物,耐心地回答我的各种问题。

感谢张一白,送我关于上海的书,感谢马步和尹力,与我一起探讨旧上海。感谢钟红明的5岁女儿,她精灵般的话语,我借用了几句。

感谢赵毅衡,他用学识开拓我的视野,给了我自由的时间,挑战我自由的思想。这是作为一个小说家的必需,也是作为一个平常女子的福气。

维吉鲍姆的第一部旅馆小说,米高梅改成电影,嘉宝主演,得到奥斯卡奖,里面有名句:"人们又来了,人们又会走。从来不变的,是旅馆依旧。"我多次住进国际饭店,日日翻阅档案,夜夜查问邻居。每次我离开时,回望那高耸的棕色墙面。七十年来,几多生来死去,难数有爱有恨,我知道:旅馆天天在变,从不依旧。

附录一

虹影主要创作年表

1983年2月	首次发表作品《组诗》重庆工人作品选2期
1988年4月	诗集《天堂鸟》重庆工人作品选
1992年9月	长篇《背叛之夏》台湾文化新知出版社
1993年4月	诗集《伦敦,危险的幽会》中国文联出版公司
10月	编著《墓床》作家出版社(与赵毅衡合编)
12月	编著《以诗论诗》北方文艺出版社(与于慈江合编)
1994年10月	中短篇集《你一直对温柔妥协》北京新世界出版社
1995年8月	短篇集《玉米的咒语》时代文艺出版社
	中短篇集《玄机之桥》云南人民出版社她们文学丛书
	散文集《异乡人手记》云南人民出版社她们文学丛书
12月	编著《纽约的恋人们》华侨出版社(与韩作荣合编)

1996年2月		短篇集《双层感觉》华侨出版社
	6月	中短篇集《带鞍的鹿》繁体字台湾三民书局
	10月	短篇集《六指》北京华艺出版社
		编著《海外中国女作家小说散文精选编》二卷珠海出版社
1997年1月		《Zommer van verraad》荷兰文Meulenhoff出版社
	2月	《女子有行》繁体字台湾尔雅出版社
	4月	《Sviket Sommer》挪威文Tiden Norsk出版社
	5月	《饥饿的女儿》繁体字台湾尔雅出版社
		中短篇集《风信子女郎》繁体字台湾三民书局
		《L'ete des trahison》法文De Seuil出版社
	6月	《Summer of Betrayal》英国Bloomsbury、美国Farrar Straus & Giroux出版
	7月	《里切之夏》日文青山出版社
	10月	《Der Verratene Sommer》德文Krueger出版
	11月	《L'Estate del Tradimento》意大利文Mondadori出版
1998年2月		《Er veranr de la traicon》西班牙文Plaza & Janus出版
	4月	《Svekets Sommer》瑞典文Norsedts出版
	7月	诗集《白色海岸》春风文艺出版社,
	8月	《Sommerens Gorreaederi》丹麦文Gyldendal出版
	9月	《Honger-Dochter》荷兰文Meulenhoff出版社
	10月	《Daughter of the River》英文Bloomsbury出版
	11月	《Figlia Flume》意大利文Mondadori出版

	12月	《Daughter of the River》澳大利亚 Allen & Unwin 出版
1999年1月		短篇集《辣椒式的口红》四川文艺出版社
		《Daughter of the River》美国 Grove/Atlantic 出版
	2月	诗集《快跑,月食》繁体字台湾唐山出版社
		编著《镜与水》繁体字台湾九歌出版社
	4月	《Flodens dotter》瑞典文 Nordstedts 出版
	5月	《K》繁体字台湾尔雅出版社
	8月	《Dag og Tid》挪威文 Tiden Norsk 出版
	9月	英译短篇集《A Lipstick Called Red Pepper》德国 Edition Cathay 出版
		《Une Fille De La Faim》法文 De Seuil 出版
	10月	《Joen Tytar》芬兰文 Otava 出版
2000年4月		中短篇集《神交者说》繁体字台湾三民书局
		《饥饿的女儿》四川文艺出版社
	8月	《Daughter of the River》舞台剧在英国木兰剧院上演
	11月	《K》荷兰文 Meulenhoff 出版
2001年1月		《K》瑞典 Norsedts 出版
	4月	《虹影精品系列》五卷漓江出版社出版:
	5月	《Verao da Tracao》葡萄牙文 Livros do Brasil 出版
	6月	希伯来文《饥饿的女儿》以色列 Kinnernet 出版
	7月	编著《海外中国作家小说散文选》四卷(与赵毅衡合编)工人出版社

2002年1月	《K》花山文艺出版社	
2月	《阿难》湖南文艺出版社	
4月	《K》英文Marion Boyars出版	
5月	《阿难》繁体字台湾联合文学出版社	
9月	散文集《虹影打伞》知识出版社出版	
10月	《Korn tou Potamou》希腊文Govostis出版	
2003年1月	《孔雀的叫喊》繁体字台湾联合文学出版社	
	《孔雀的叫喊》知识出版社	
	《Le livre des secrets de l'alcove》法文De Seuil出版	
3月	《Corka rzeki》波兰文Bertelsmann Media出版	
4月	短篇集《火狐虹影》远方出版社	
5月	《虹影精品文集》知识出版社	
11月	《英国情人》春风文艺出版社	
12月	《上海王》长江文艺出版社	
2004年1月	《上海王》繁体字台湾九歌出版社	
	重写笔记小说集《鹤止步》繁体字台湾联合文学出版社	
	《火狐虹影》繁体字台湾九歌出版社	
4月	《Die chinesische Geliebte》德文Aufbau出版	
	《K tehung tou epwta》希腊文Metaichimo出版	
6月	《Peocock Cries》英文Marion Boyars出版	
7月	中篇《绿袖子》上海文艺出版社	
8月	《绿袖子》繁体字台湾九歌出版社	

	散文集《谁怕虹影》作家出版社
9月	《饥饿之娘》日文集英社出版社
11月	《EI arte del amor》西班牙文Grup-62出版
2005年1月	中短篇集《康乃馨俱乐部》江苏文艺出版社
2月	《上海之死》繁体字台湾九歌出版社
3月	《虹影长篇修订本精选》三卷　山东文艺出版社
	重写笔记小说集《鹤止步》山东文艺出版社
	《上海之死》山东文艺出版社
	《谁怕虹影》繁体字台湾联经出版社
4月	《K》斯洛文尼亚文Ucili出版
	《K》意大利文Ganzanti出版

附录二

虹影获奖情况一览表

1989年获重庆建国四十周年重庆文学奖

1991年获英国华人诗歌一等奖

1992年获台湾《联合报》第十四届新诗奖

1994年获《作品》全国新诗大赛奖

1994年获台湾《创世纪》诗刊四十年诗优选奖

1994年获纽约先锋文学杂志《Trafika》国际小说奖。

1995年获台湾《中央日报》第七届小说奖

1996年获台湾《联合报》第十七届小说奖

1996年获台湾《中央日报》第八届小说奖

1997年获台湾《联合报》读书人最佳书奖

1998年《饥饿的女儿》英国周末泰晤士报整版介绍二周选载

2000年被新浪网评为十位人气作家之首

2001年被中国图书商报评为十位女作家之一

2002年《K》被英国Independent报评为年Books of the Year之一

2003年被《南方周末》评为中国最受争议作家

2004年《饥饿的女儿》获选为台湾中学生书评竞赛规定书籍之一